Née en 1949, en Californie, **Jane Smiley** est l'auteure de plus d'une vingtaine de romans et nouvelles, ainsi que de livres pour la jeunesse et d'essais. Elle a connu une reconnaissance internationale avec *Un appartement à New York* (1984), remporté le prix Pulitzer en 1992 pour *L'Exploitation*, et s'est imposée comme l'une des voix les plus marquantes de sa génération aux États-Unis. D'une imagination inépuisable, Jane Smiley a toujours aimé jouer avec les genres et les classique : *Dix jours dans les collines d'Hollywood* donne une transposition contemporaine du *Décaméron* de Boccace, *L'Exploitation*, une transposition du *Roi Lear* dans l'Iowa, et *Les Aventures véridiques de Lidie Newton* offre le pendant aux *Aventures d'Huckleberry Finn* de Mark Twain. Sa trilogie *Un siècle américain*, ample et passionnante saga familiale, a connu un immense succès et confirmé sa place parmi les grands chroniqueurs de l'Amérique, égalant Roth, Updike ou Bellow.

Un métier dangereux

Du même auteur
aux Éditions Rivages

Portraits d'après nature, 1993
Rivages poche n° 148

Un appartement à New York, 1995
Rivages poche n° 218

Moo, 1996
Rivages poche n° 277

Chagrins, 1998
Rivages poche n° 308

Le Paradis des chevaux, 2001
Rivages poche n° 427

Les Aventures véridiques de Lidie Newton, 2002
Rivages poche n° 469

Jusqu'au lendemain, 2003
Rivages poche n° 502

En toute bonne foi, 2004

Dix jours dans les collines de Hollywood, 2008

Une vie à part, 2011

Nos premiers jours, 2016
(Un siècle américain, I)
Rivages poche n° 896

Nos révolutions, 2018
(Un siècle américain, II)
Rivages poche n° 946

Notre âge d'or, 2019
(Un siècle américain, III)
Rivages poche n° 966

Les Aventures de l'intrépide Stroïka dans Paris, 2021

Jane Smiley

Un métier dangereux

Traduit de l'anglais (États-Unis)
par Carine Chichereau

Rivages

Retrouvez l'ensemble des parutions
des Éditions Payot & Rivages sur

payot-rivages.fr

Collection dirigée par Delphine Valentin

Édition originale :
A Dangerous Business,
Alfred A. Knopf, New York

J'aimerais dédier ce livre à toutes les relectrices
et correctrices qui, au fil des années,
m'ont mise sur la bonne voie
afin d'obtenir un livre lisible
et compréhensible.

« Entre toi et moi, être une femme,
c'est un métier dangereux,
et ne laisse personne te dire le contraire. »

– Mme parks

1

Deux mois après la mort de son mari, le 12 novembre 1851, Eliza Ripple cessa d'écrire à sa mère, à Kalamazoo. La raison en était à la fois simple et complexe. Celle-ci lui avait adressé trois courriers, dans chacun desquels elle se lamentait, et se lamentait, et se lamentait de la disparition de Peter ; seulement, le choc passé (choc parfaitement compréhensible puisque Peter s'était fait descendre dans un bar de Monterey), Eliza s'était trouvée plus soulagée qu'attristée d'être veuve. Leur mariage avait duré un peu plus de deux ans – elle en avait dix-huit quand son père avait accordé sa main à Peter, qui en avait trente-huit. Elle le connaissait à peine à l'époque, car il venait d'arriver à Kalamazoo, où il rendait visite à un cousin. Il avait l'air prospère et bien élevé, voyageur expérimenté ayant des relations et des capitaux. Eliza avait déclenché l'ire de ses parents en s'entichant d'un garçon de son âge, un Irlandais (du comté de Cork) qui travaillait dans une scierie – mais pas celle de son père –, il était grand et beau, avait l'accent irlandais, mais sans un sou en poche et, par-dessus tout, il était catholique. Les membres de la famille d'Eliza, tous de farouches covenantaires, étaient convaincus que les Irlandais, en particulier ceux de Cork et de Dublin, n'étaient que des pécheurs sans âme. Un jour, son père lui avait désigné un ancien esclave qui s'était enfui en traversant la rivière Ohio pour gagner Cincinnati puis le Nord, et il lui avait dit : « Plutôt Josiah Grant que ce va-nu-pieds des tourbières. »

Peter n'avait jamais dit qu'il était covenantaire ni même presbytérien, mais il avait le nom qu'il fallait – Cargill – et semblait heureux de célébrer leur hymen dans le petit temple de Kalamazoo. La seule chose qu'Eliza eut en tête pendant toute la cérémonie, ce fut l'image de Liam Callaghan debout à l'angle des rues Lovell et Park, les feuilles rousses de l'automne voletant autour de lui, tandis qu'il regardait passer leur voiture en route vers le temple.

Peut-être ses parents s'imaginaient-ils que Peter s'installerait à Kalamazoo, s'achèterait une belle maison et engendrerait les petits-enfants que la mère d'Eliza était prête à accueillir, mais dès que la neige fondit au printemps, il fit ses préparatifs pour partir en Californie : c'était la ruée vers l'or, sa future fortune. En effet, toute sa richesse existait dans le futur – dès la Noël qui avait suivi leur mariage, Eliza savait que le patrimoine promis à ses parents n'était que poudre aux yeux. Et évidemment, elle devait accompagner son époux en guise de servante. Les choses étaient claires. Ce n'était pas que les parents d'Eliza fussent en désaccord avec l'idée que leur fille dût être la servante de son époux, mais leurs mœurs ne correspondaient point à leurs croyances. En vérité, son père était le valet de sa mère, et il en allait ainsi aussi loin que la mémoire d'Eliza remontait – ils faisaient chambre à part, lui devait frapper avant d'entrer chez elle (car s'il entrait sans prévenir, cela donnait à Mère la migraine), et il la laissait décider de ce qu'il convenait de faire de la maison, du jardin, des chevaux et d'Eliza. À la fin de chaque mois, lorsqu'il rapportait à la maison les bénéfices dégagés par la scierie, il les confiait à Mère qui prélevait la somme nécessaire pour honorer les factures avant de le renvoyer déposer ce qui restait à la banque. Eliza était leur seule enfant – encore la preuve à ses yeux que, une fois mariée, Mère avait décidé de tout. Ce genre de choses ne se produirait pas avec Peter. Une des raisons pour lesquelles elle n'avait pas pleuré sa mort, mais grâce à laquelle elle parvenait à présent à gagner sa vie à Monterey (et bien, avec ça !), venait du fait qu'il lui avait clairement signifié qu'il avait l'intention de profiter d'elle une ou deux fois par jour, que ça lui plaise ou non. Ensuite, quand elle avait senti la vie en elle, il l'avait emmenée voir une femme, rue South Pitcher, à Kalamazoo, qui lui avait fait boire une décoction et l'avait gardée chez elle la nuit suivante. Eliza ne vit jamais ce qu'il en était advenu. Après ça, Peter prit l'habitude de se retirer, et il acheta ces choses en caoutchouc. Une fois à Monterey, il l'emmena voir un docteur qui lui donna son propre objet en caoutchouc à elle, un pessaire, à charge pour elle de le nettoyer, de l'insérer et d'en prendre soin. S'il y avait une chose pour laquelle elle devait remercier Peter Cargill, c'était de lui avoir appris comment ne pas se faire engrosser de nouveau.

Naturellement, la ruée vers l'or n'avait mené nulle part. Naguère – disons, une dizaine d'années plus tôt –, Monterey avait connu une certaine renommée, mais à présent, la ville qui attirait les foules était San Francisco, à deux jours de là en longeant la côte. Monterey était une jolie ville agréable, mais il n'y avait d'or nulle part dans les collines environnantes, les bateaux trouvaient la baie trop vaste et les vents trop variables, quant aux terres alentour, elles étaient intimidantes, c'était là le moins qu'on pût dire. Elles étaient certes fertiles, et les cultures y étaient abondantes, mais elles étaient semées de pics aigus aux flancs escarpés. Il y avait beaucoup de bois à exploiter, mais traîner pins et chênes jusqu'à un cours d'eau constituait une tâche redoutable. Les femmes n'étaient pas nombreuses – Eliza en avait compté une pour environ huit à neuf hommes –, et tout ce monde s'entendait plutôt bien (Espagnols, Portugais, Rumsens, Ohlones, marins britanniques, colons américains, et même des prêtres et des presbytériens), peut-être parce que les hommes les plus cruels et les plus ambitieux étaient partis chercher fortune ailleurs, comme celui qui avait descendu Peter – arrivé un soir, reparti le lendemain, nul ne connaissait son nom, et son visage était couvert de poils, aussi, avait pensé Eliza, tout ce qu'il avait à faire pour passer inaperçu, c'était raser sa moustache et sa barbe et se couper les cheveux. Il n'y avait pas d'agents de police à Monterey – Eliza avait entendu parler d'un « shérif », mais il s'agissait plus de *vigilantes*, mot espagnol qu'elle ne connaissait pas avant de s'aventurer en Californie. Cela signifiait que si la mort de quelqu'un préoccupait la communauté, certains membres se rassemblaient pour aller cueillir le tueur. Visiblement, personne ne s'intéressait à Peter, ce dont Eliza leur avait su gré.

Puis, le jour de l'enterrement de Peter dans le cimetière public, Mme Parks, une femme de sa connaissance qu'il avait présentée à Eliza alors qu'ils se promenaient rue du Pacifique, vint à sa rencontre et lui dit : « Ma chère, si vous vous trouvez dans des circonstances embarrassantes, n'hésitez pas à venir me voir. Je pourrai sans doute vous aider. » Elle avait mis dans la main d'Eliza un petit morceau de papier où son nom et son adresse étaient écrits à l'encre. Naïvement, Eliza était allée la voir deux semaines plus tard pour lui demander de lui prêter de l'argent, mais en entrant dans ce grand établissement pourvu d'une jolie véranda, elle avait compris qu'il s'agissait d'une maison de tolérance. Elle avait ravalé sa peur et proposé ses services, et le premier client qu'elle avait reçu l'avait traitée avec beaucoup plus d'égards que Peter. De tout cela, sa mère ne savait rien. Elle ignorait aussi qu'Eliza avait changé de nom, troquant Cargill pour Ripple, un nom qui l'amusait et qui évoquait pour elle quelque chose d'agréable. Toutes les filles qui travaillaient pour Mme Park avaient de jolis noms – Carroll, Breeze, Skye, Berry (Ann, Olive, Harriet, Amelia) –, tous anglais, même quand la fille parlait surtout l'espagnol. Elles avaient été formées avec soin aux usages du pessaire et aux façons de discerner si un miché était porteur d'une infection – plaies ou pustules sur son vit, sécrétions nauséabondes ou d'une couleur bizarre. Elles-mêmes étaient d'une hygiène irréprochable, et si jamais un homme était trop malpropre, elles désignaient la bassine d'eau claire que Mme Parks veillait à ce qu'elles aient toujours dans leur chambre. Aucune d'entre elles ne vivait sur place, seule la maîtresse du bordel habitait dans la pièce du fond, au rez-de-chaussée. Mais elles gagnaient assez d'argent pour subvenir à leurs besoins. Ce tout premier matin, Eliza était repartie avec un dollar tout entier, une pièce d'or que son client lui avait donnée. Elle l'avait aussitôt remis à sa logeuse qui, en voyant la pièce, avait soigneusement évité de demander à Eliza d'où elle venait. Autre caractéristique agréable de Monterey : les gens n'épiaient pas les autres, ni ne posaient de questions désobligeantes. Peut-être était-ce parce qu'il y avait si peu d'églises, et que la plupart étaient catholiques. Sur la route de Carmel, il y avait une mission, mais pas une mission où l'on passait son temps à vous dire comment sauver votre âme, ainsi que chez les covenantaires.

C'était à présent le mois d'avril 1852. Eliza n'avait pas eu de nouvelles de sa mère depuis deux mois, et elle avait presque cinquante dollars à la banque. Mme Parks était stricte au sujet des paiements : les michés payaient en arrivant ; elle tenait un registre et plaçait son argent à la banque. S'ils désiraient donner davantage à la fille en partant, cela ne dérangeait pas Mrs Parks. Elle était souvent payée en poudre d'or, mais versait à ses filles des dollars, ce qui convenait bien à Eliza. Celle-ci venait juste de manger une bonne portion de ragoût de mouton pour son repas de midi et se trouvait non loin de la maison de tolérance, dans son restaurant préféré qui officiellement s'appelait l'Endurant, mais que tout le monde appelait l'Endu. Elle se leva de sa chaise, adressa un signe de tête au patron, un monsieur agréable qui de temps à autre rendait visite à Mme Parks, eut un geste à l'adresse de Rupert, son serveur habituel, et sortit. Le brouillard s'était levé ; le vent était fort. Elle mit la main sur son bonnet pour ne pas qu'il s'envolât et décida de passer voir quel était son programme pour le reste de la journée.

La maîtresse des lieux était assise sous la véranda en compagnie d'un de ses amis, M. Bauer. Elle salua Eliza et se leva en la voyant monter les marches. Elle savait pourquoi elle était là et elle l'accompagna à l'intérieur où elle consulta son registre. Le client, Elijah Harwood, viendrait à neuf heures, il avait demandé qu'Eliza pût l'accompagner à son domicile, rue Jefferson, il la garderait pour la nuit et la ferait reconduire le lendemain matin. Mme Parks regarda Eliza, la questionnant du regard. Celle-ci répondit : « Il y a de très belles maisons, rue Jefferson.

– En effet, acquiesça-t-elle. Tu peux essayer si le cœur t'en dit. Certaines filles se sentent mal à l'aise. »

Eliza pensa à Peter. Il était le seul homme qui l'eût jamais mise mal à l'aise. Mme Parks ajouta : « C'est un monsieur plutôt âgé. Et qui n'est pas, disons, favorisé par la nature. D'après ce que j'ai compris, il fait de son mieux, mais cela l'épuise. S'il vient ici, il a peur de ne plus avoir la force de rentrer chez lui.

– Je pense que me rendre chez lui serait plus charitable. »

La maîtresse du bordel sourit. « En effet. Et plus lucratif. »

C'était donc décidé. Eliza ne demanda pas à Olive, également présente, si elle était déjà allée chez les Harwood. Olive était la plus sympathique parmi les autres filles, et au début où Eliza travaillait au bordel, elles avaient échangé quelques mots. Un jour, elles s'étaient croisées au marché et avaient marché ensemble en discutant quelques minutes. Olive avait deux ans de plus qu'elle, elle avait grandi dans l'ouest du Massachusetts (elle racontait que son père, fermier de son état, disait le « Mets-sa-chaussette ») et elle aimait la musique – elle avait appris à jouer de la flûte (elle prenait naguère des leçons tous les samedis). Mais Mme Parks appliquait une stricte politique d'éloignement : les filles ne devaient pas parler entre elles de leurs clients, ni discuter d'autre chose. Pour elle, faire des commérages revenait à ouvrir une porte et à la laisser ainsi – on ne savait pas ce qui pouvait arriver –, les filles devaient donc être amicales entre elles, mais ne pas chercher à approfondir leurs relations. Elles vivaient toutes dans des pensions différentes (deux d'entre elles possédaient leur propre maison) et elles avaient beau se sourire et se saluer d'un signe de tête, elles savaient qu'elles ne devaient pas s'occuper des affaires des autres. Eliza n'avait pas envie d'être remerciée, Olive non plus, aussi échangeaient-elles un mot de temps à autre et se saluaient-elles aimablement lorsqu'elles se croisaient en ville, mais elles n'osaient point se lier davantage. Olive savait qu'Eliza venait du Michigan, qu'elle était une enfant unique (Olive avait quatre frères et quatre sœurs), qu'elle avait été mariée (Olive devait se marier, mais le garçon l'avait abandonnée après qu'une jeune femme issue d'une éminente famille de Boston fut arrivée à Chicopee – cette gourgandine s'était éprise du fiancé d'Olive et l'avait ramené avec elle à la ville). Des pommes et du lait, voilà ce que le père d'Olive produisait dans sa ferme. Eliza ne savait pas comment la jeune femme était arrivée à Monterey, ni comment elle en était venue à travailler dans cet établissement.

En rentrant à la pension, Eliza songea au fait que l'une de ses ambitions – voir l'intérieur d'une belle maison de Monterey – était près de se réaliser. Les demeures d'ici n'étaient en effet pas du tout semblables à celles de Kalamazoo, caractéristique qu'Eliza goûtait tout particulièrement. Beaucoup étaient faites en adobe, et quand ce n'était pas le cas, dans un style comparable. Mme Clayton, sa logeuse, lui avait dit que, non loin de chez elle, il y avait une vaste maison bâtie par des Australiens qui avaient apporté leur propre bois de construction. Mme Clayton était une dame comme il faut, environ du même âge que Mme Parks. Elle passait sous silence d'où elle venait, de même que ce qui était arrivé à son mari. Elle racontait que son fils était coincé sur une ferme qu'il avait achetée au Texas. Il désirait en partir, seulement il était trop criblé de dettes. C'était Peter qui avait installé Eliza dans la maison de Mme Clayton, dans une chambre qu'il pouvait à peine payer, et lorsqu'on l'avait enterré au cimetière, Mme Clayton avait accompagné Eliza pour assister aux obsèques, voire dire une prière, mais elle n'avait jamais posé la moindre question, ni avant ni après. Eliza se trouvait très bien là. Elle n'était pas loin du port ni du bordel. Sa chambre était petite mais propre. Mme Clayton ne la harcelait pas ni ne la regardait de travers. Un jour, elle lui avait même tapoté la main en disant : « On fait toutes ce qu'on a à faire, n'est-ce pas ? » Et sa cuisine était bonne. Au début, Eliza n'aimait pas le poisson salé, mais à présent, elle l'appréciait, du moment qu'il était accompagné de lait. Les autres pensionnaires allaient et venaient – il y avait trois autres chambres en plus de la sienne. Elle était la seule pensionnaire régulière, et Mme Clayton ne disait jamais rien quand elle s'absentait pour une nuit. Alors, comment aurait-elle pu écrire à sa mère en feignant d'être malheureuse ou en deuil ? En outre, sa mère, en réponse, l'aurait inévitablement mandée à Kalamazoo.

Eliza retourna au bordel ; le brouillard nappait la ville une fois de plus, et elle avait dû s'emmitoufler de la tête aux pieds dans un châle qu'elle avait confectionné au fil de l'hiver. Une voiture attendait et un monsieur âgé patientait dans le salon. Il recouvra sa vigueur en la voyant entrer, et Mme Parks se leva pour faire les présentations. Ensuite, elle les raccompagna et aida M. Harwood à descendre les marches, adressant un petit signe de tête à Eliza pour lui faire comprendre qu'elle aussi devait l'aider. Eliza acquiesça et prit la main de son client. Il détacha le poney, monta dans la voiture, Eliza le suivit et ils partirent. L'animal savait précisément où il devait aller et les mena directement jusqu'à une certaine maison, rue Jefferson – il fit même le tour de ladite demeure sans qu'on le lui eût demandé, et là un palefrenier, espagnol naturellement, le prit en charge. Eliza entra à la suite de M. Harwood par la porte de derrière – pas de marches.

Ils revinrent vers l'avant de la maison. La première chose que vit Eliza, ce furent d'innombrables chandelles, toutes allumées. À l'odeur, il était aisé de conclure qu'elles étaient faites en graisse de baleine. M. Harwood déclara : « J'aime la lumière, ma chère. » Il se montrait aimable. Il lui prit son châle et l'étendit sur une petite table. C'est alors qu'Eliza remarqua une dame bien mise et environ du même âge que M. Harwood, tranquillement assise dans un fauteuil. Celui-ci se tourna vers elle. « Ah oui. Eliza Ripple. Voici mon épouse, Mme Harwood. »

Mme Harwood leva la main, sans sourire ni bouger de là où elle était si confortablement installée, tandis que M. Harwood emmenait Eliza jusqu'à une chambre située à l'arrière de la maison, où se trouvaient un lit, un lustre aux chandelles déjà allumées et deux crochets au mur, un pour la robe de l'une, un pour le pantalon de l'autre. Selon l'expérience d'Eliza, les hommes préféraient que les lieux soient éclairés, ainsi pouvaient-ils la faire défiler devant eux, sautiller, voire danser, tandis qu'ils se touchaient, puis, quand ils étaient prêts, ils venaient la chercher, la couchaient et faisaient leur affaire. Rares étaient ceux qui la caressaient ou la regardaient dans les yeux. Les plus jeunes lui pelotaient la poitrine ou le postérieur – lorsqu'on lui adressait un compliment, c'était toujours sur son postérieur. M. Harwood s'assit sur la couche, puisqu'il n'y avait nul autre endroit où s'asseoir, et la regarda. Elle demeura immobile un moment, puis se tourna d'un côté, de l'autre, et se mit à arpenter la pièce. Elle prit ses seins dans ses mains, puis se caressa les flancs. Il ne disait rien, se contentant d'observer, absorbé dans sa contemplation. C'était comme si elle passait un entretien pour un travail ou une place, et que sa nouvelle patronne évaluât ses vertus à l'aune de celles des autres prétendantes. Les bougies vacillèrent. Enfin, la main de M. Harwood se posa sur son entrejambe et n'en bougea plus. Elle fit encore un tour, puis le regarda. Il hocha la tête, se leva avec difficulté, baissa son caleçon, faillit tomber ce faisant, se rassit sur le lit pour le retirer et soupira.

Eliza savait ce qui lui restait à faire : elle vint près de lui, lui caressa doucement la cuisse, glissa jusqu'à son entrejambe et se pencha vers lui. Elle prit son vit dans sa main et se mit à l'astiquer, se rappelant, ainsi qu'il lui arrivait parfois, combien Peter aimait à appeler son propre engin « Peter ». Soudain le froid de la pièce la gagna, il passa un bras autour d'elle et cela lui suffit. Certes, il n'était point gâté par la nature, mais il n'était pas non plus handicapé – son outil était pareil à la plupart de ceux qu'elle avait vus au cours de l'année écoulée. Il en fit usage, puis s'allongea un moment sur le lit, pantelant, jusqu'à ce qu'il eût repris son souffle. Eliza était elle aussi tranquillement étendue, elle songeait aux deux dollars qu'elle allait recevoir tout en se demandant s'il y aurait un petit déjeuner, et c'est ainsi qu'elle s'assoupit : elle ne se souvint pas ensuite que M. Harwood se fût levé ni qu'il eût quitté la pièce.

En s'éveillant au matin, elle vit qu'il avait oublié d'emporter ses chaussures avec lui. Ce n'étaient pas des bottes, mais des souliers bas et souples, à lacet, couleur marron, au bout orné d'une pièce de cuir plus foncée. Eliza en prit un. Le cuir était doux – peut-être du veau ? Ils étaient très élégants. Elle les rangea contre le mur, puis enfila sa culotte, sa chemise et sa robe. Difficile de savoir quelle heure il était, mais à en juger par les gargouillis de son estomac, il était temps de prendre le petit déjeuner. La maison était plongée dans le silence. Ce qui la mit mal à l'aise. Sans doute ne s'était-elle jamais trouvée dans une maison où la journée ne débutât pas dans les cris, les appels, le fracas, toutes preuves que les tâches quotidiennes avaient débuté. La chambre était pourvue d'une petite croisée donnant à l'opposé de la rue Jefferson. Elle tira le rideau d'un côté et regarda au-dehors, mais il n'y avait rien hormis des cyprès drapés de mousse espagnole (c'est ainsi qu'on l'appelait), de l'herbe et trois corneilles posées sur la clôture du fond. Même les oiseaux se taisaient. Eliza eut un frisson et décida que, malgré ses émoluments, elle ne reviendrait point chez M. Harwood. Elle demeura assise tranquillement. Le silence s'éternisait. La fenêtre eût-elle été plus large, elle fût passée par là pour retourner au bordel, qui se trouvait près du théâtre, à quelques rues de là. Elle se dit qu'elle pourrait récupérer son argent, raconter à Mme Parks ce que tout cela avait d'étrange, puis aller manger un morceau.

On frappa à la porte de la chambre, qui s'ouvrit. Pourquoi Eliza sursauta-t-elle ? Elle n'en savait rien. Mme Harwood entra. Elle portait une robe bleu marine, ses cheveux étaient ramenés en arrière en une coiffure austère et elle s'appuyait sur une canne. Elle lui dit : « Ma fille, il y a des tranches de roulé sur la table de la cuisine, si vous en désirez une, ensuite Raul vous reconduira là-bas. » Elle ressortit en boitillant, traînant la jambe droite. Au bout d'un moment, Eliza la suivit. Non seulement la maison semblait vide, quoiqu'elle fût meublée avec goût, mais elle semblait à l'abandon. Elle était en effet autant dépourvue d'odeur que de bruit. Même la lumière, la belle lumière de Monterey, était arrêtée par de lourdes tentures. Eliza alla directement jusqu'à la porte sans prendre de roulé, sans chercher Raul. Elle ne se sentit de nouveau à son aise que lorsqu'elle fut deux rues plus loin.

Mais elle fut payée tantôt et, deux jours plus tard, Mme Parks lui dit que M. Harwood avait demandé de ses nouvelles – il ne l'avait pas *mandée*, il souhaitait seulement savoir si elle allait bien, si elle avait « réussi à s'accommoder de lui ». Eliza répondit que c'était un homme assez aimable, aux intentions évidemment louables, mais elle ne dit rien de Mme Harwood ni de la maison. La maîtresse des lieux se retourna, la regardant droit dans les yeux. D'un ton presque sec, elle ajouta : « Tu n'es pas obligée d'y retourner si tu ne le souhaites pas, mais laisse le choix aux autres filles. C'est un homme bon, aux poches cousues d'or, et je n'aimerais pas perdre sa clientèle. » Eliza acquiesça. Mme Parks ne lui avait jamais donné d'ordre auparavant. Cela aussi était étrange, mais toutefois compréhensible étant donné que celle-ci devait faire face à la concurrence.

Les choses continuèrent ainsi normalement pendant des semaines, durant lesquelles elle accommoda des jeunes et des vieux, des marins, des rancheros, des pêcheurs de la baie, des cow-boys qui s'occupaient du bétail – qui tuaient les bêtes, prélevaient la peau, la séchait, la tannait. Certains d'entre eux apportaient parfois à Mme Parks un rôti ou un cuissot. Mais ils devaient prendre un bain avant de venir. Si elle faisait la grimace, ils n'étaient pas les bienvenus. Un homme – l'air prospère, mais inconnu, au moins d'Eliza – amena son fils, un jeune garçon timide. La maîtresse des lieux fit venir ses filles pour les lui présenter, il désigna Eliza, peut-être parce que c'était la plus jeune et la plus petite, et celle-ci l'emmena dans sa chambre. Lorsqu'ils passèrent devant elle, Mme Parks leva un sourcil, ce qui signifiait : « Vas-y mollo. » Évidemment, elle ne voulait pas effaroucher le jeune homme. Quand ils furent dans la chambre et qu'elle eut fermé la porte, elle s'assit sur le lit en souriant. Au bout d'un moment, elle lui dit : « C'est comme vous voulez. »

Le garçon secoua la tête.

Eliza resta tranquillement assise. Oui, il y avait quelque chose chez ce garçon qui lui rappelait Liam Callaghan, même s'il ne lui ressemblait pas et qu'il était bien mieux vêtu. Elle le dévisageait sans en avoir l'air. Lui regardait autour de lui, tapant du pied par terre. C'était la couleur de ses yeux, oui c'était ça : grands ouverts, et d'un bleu pareil au ciel. Elle l'interrogea : « Vous êtes irlandais ? »

Il sursauta, puis sourit. « Ma mère est irlandaise. Elle s'appelle Maggie O'Rourke. Elle a dû fuir avec les siens à cause de la famine.

– J'avais un ami qui avait fait pareil. »

Nouveau silence. La respiration du garçon s'apaisa. Il s'approcha d'elle lentement et posa la main sur son genou. Ah, il lui fallut un temps infini, petit à petit, pour qu'enfin il la pénétrât. Ensuite, elle lui caressa le dos, tandis qu'allongé sur le ventre il retrouvait son souffle. Ils discutèrent un peu. Il s'avéra qu'il avait presque dix-sept ans, qu'il espérait encore grandir, qu'on l'envoyait dans l'Est pour y faire ses études, qu'il y resterait pendant trois ans et que son père croyait fermement qu'il lui incombait de donner une éducation sexuelle à ses trois fils. Le garçon – il s'appelait James – déclara : « Mes frères ont dit qu'ils aimaient ça. » Cela fit rire Eliza. James rougit et rit à son tour, puis il ajouta : « Ça m'a plu à moi aussi. Oui-da. »

On pouvait dire du père une chose, c'est qu'il était patient. Il avait attendu tranquillement tout du long en lisant un livre, sans jamais ennuyer Mme Parks pour quoi que ce soit, sirotant lentement une bière. Lorsque celle-ci paya Eliza, elle lui remit une pièce d'un quart de dollar en plus pour son dîner.

En rentrant chez elle ce soir-là, Eliza écouta les goélands qui s'interpellaient à travers la baie. Elle regrettait une seule chose : ne pas avoir réussi à découvrir quel était le livre qui avait tant captivé le père du garçon pendant si longtemps.

Elle fut également confrontée à une brute. Il n'en avait pourtant point l'air – sinon, la maîtresse l'eût immédiatement mis dehors. Il avait le sourire facile et l'air d'un gentleman. Mais dès qu'il fut dans la chambre d'Eliza, il la poussa contre le mur si violemment qu'elle se cogna la tête. Il ne lui présenta pas d'excuses. Puis il s'approcha d'elle et leva les mains en l'air avec un grand sourire. Elle se précipita vers le bureau et attrapa un chandelier. Elle ne le frappa pas – elle n'y était pas autorisée –, mais jeta l'objet contre la porte, et une minute plus tard environ, alors qu'elle cherchait encore à se dérober à son client, la porte s'ouvrit et Mme Parks apparut, pistolet à la main. Elle s'approcha de l'homme, lui rendit son argent en lui disant qu'il s'était trompé d'adresse, que si c'était ce genre de choses qu'il cherchait, mieux valait qu'il se rendît au bordel de la rue Franklin. Il quitta la chambre et courut vers la sortie. La conclusion heureuse fut qu'il trébucha sur les marches et laissa tomber son dollar, que la tenancière des lieux retrouva le lendemain matin parmi les zinnias et remit à Eliza. Celle-ci ignorait qu'il y eût une maison de passe rue Franklin, mais il s'avéra que ledit établissement n'existait pas. Mme Parks lui avait monté des couleurs, et elle s'y était très bien entendue.

Peut-être une semaine plus tard, Eliza s'en allait vers le magasin d'alimentation générale, en face de la villa du Pacifique. Elle regardait les chevaux, les chiens, les robes, les châles, lorsqu'elle vit Mme Harwood sortir en boitillant et descendre les marches. Elle s'aperçut que celle-ci l'avait vue aussi, mais elle était égale à elle-même : austère, figée, indéchiffrable. Eliza l'observa grimper dans la voiture et remonter la rue Jefferson.

*

Quand la première « fille » disparut, personne n'y prêta attention. À Monterey, les gens disparaissaient en permanence, essentiellement parce que la vie était plus trépidante à San Francisco, et même à San Jose. Ou ils emmenaient leur famille le long de la côte dans l'espoir de trouver des terrains de chasse plus giboyeux, ou des terres mieux arrosées. S'ils avaient de la chance, ils revenaient, abandonnaient l'idée d'avoir leurs propres fermes ou ranchs, et ils se mettaient au travail comme les autres. En fait, sa propre mère aurait pu affirmer qu'Eliza avait disparu, et c'était une épine dans sa conscience – enfin, pas assez pour qu'elle répondît à ses lettres. Il y avait moult choses à dire au sujet de ces disparitions, et elle ne prêta guère attention à celle de cette fille, mais en retint la date, le 14 mai, car c'était son anniversaire. Vingt et un an ce jour-là, n'était-ce point étrange ?

Mais au bout de quelques jours passés à faire ses commissions, à manger ici ou là, à s'asseoir sur un banc un livre à la main, elle s'aperçut que les gens, et surtout les dames, parlaient de cette disparition d'une manière différente : pas de « Cette famille n'est restée là que quelques mois, ils auraient pu attendre un peu et trouver quelque chose de plus productif », ou « Bon débarras ! Ce gars avait une écrevisse dans la tourte ! », voire « On parie qu'ils sont repartis dans l'Ohio ? Tu ne le ferais pas, toi, si tu en avais les moyens ? » Cette fois, voici ce qu'elle entendit : « Quand même, ces filles savent où elles mettent les pieds », ou « Pour ma part, je pense qu'on s'en portera mieux ainsi ! Dame, attirer ainsi nos maris dans le péché ! »

Cette femme savait-elle comment Eliza gagnait sa vie ? Peut-être, même si chaque fois qu'elle sortait de la pension, au moins dans la journée, elle veillait à s'habiller décemment, à ne pas regarder un homme dans les yeux, et surtout à ne jamais montrer qu'elle reconnaissait ses clients, qu'ils soient plus ou moins jeunes. Les maisons closes n'étaient pas des établissements clandestins, bien entendu, mais on faisait semblant d'ignorer leur existence. Mme Parks ne leur parla pas de la fille disparue, sauf pour leur dire qu'elle travaillait dans un bordel situé près du Presidio, qu'elle n'y avait été pensionnaire que quelques semaines et avait dit à la tenancière de l'établissement qu'elle venait de Buffalo, dans l'État de New York. Contrairement à la plupart des autres, elle était venue seule, par bateau, et nul ne savait comment elle avait payé son voyage, ni quelles étaient ses intentions véritables. Eliza l'avait-elle déjà croisée ? Elle n'aurait pu le dire. Deux fois, en croisant Olive dans la maison, elle essaya de capter son attention afin de savoir ce qu'elle en pensait, mais celle-ci l'évitait. Eliza fit de son mieux pour chasser la fille de son esprit.

Les discussions perdurèrent. Tout Monterey montrait de la curiosité à l'endroit de cette fille, peut-être parce que les femmes n'étaient pas si nombreuses à la ronde. L'un entendit raconter qu'elle était parente d'un membre du Congrès qui avait fortement œuvré en faveur du compromis du Missouri. Si les souvenirs d'Eliza étaient justes, à l'époque où la Californie était devenue un État, aucun membre de la délégation n'était en faveur de l'esclavage, en revanche beaucoup de gens en Alabama et au Texas étaient déterminés à obtenir l'accès au Pacifique et avaient poussé à une séparation de la Californie du Nord et de la Californie du Sud. Sauf que le Sud était mexicain (certaines personnes disaient encore « espagnol » puisque c'était la langue qu'on y parlait, mais en réalité la Californie pas plus que le Texas n'était mexicaine), on n'y trouvait aucun propriétaire d'esclaves, alors que le Texas traînait encore de vieilles dettes de l'époque où il était indépendant, si bien que le gouvernement avait payé lesdites dettes afin que les Texans se taisent et laissent la Californie décider par elle-même. Enfin, voilà ce dont Eliza se souvenait, et Peter, malgré tous ses défauts, était totalement opposé à ce qu'on étendît l'esclavage dans l'Ouest ; elle tenait de lui tout ce qu'elle savait à ce sujet. La fille disparue – elle s'appelait Theresa – était cousine germaine ou issue de germain du représentant de New York au Congrès. Quand la rumeur fut lancée, on commença à imaginer qu'un sudiste renégat du Tennessee ou du Missouri avait découvert ce lien de parenté et l'avait occise pour raisons politiques, afin de se venger de son cousin en quelque sorte, mais ensuite, on apprit que son véritable cousin portait certes le même nom que le représentant de New York, mais que ce n'était pas lui.

Au fil de l'été, les rumeurs allèrent bon train, mais à présent, la question était surtout de savoir si un groupe de *vigilantes* de Monterey allait tenter de découvrir ce qui était arrivé à la fille, or il se trouva que nul ne voulait s'en mêler. Tout le monde disait que c'était une honte, hélas, les ressources étaient maigres, la vie hasardeuse, la fille n'avait aucune famille sur place, personne ne s'était levé pour prendre sa défense, et voilà. Un soir, les regards d'Olive et d'Eliza se croisèrent, et toutes deux firent la grimace, secouèrent la tête, mais aucune n'aborda l'événement au sein de l'établissement de Mme Parks. Celle-ci, de son côté, se montra encore plus prudente à l'endroit de ses clients et elle engagea un grand costaud, Carlos, pour qu'il restât assis dans le salon, non loin des chambres des filles, afin de jouer les gardes du corps. Il ne disait rien, mais les michés ne pouvaient manquer de le voir. Eliza l'aimait bien. Quand il n'y avait personne, il était amical et détendu, souriait beaucoup et n'épargnait pas ses efforts pour améliorer son anglais afin de se trouver une meilleure place.

2

Les affaires de Mme Parks marchaient bien – parfois Eliza avait deux clients, un en début de soirée, le second plus tard. Souvent, elle ne rentrait pas chez elle avant l'aube, ensuite, elle dormait jusqu'à midi, mangeait quelques tranches de la miche au levain de Mme Clayton et passait l'après-midi à se promener. Elle retournait travailler vers sept heures du soir. La plupart des michés étaient des marins, certains étaient tout simplement heureux d'être de retour à terre et venaient là pour fêter cela. Quelques-uns faisaient de leur mieux, mais en réalité, tout ce qu'ils voulaient, c'était une bonne nuit de sommeil sur le plancher des vaches. Eliza restait assise auprès d'eux, leur caressait le front ou leur massait les pieds. Parfois, ils revenaient le lendemain pour en avoir davantage. L'un d'eux – il s'appelait Ralph et venait d'Angleterre – rappliqua quatre jours de suite en déclarant qu'il était fou amoureux d'elle ; accepterait-elle de l'épouser et de repartir avec lui pour Angleterre ? Elle en parla à la maîtresse du bordel et ne revint pas travailler les trois jours suivants, pas avant que le marin eût levé l'ancre. Ralph n'était pas menaçant, mais ses demandes incessantes étaient pénibles. Elle passa les trois jours chez elle, à tricoter, à finir les deux livres qu'elle avait commencés, à se promener ici et là, en prenant garde à ne pas s'approcher du port.

*

Vers le 8 septembre, une autre femme disparut – encore une date qui frappa Eliza, car c'était celle de l'anniversaire de Peter. Elle était espagnole et s'appelait Luna. Le bordel où elle travaillait ne divulguait pas les noms de famille, pas tant pour les rendre plus séduisantes, au dire de Mme Parks, que pour éviter aux proches des filles qui habitaient la région d'être frappés d'opprobre. Elles étaient rebaptisées de noms comme Estrella, ou Solana, ou Lucita. Peut-être y eut-il des rumeurs concernant la disparue, mais Eliza n'en sut rien, car son espagnol était rudimentaire. Les anglophones qu'elle croisait, ou entendait parler dans les boutiques ou les espaces publics, restaient muets sur ce sujet, bien que le journal local eût publié un entrefilet en anglais qui disait : « La disparition de Luna a été déclarée par sa patronne, ce fait brutal se serait produit après son service, une fois sa paye reçue. On l'a vue descendre la rue Scott de bon matin, mais personne ne l'a vue revenir à sa pension, à l'angle des rues Van Buren et Franklin. » Mme Parks se contenta de dire qu'elle avait prévenu la patronne de la fille qu'il fallait être plus vigilante, mais cette femme, Mme Dominguez, ne l'avait pas prise au sérieux, persuadée que ce qui était arrivé à la première fille n'avait rien à voir avec la communauté espagnole. Eliza se demandait si Olive avait quelque chose à dire (ou à transmettre) à propos de cet incident, mais elle ne la croisa pas et songea qu'elle avait dû changer d'horaires.

Après s'être promenée à travers la ville dans l'espoir d'y rencontrer sa consœur, Eliza se rendit à l'Endu pour un déjeuner tardif. Elle commanda un petit bifteck et du pain, puis une part de gâteau au citron. Sa table était la dernière où il restât encore une place libre, aussi ne fut-elle pas surprise de voir une femme, environ du même âge qu'elle, lui demander si elle pouvait s'y asseoir. Ce qui étonna davantage Eliza, ce fut qu'après le départ des clients à la table voisine la jeune femme, qui n'avait même pas encore commencé à manger, demeura à sa place. Elle était belle, plus grande qu'Eliza, les cheveux noirs, luisants. Des anglaises lui encadraient le visage, mettant ses pommettes en valeur. Silence, puis l'inconnue dit : « Vous êtes Eliza. Eliza Ripple.

– Comment le savez-vous ?

– Ne m'en veuillez pas ! Je suis dans les mêmes affaires que vous. Je travaille pour la maison située rue de la Perle.

– Quelle maison ? Je ne la connais pas.

– Aux Portes de la Perle. Nous ne sommes que quatre. Nous nous occupons des dames, pas des messieurs.

– Les dames ont les moyens ?

– Certaines, oui. D'autres paient en nature. » Elle se renfonça sur sa chaise, écarta les bras et releva le menton. « L'une d'elles m'a confectionné cette robe. »

Eliza la regarda. Au moins dix dollars. Une bonne affaire. « Comment vous appelez-vous ?

– Jean MacPherson. »

Et c'est ainsi que débuta ce qu'Eliza jugea être sa première véritable amitié à Monterey (elle avait décidé qu'Olive était une « collègue »). Elle s'était toujours considérée comme indépendante, mais elle comprit immédiatement que Jean était le genre de fille qui faisait vraiment ce qu'elle voulait. Elle arrivait parfois à la pension d'Eliza vêtue telle une pauvresse pour aller se promener, ou bien de cette robe élégante, ou, ainsi qu'elle le fit un jour, d'un pantalon d'homme et d'une chemise rouge, les cheveux ramassés sous un chapeau de paille. Comme Eliza, elle appréciait de se promener en ville jusqu'au port, mais elle aimait également aller dans les bois. Monterey était renommé pour ses chênes dont les longues et épaisses ramées noueuses formaient une canopée de feuillage sombre, mais Jean préférait les pins, aussi grands mais odorants. Elle emmena Eliza au-delà de chez les Harwood, dans une magnifique forêt de résineux couvrant le flanc d'une colline au sud-ouest du Presidio (où habitaient beaucoup des clients d'Eliza). Le dimanche, puisqu'elle ne travaillait pas, elle aimait aller à pied jusqu'à la mission de Carmel, ce qui faisait deux bonnes heures de marche à l'aller, et la fois où Eliza l'accompagna, elle crut mourir au retour en remontant ce qu'on appelait la colline de Carmel. Jean déclara qu'elle savait nager – il s'avéra qu'elle avait grandi de l'autre côté du lac Michigan, en face de Kalamazoo, dans une ville du Wisconsin appelée désormais Kenosha, et ses parents lui avaient appris à nager très jeune, à l'époque où la ville s'appelait encore Pike Creek. C'était une précaution nécessaire, car les enfants semblaient attirés par le lac, or rien ne pouvait les empêcher de s'y rendre, ne fût-ce que pour y chercher des coquillages ou une pointe de flèche. Et puis, bien sûr, il y avait la pêche, donc savoir nager était une nécessité. Malgré tout, Jean n'avait point encore essayé de se baigner dans la baie. Souvent, quand elles la longeaient ou la surplombaient, elle s'arrêtait et contemplait longuement l'eau qui soupirait sur les berges. Elle aimait aussi les oiseaux et montrait du doigt les pélicans, les faucons, voire un condor – une fois, elles en virent un, énorme, silencieux, projetant une ombre irréelle sur la terre en planant tout là-haut.

Par un accord tacite, elles n'évoquaient guère leur travail, toutefois, elles échangeaient des anecdotes sur les particularismes de leur clientèle. Beaucoup des clientes de Jean étaient réservées, venaient souvent, et parfois ne voulaient rien d'autre qu'être touchées avec douceur, étreintes, avoir la paix. La plupart d'entre elles travaillaient beaucoup plus dur que Jean, et pour des rémunérations très faibles, et elles étaient mariées ; certaines portaient des cicatrices et des ecchymoses, mais les filles des Portes de la Perle savaient qu'il ne fallait point poser de questions. Eliza lui raconta que les hommes couverts de cicatrices et d'ecchymoses adoraient lui raconter en long en large et en travers comment c'était arrivé – lors de quelle bataille ils avaient combattu et quels avaient été leurs hauts faits. Ce qui plaisait le plus à Eliza dans cette amitié avec Jean, c'était que, souvent, elles éclataient de rire en même temps, que l'une d'entre elles racontât une histoire ou que quelque chose attirât leur attention au même moment.

Le seul sujet sur lequel elles n'étaient pas d'accord, c'était l'œuvre de M. Poe, que Jean adorait et qu'Eliza n'aimait pas du tout, car cela lui paraissait trop baroque et lui donnait la frousse. Justement, dit Jean, c'était ça l'intérêt, et ça ne la dérangeait pas d'avoir la frousse. C'était toujours mieux que d'être triste ; cela éveillait la curiosité à propos de certaines choses. Eliza admit qu'elle avait seulement lu deux histoires et deux poèmes de lui ; elle ne se souvenait que trop bien du *Corbeau*. Souvent, lorsqu'elle en entendait un croasser et souhaitait qu'il se tût, elle se disait : « Ne cite jamais plus le *Corbeau* », puis elle éclatait de rire. Quant à la nouvelle, c'était l'histoire d'un homme qui tuait son ami, cachait son cadavre, puis se mettait à entendre battre son cœur, si sa mémoire était exacte, jusqu'à ce que l'assassin se tuât à son tour. Ça commençait comme une histoire de fou, et ça se terminait par une histoire de fou – c'était ça qui l'avait dégoûtée de Poe. Jean dit : « Oh, mais bien sûr ! *Le Cœur révélateur* ! Une de mes préférées. Tu sais qu'il est mort il y a un an et demi, je crois ? Quel dommage. Mais tu n'as jamais connu de gens atteints de ce genre de folie ? J'ai un cousin qui est dans un asile là-bas, dans le Wisconsin. Entre autres choses, il est convaincu qu'il existe sous la terre des créatures qui te voient venir et creusent des trous pour que tu y mettes le pied afin que tu te casses la jambe et qu'elles puissent pénétrer dans ton cerveau. »

Eliza la dévisagea.

Jean haussa les épaules. « Ma chère, s'il n'y a pas de fous dans ta famille, tu es vraiment unique en ton genre. »

Eliza pensa à Peter et se demanda si le fait qu'il l'eût enfermée dans sa chambre à de multiples reprises comptait.

Quoi qu'il en soit, il se trouvait que Jean avait une pile de vieux périodiques contenant des histoires écrites par Poe et, à leur rencontre suivante, un déjeuner suivi d'une promenade, elle apporta un exemplaire du *Graham's Lady's and Gentleman's Magazine* de Philadelphie qui avait environ dix ans. Eliza avait entendu parler du périodique, mais ne l'avait jamais lu. Elle promit d'en prendre soin et, ce soir-là, en attendant son miché, elle lut la première partie d'une nouvelle intitulée *Double Assassinat dans la rue Morgue*. D'abord, elle eut du mal, beaucoup de grands mots et de grandes idées qu'elle ne comprenait pas, mais quand l'homme qui racontait l'histoire arriva au moment où il allait à Paris rencontrer son nouvel ami,

Eliza se sentit plus concernée. Évidemment, la façon de vivre des deux hommes, le narrateur et son comparse, très privée, voire secrète, était aussi parlante pour elle, et elle en était là au moment où son client arriva, et cela lui resta en tête toute la soirée durant, car ledit client était une personne assez connue, d'aucuns auraient même dit importante à Monterey, un juge qui, selon elle, habitait quelque part à l'autre bout de la Grand-Rue, lieu où elle aimait à se promener. Il venait souvent ; Mme Parks le faisait passer de fille en fille car il disait apprécier la variété, mais dans le fond, il faisait à peu près toujours la même chose : déshabiller lui-même Eliza lentement, la faire déambuler à travers la pièce, puis s'approcher de la fenêtre, une bougie à la main, et ouvrir les volets. Ensuite, il se caressait l'entrejambe tout en la fixant des yeux, puis terminait assez vite. Il n'était pas méchant, mais pas non plus affectueux ainsi que certains. Il ne repartit pas tard, si bien qu'Eliza rentra à la pension avec le magazine.

Elle aimait le fait que l'histoire se déroulât à Paris. Vivre à Monterey lui avait enseigné une chose : tout endroit qui n'était pas Kalamazoo était digne d'intérêt, et Jean semblait penser de même à propos de Kenosha. Hélas, les deux personnages, celui qui racontait l'histoire et l'autre, Dupin, l'affûté, n'aimaient sortir que la nuit. Ils semblaient croire que cette ville de Paris, sur laquelle Eliza avait pourtant entendu de bonnes choses, n'était qu'un bourbier. Elle se demandait ce qu'ils penseraient de Monterey. Naturellement, il s'y passait des choses la nuit – Peter s'était fait descendre en pleine nuit, et peut-être que si l'homme qui l'avait tué n'avait point passé trois heures à boire, il n'eût pas perdu son sang-froid. En outre, Mme Parks l'avait mise en garde un jour en lui conseillant de faire attention quand elle rentrait chez elle tard le soir, mais elle n'avait jamais vu quoi que ce fût d'effrayant. Les hommes – qu'ils fussent américains, espagnols, marins, débardeurs – lui souriaient et la laissaient passer devant eux, et elle n'avait jamais eu l'idée (en tout cas pas avant d'avoir lu cette histoire) de regarder autour d'elle pour voir si l'un d'entre eux, après l'avoir croisée, ne s'était pas retourné pour la prendre à revers armé d'un gourdin. Était-ce cela qui était arrivé aux deux filles disparues ? Ou, comme le disaient certains, étaient-elles allées tout simplement se promener sur la plage, ou se baigner, et avaient été emportées par les vagues ? La nuit, le ciel de Monterey était magnifique, enfin, lorsqu'il n'y avait pas de brouillard. Tant d'étoiles, et une lune si brillante. Le narrateur de l'histoire de Poe ne parlait pas du ciel de Paris.

Elle lut la partie qui racontait les meurtres – les victimes étaient une mère et sa fille, on ne leur avait pas tiré dessus, elles avaient été tailladées, et le corps de la fille poussé à l'intérieur du conduit de la cheminée. Elle suivit ses explications au sujet du clou, de la fuite de l'assassin, elle s'habitua au sang, uniquement parce que lesdites explications ne faisaient qu'attiser sa curiosité. Ce qui la frappa le plus chez Dupin fut qu'il semblât capable de considérer les blessures et autres formes de destruction tout en continuant à mener une réflexion qu'on aurait pu qualifier de froide et logique. Quand elle arriva à la fin, où Dupin révélait que l'assassin était un orang-outang, c'est-à-dire une espèce de singe dont Eliza n'avait jamais entendu parler mais que l'auteur décrivait très bien, elle fut avant tout impressionnée par le fait qu'un raisonnement si méthodique pût déboucher sur un résultat aussi inattendu. Elle crut presque à l'histoire et apprécia plutôt M. Poe, contrairement aux autres fois. Et, oui, la première chose qu'elle fit en descendant prendre son petit déjeuner fut d'examiner le conduit de la cheminée de la pension. Rien, excepté de la suie noire, et c'était trop étroit pour qu'on y cachât un cadavre, à part peut-être celui d'un chat. Plus tard dans la journée, elle croisa Olive dans le salon du bordel et lui demanda : « Olive ! As-tu lu M. Poe ? » Celle-ci cacha son visage dans ses mains et fit semblant de crier. Elles éclatèrent de rire discrètement, mais dès que Mme Parks sortit de sa chambre, elles regagnèrent les leurs.

Ce jour-là, elle eut un client l'après-midi, un marin, mais pas l'Anglais trop pressant comme elle le constata lorsqu'il entra. Il s'avéra être irlandais, sans pour autant lui rappeler aucunement Liam, mais elle se montra particulièrement gentille avec lui, le toucha là où il voulait être touché, lui ébouriffa les cheveux et le laissa faire son affaire deux fois, ce qui, peut-être parce qu'il était jeune, ne lui demanda aucun effort. Il lui laissa aussi un pourboire (bien sûr, il avait déjà payé la maîtresse des lieux), deux petites pièces sur sa table de chevet. Elle lui demanda pourquoi il venait l'après-midi, et il lui expliqua que son bateau repartait la nuit prochaine avant l'aube et qu'il avait peur de s'assoupir et de le rater s'il n'y prenait garde. Cela lui était déjà arrivé une fois à Belfast. Il avait dû emprunter un cheval, galoper le long de la côte, puis nager jusqu'au navire alors qu'il quittait le port. Eliza voulut savoir ce qu'il avait fait du cheval, et il lui raconta qu'il avait monté à cru avec juste une corde passée autour du cou de l'animal. Il l'avait laissé repartir, sachant que le cheval retournerait chez son ami. Eliza aima beaucoup cette histoire, mais elle n'en crut pas un mot. Elle la raconta à Jean le lendemain et elles en rirent.

« Tu ne te demandes pas quelles questions ce DuPINE pourrait poser à propos de ces filles disparues ?

– DuPIN, la corrigea Jean. Ah, je n'y avais pas pensé. C'est une histoire intéressante, mais si je me souviens bien, ils réussissent à faire dire aux gens ce qu'ils ont vu ou entendu. Comment veux-tu faire ça à Monterey ? La première chose qu'on te répondrait, enfin si tu interrogeais un homme, ça serait : "Tu veux mon poing dans la figure ?"

– Pourquoi n'y a-t-il pas de policiers ici, comme dans cette histoire ? Il y en avait à Kalamazoo.

– C'est ce que tu souhaites ? Combien de temps crois-tu qu'il leur faudrait pour décider que nos affaires sont leurs affaires et qu'il faut nous envoyer en prison, ou du moins, mettre fin à notre activité ? Ou ils viendraient nous extorquer de l'argent. Il y a un shérif dans le comté, avec plusieurs adjoints. Ils ne s'occupent jamais de nous. Et puis il y a les *vigilantes*. Ils s'intéressent à l'argent et aux bagarres. Il se passe tellement de choses dans cet État, pour sûr, surtout dans le Nord, ou dans les contrées où sont rassemblés les chercheurs d'or, mais même ici, ça foisonne par rapport à Kenosha. Peut-être que c'est différent dans des villes telles que Saint-Louis qui ont été fondées il y a très longtemps, mais par ici, tout ce que le shérif peut faire, c'est sauver les meubles en espérant que tout ira bien. »

Puis Jean lui donna un autre magazine, également publié à Philadelphie. « C'est mon histoire préférée, mais ne la lis pas si tu as de la fièvre ou un catarrhe. » Et elle éclata de rire. Eliza n'avait jamais rencontré une femme en aussi bonne santé que Jean, et elle fut surprise lorsque, après le dîner, pour passer le temps en attendant son client, elle décida de lire la nouvelle, découvrant qu'elle était intitulée *L'Inhumation prématurée*. La première partie racontait l'histoire d'une femme qui paraissait morte depuis plusieurs jours et qu'on avait enterrée, mais que trois ans plus tard on découvrait hors de son cercueil, effondrée sur le sol du tombeau. Eliza ressentit un certain soulagement en songeant que Peter avait reçu une balle en pleine tête. Elle avait vu la blessure – le projectile avait perforé sa gorge, traversé le palais, puis il était ressorti par le calvarium, comme l'avait nommé le docteur. Les propriétaires du saloon l'avaient retrouvé fiché dans le plafond, au-dessus d'une des fenêtres donnant sur la rue. Il y avait eu en outre beaucoup de sang car, en lui transperçant le cou, il avait déchiré un important vaisseau sanguin. À l'époque, Eliza n'avait rien voulu connaître des détails, seulement les médecins savaient que beaucoup de gens redoutaient d'être enterrés vivants. L'histoire suivante résonna encore plus fort en elle. Cela se passait toujours en France et racontait le destin d'une femme mariée à un homme qui la maltraitait. Nulle part il n'était écrit qu'il l'avait battue au point qu'elle sombrât dans le coma, nonobstant, c'était ainsi qu'Eliza se représentait la chose, et puis, la nuit suivant l'inhumation, le garçon qui l'aimait et qu'elle aimait aussi – Eliza imagina Liam Callaghan – venait la déterrer pour couper l'une de ses boucles, et alors elle se réveillait. Ils s'enfuyaient pour vivre dans la clandestinité, de même qu'on eût pu dire qu'Eliza vivait dans la clandestinité. Les histoires se suivaient, aucune ne lui paraissant impossible. Enfin, le narrateur en venait à sa propre histoire.

Son client arriva et elle dut remiser son magazine. C'était un habitué qui lui disait qu'elle était sa préférée et qui par ailleurs se montrait aimable. Seule chose inhabituelle avec lui : il voulait qu'elle détachât ses cheveux afin de pouvoir y glisser les doigts lorsqu'il faisait son affaire. Il lui avait raconté un jour qu'il avait connu une fille dans le Michigan – c'était à Battle Creek – qui venait d'une tribu indienne et dont les cheveux tombaient jusqu'aux genoux. Il n'avait jamais dit à Eliza qu'il avait aimé cette fille, lui avait fait la cour ou rien de ce genre, mais elle avait connu bien des hommes entretenant ce genre de douce obsession, qui se concentraient sur un détail dont en général nul autre ne se souciait.

Après avoir terminé, il s'assit tranquillement sur le lit (il était un peu âgé et avait besoin de se reposer) tandis qu'Eliza utilisait l'eau de la bassine pour faire une toilette soigneuse au-dedans et au-dehors. Il prit le magazine et s'exclama : « Juste ciel ! J'ai lu cette histoire quand j'étais à l'école et je ne m'en suis jamais remis. Et puis il y a eu cet homme, un vieux monsieur qui habitait la ville. Il est mort, on l'a enterré, et deux ans plus tard, on a déterré son cercueil parce que son épouse l'aimait et voulait être enterrée avec lui, et alors on s'est aperçu qu'il s'était retourné sur le ventre ! Quel choc ce fut ! Dieu soit loué, sa femme n'en a jamais rien su ! » Eliza ne lui demanda pas comment ils pouvaient en être sûrs. Il poursuivit : « À Battle Creek, des gens racontaient qu'ils avaient toujours su que quelque chose n'allait pas, car on avait vu son fantôme ici et là, perché dans les arbres au-dessus de la maison où vivait son épouse, ou s'attardant autour de sa tombe. On ne sait jamais que croire. »

Après son départ, Eliza ne put contenir ses pensées – elle ne se dit pas que Battle Creek était assez proche de Kalamazoo et qu'elle n'avait jamais entendu raconter cette histoire, mais elle songea à la fois où elle était allée chez les Harwood, quand elle s'était réveillée et que tout était si prodigieusement silencieux. Ça, ça lui avait fichu une trouille de tous les diables, et si elle avait cru aux fantômes, elle en aurait même peut-être vu un.

Il s'avéra que Jean croyait aux fantômes. Il y avait une demeure, non loin de la *plaza* du centre-ville, construite vingt ans plus tôt – une maison en adobe, avec une grande pièce et une autre au-dessus. Après que Jean la lui eut décrite, Eliza s'aperçut qu'elle était passée à côté bien des fois et qu'elle l'avait même admirée. Quoi qu'il en soit, Jean jurait y avoir vu un fantôme assis sur un banc, sous un arbre jouxtant la demeure, un homme habillé tel un moine catholique, qui tenait un bâton. Elle était passée devant lui, l'avait salué en souriant, et alors qu'il semblait se mettre debout, en réalité il s'était élevé dans les airs, sa robe sombre de moine s'étirant, s'étirant, tandis qu'il passait à travers les ramures parmi lesquelles il avait disparu. Il n'avait émis aucun bruit de fantôme ni ne l'avait même regardée. On eût dit que c'était elle qui l'avait effrayé, et non l'inverse. Eliza répondit : « Ça ne m'étonne pas qu'un moine ait peur d'une catin. » C'était le genre d'histoire auquel elle n'eût jamais ajouté foi dans la bouche de toute autre personne, mais elle fut heureuse de laisser à Jean le bénéfice du doute. Pendant quelques semaines, à mesure que l'automne avançait, elles cessèrent de parler de Poe et de fantômes et se remirent à discuter de leur clientèle, des autres filles qui travaillaient avec elles et de tout ce qui leur passait par la tête.

La fin de septembre et le début d'octobre étaient une merveilleuse saison à Monterey, ce n'était ni l'automne, ni, comme on disait à Kalamazoo, l'« été indien », mais le temps était plus chaud, plus sec, moins brumeux qu'en été ou au printemps. Tout le monde disait que la pluie allait bientôt venir, mais personne ne savait quand – c'était différent chaque année. Jean avait une cliente aimable et riche, Mme Marvin, qu'Eliza avait déjà rencontrée alors qu'elles se promenaient ensemble. Un jour, puisqu'il faisait si bon, Mme Marvin leur proposa de les emmener faire un tour dans son buggy du côté de la péninsule, histoire de sortir un peu de la ville et de découvrir les environs. Partir ainsi en exploration était l'une de ses activités de loisir favorites et, disait-elle, elle ne se lassait jamais de l'infinie variété des paysages. Elle savait que les filles, ainsi qu'elle les appelait, n'avaient pas de cheval à elles, ni accès à aucun véhicule, aussi pensait-elle qu'elles apprécieraient beaucoup ce moment. En outre, elle apporta un panier de victuailles.

Eliza fut impressionnée par les chevaux, deux bais éclatants, arborant des marques en tête semblables et pourvus de longues queues, mais également par le fait que Mme Marvin les conduisait elle-même – elle était gentille avec eux, et ils le lui rendaient bien. Elle avait attaché dehors son attelage et vint chercher Eliza et Jean dans la maison de tolérance où officiait celle-ci. Lorsqu'elles ressortirent, Eliza vit les deux hongres tourner la tête vers leur maîtresse, oreilles dressées ; Mme Marvin alla droit vers eux et donna à chacun un morceau de sucre. Tout en conduisant, elle agitait parfois son fouet avec nonchalance, mais jamais elle ne frappait ses animaux. Eliza lui demanda s'ils avaient des liens de sang, et elle répondit que oui : celui de droite avait un an de plus que l'autre, et tous deux étaient issus du même étalon et de la même jument.

La promenade fut fort plaisante. Les deux bais ne semblaient guère gênés par le vent, très vif, et n'avaient pas peur des animaux qui bruissaient dans les buissons – contrairement à Eliza qui tressaillit plusieurs fois.

Environ à la moitié de leur chemin, elles croisèrent un lynx roux, un jeune félin haut sur pattes qui sortit de derrière un arbre et les considéra. Les chevaux lui jetèrent un coup d'œil et continuèrent. Un peu plus tard, ils se mirent à trotter si vite que Jean et Eliza durent s'accrocher aux flancs du buggy. Mme Marvin les regarda et dit : « Ils sont trop puissants pour un buggy si léger, mais je ne peux en emmener un et laisser l'autre derrière. Il se mettrait à geindre et à frapper les barrières de son corral, et s'il restait seul, il serait même capable de sauter pardessus pour nous suivre. »

Elles descendirent d'abord au port, puis remontèrent le long de la baie. Eliza se trouvait du côté gauche et elle se délectait de la simple vue des pâles croissants des plages que les eaux caressaient doucement, sans fracas. La mer était d'un bleu profond, car le soleil montait de derrière les collines. Les dunes aussi étaient intéressantes ; Eliza n'en avait jamais vu, bien qu'elle en eût entendu parler. On distinguait quatre navires semés sur les flots, l'un d'eux se dirigeait visiblement vers le port, deux s'en éloignaient et le quatrième était à l'ancre, à environ quatre cents mètres du rivage – les voiles étaient affalées et Eliza distinguait des silhouettes à la proue, qui devaient regarder en direction du port.

Les chevaux trottaient toujours, et ils entrèrent dans les terres. Le soleil demeurait vif, et les bêtes semblaient toujours goûter leur promenade. Eliza sentit le calme la gagner. À présent, la terre était plate, plus aride – l'herbe, brunâtre. Des arbres s'élevaient tels des tours, ici et là, et il était évident au nombre de bestiaux qui paissaient aux alentours, libres en apparence, que c'était un bon endroit pour établir un ranch, d'ailleurs Eliza avait entendu dire que beaucoup de pieds-tendres qui s'en étaient venus de l'Est, pensant faire fortune en trouvant de l'or, avaient fini par cultiver ceci ou cela. Elles arrivèrent dans une zone plus verdoyante où les ranchs semblaient bien établis. Le plus agréable, c'étaient les montagnes au loin et les quelques maisons – pas de simples cabanes. Mme Marvin leur apprit que les animaux étaient marqués, que la terre était divisée en larges parcelles distribuées par les Espagnols à leurs partisans, et bien que les Américains n'eussent point l'intention de les leur ravir, ils n'avaient pas encore trouvé d'issue à la situation.

Au bout de deux heures, elle fit halte non loin d'un petit bois, sortit une espèce de bassine d'eau pour laisser les chevaux s'abreuver, puis elle déposa devant eux deux seaux d'avoine. Ils mangèrent sans qu'on eût besoin de les attacher. Mme Marvin se restaura elle aussi, partageant avec Eliza et Jean des haricots cuits avec du porc, du pain et un gâteau aux pommes. Elle sortit également une grande bouteille de la bière qu'elle avait brassée elle-même à partir du houblon qu'elle faisait pousser. Le breuvage était amer, mais Eliza avait soif, et elle le but en guignant un peu l'eau des chevaux.

L'après-midi touchait à sa fin lorsqu'elles repartirent par un chemin différent. Eliza avait envie de dormir. À nouveau, le paysage était plat, mais de jolies montagnes couvertes de chênes s'élevaient dans le lointain. Elle se demandait si elle n'allait pas s'assoupir (elle s'était accoutumée au trot) quand Jean lança : « Mais qu'est-ce que c'est ? » Eliza se redressa, sursautant presque. Elles franchissaient un pont étroit enjambant une rivière – guère plus qu'un ruisseau à cette époque de l'année. Mme Marvin tira sur les rênes des chevaux qui s'arrêtèrent et Jean sauta au bas du buggy.

Eliza descendit à son tour et scruta l'ombre mouvante au-dessus des pierres et de la fange. Gisant en contrebas, à demi immergé, à demi sur la berge, un corps désarticulé, celui d'une jeune fille ou d'une femme. Mme Marvin mit pied à terre elle aussi, les rênes toujours à la main, et s'exclama : « Oh, Dieu du ciel ! »

3

Jean courut jusqu'au bout du pont et descendit la berge qui n'était guère escarpée. Eliza la suivit aussitôt. En arrivant en bas, ni l'une ni l'autre ne toucha la dépouille, pas même la robe trempée qui recouvrait la fille, dissimulant son corps mais laissant deviner sa forme. Eliza regarda à gauche, puis à droite. Mme Marvin leur cria : « La source est plus au sud. L'embouchure donne dans la baie. Elle a dû être emportée par le flot. » Eliza songea que c'était peu probable car le débit de l'eau était trop faible, mais elle se contenta de demander : « À quelle distance se trouve la source ?

– Oh mon Dieu, à plusieurs jours d'ici. »

Eliza mit les mains dans son dos et se pencha pour regarder le visage de la fille. La peau était sèche, ridée, rouge, et sa main visible (l'autre était sous elle) avait l'air desséchée et plus noire que gonflée. La bouche était entrouverte ; les lèvres sèches et plissées. Les paupières mi-closes. Eliza se dit que si un corps avait passé autant de temps dans l'eau, alors il serait tout gonflé, mais ce n'était point le cas. En songeant à DuPINE, elle s'aperçut qu'elle ne parvenait à tirer aucune information de ce qu'elle voyait et que la logique ne pouvait la mener nulle part. Elle frissonna.

Jean dit : « Je ne vois pas de trace de balle. » Elle se pencha comme pour retourner le corps, mais Eliza l'attrapa par le coude. « Si c'est un meurtre, mieux vaut laisser les choses en l'état.

– Mais qui va s'en occuper, faire quelque chose ? »

De là-haut, sur le pont, Mme Marvin déclara : « Personne. Peut-être que nul ne s'en souciera, mais il est hors de question que nous y touchions. Laissez-la telle quelle. On ne peut pas l'emmener avec nous, il n'y a pas la place. La nuit va tomber. Je parlerai à un homme que connaît mon mari et qui pourra peut-être faire quelque chose. Nous savons où elle se trouve. Je le lui dirai. Elle ne va pas aller bien loin avec ce temps.

– Tu penses que c'est l'Américaine ou l'Espagnole ? » demanda Jean.

Eliza songea qu'on aurait pu le savoir à la couleur des cheveux, ou à leur longueur, puisque les Espagnoles semblaient les porter plus longs. Hélas, ceux de la fille étaient coincés sous elle. Quelques mèches foncées étaient répandues sur le sable, mais après tout ce temps passé dans l'eau, ça pouvait être de la saleté, de la pourriture, ou Dieu sait quoi. Eliza n'y connaissait rien en matière de cheveux, à part quand il s'agissait de les peigner, de les rouler en chignon ou de les écarter de son visage. Elle les contempla. Et puis elle eut une idée, et dès que Jean fut remontée, elle en empoigna quelques-uns, tira dessus et les rangea dans une petite poche sur le côté de sa robe. Tout à coup, à l'autre bout du pont, l'un des chevaux regarda par-dessus le garde-corps, qui était en pierre, et eut un mouvement de panique. Mme Marvin se retourna. « Venez, les filles, venez ! Plus et Moins n'aiment pas ça ! J'ai peur qu'ils ne veuillent fuir. »

Plus et Moins. En réalité, Plus s'appelait Plusie, c'était le cadet, et Moins s'appelait Moinotin, c'était l'aîné. Une fois qu'elles furent toutes remontées dans le buggy, les chevaux redémarrèrent à vive allure.

Naturellement, en rentrant chez elle cette nuit-là après le départ de son client, Eliza comprit que la défunte pouvait très bien n'être ni l'une ni l'autre des deux disparues dont tout le monde avait parlé. La différence entre Monterey et Paris, c'est que Paris était une ville où si l'on commettait un acte terrible, quelqu'un entendrait ou verrait forcément quelque chose, tandis qu'autour de Monterey régnaient d'immenses espaces déserts où l'on pouvait faire subir un sort atroce à une personne, ou tout au moins à quelqu'un qui ne fût pas une personnalité, et il était fort probable que nul ne vît ni n'entendît quoi que ce fût. Elle jeta un coup d'œil autour d'elle. Il était si tard que même les saloons étaient fermés et les rues pratiquement désertes – du moins le paraissaient-elles. Elle distingua une ombre que, un instant, elle prit pour un homme, alors elle songea qu'elle aurait dû avoir peur, ou tout au moins perdre contenance, seulement, cette fois, il n'en était pas ainsi. Elle ignorait pourquoi, mais elle s'en félicita.

Mme Marvin tint parole. Son époux connaissait le shérif – il s'appelait Roach –, et trois jours plus tard, Jean apprit à Eliza qu'on avait retrouvé le corps – pas sous le pont, mais un peu en aval, là où la rivière formait un coude avant de rejoindre les montagnes. Puisque Mme Marvin n'était point descendue voir le cadavre, Jean et Eliza devaient se rendre là où on l'avait amené pour l'identifier. Mme Marvin était déjà passée chercher Jean, avec Plus et Moins, quand elle arriva à la pension d'Eliza. Jean était surexcitée. Eliza, remplie d'effroi.

L'endroit où l'on conservait les cadavres, la *morgue*, n'était pas loin du port, ce qu'Eliza comprit – accidents de pêche et naufrages n'étaient pas rares, or il fallait un lieu où l'on pût rassembler les corps avant de les emmener à l'église ou au cimetière. C'était un bâtiment plutôt modeste, tout en adobe, aux fenêtres peu nombreuses ; Eliza avait toujours cru qu'il s'agissait d'une manufacture, bien qu'elle n'y eût jamais décelé le moindre bruit. Il semblait n'y avoir qu'un étage, mais les corps étaient conservés au sous-sol, dans un endroit plus frais. Eliza pensait qu'elle et Jean descendraient ensemble, mais l'homme qui les fit entrer, M. Lowe, leur dit que ce n'était pas possible et qu'elles ne pouvaient pas non plus discuter de ce qu'elles avaient vu. Pour s'en assurer, il plaça Eliza dans un coin et Jean à l'opposé, un autre homme demeurant au milieu – un client de chez Mme Parks qu'Eliza avait déjà croisé, qui ne lui sourit pas mais ne la regarda pas non plus de travers.

Jean descendit la première. Elle resta si longtemps que le soleil qui brillait à travers la minuscule fenêtre située près d'Eliza eut le temps de disparaître derrière les ramées d'un chêne. Quand elle remonta, elle ne jeta pas même un coup d'œil à son amie – l'homme qui l'escortait ne l'eût pas laissée faire, et grâce à DuPINE, Eliza comprit pourquoi. Chacune d'entre elles devait dire précisément ce qu'elle avait vu. L'homme revint la chercher et la fit descendre à son tour. L'escalier était raide et étroit, sans rampe. Les marches en pierre grossièrement taillées. Eliza fixait ses pieds, s'imaginant finir là à son tour, juste parce qu'elle aurait trébuché et se serait rompu le cou sur la pierre. Pourtant, on y voyait clair – on s'était assuré de cela. Le cadavre gisait sur une table, éclairé par le soleil qui tombait d'une grande fenêtre au plafond.

En trois jours seulement, il avait foncé et les taches s'étaient multipliées. Il semblait aussi que les poissons ou les rats en eussent prélevé leur part, car certaines parties avaient disparu au niveau de l'épaule gauche et de la base du bras, ainsi que deux doigts. La robe était absente, ou presque - peut-être avait-elle pourri –, et l'on voyait également qu'il manquait un sein. Un tel spectacle était difficile à soutenir et l'odeur n'aidait guère, mais l'homme dit à Eliza : « Est-ce que vous voyez la même chose que l'autre jour ?

– Elle fait la même taille. Le visage ressemble, mais ce n'est plus vraiment un visage, si vous voyez ce que je veux dire.

– Je vois, en effet. »

À force de scruter le cadavre, elle s'y habitua et pensa de nouveau à DuPINE. Sans s'en rendre compte, elle tendit la main vers la fille, mais l'autre la lui saisit. « N'y touchez pas. »

Seulement, Eliza avait envie de la toucher, de lui caresser le front, par exemple, pour lui dire que tout irait bien. Même si elle ne pouvait pas vraiment la voir, Eliza imaginait cette fille exerçant la même profession qu'elle, devant s'accommoder chaque jour de quelque chose de nouveau et d'inattendu, réprimant sa peur, jusqu'à ce que soudain toutes ses craintes prissent corps, et elle avait eu beau imaginer des choses terribles, cela ne l'avait en rien préparée à ce qui s'était réellement passé. Eliza ferma les yeux.

Dans la rivière, les cheveux lui avaient paru bruns, et ceux de cette fille l'étaient. Elle se pencha avec précaution et la regarda dans les yeux. L'un d'eux manquait, l'autre était d'une couleur étrange, plus vert que bleu. Elle se tourna vers l'homme. Il était impénétrable, et

Eliza ne put définir ce qu'il ressentait face à ce cadavre. Peut-être, songea-t-elle, en avait-il vu tant et tant que ça ne lui faisait plus rien. En repartant, elle se dit que c'était de cela qu'elle discuterait avec Jean – pas de la fille, mais de l'homme. Elle regarda celle-ci une dernière fois : ses mains lissèrent le tissu sur ses hanches pour sentir sa chair, vivante. Elle frissonna.

L'homme se tourna vers elle et dit d'une voix sévère : « Est-ce que vous reconnaissez dans cette gamine une personne que vous auriez rencontrée avant sa mort ? », alors Eliza comprit que Jean avait raison – toute cette affaire pouvait conduire à mettre fin aux activités de Mme Parks et à jeter toutes les filles de joie en prison. Ou dans cette salle. Rassemblant tout son sang-froid, elle répondit : « Non, je ne la reconnais pas. » Ils demeurèrent là encore un moment, et enfin il la reconduisit jusqu'à l'escalier, bien qu'il ne montât pas derrière elle. Celui qui les avait précédemment surveillées attendait en haut. Il leur enjoignit de ne rien dire de toute cette affaire aux citoyens de Monterey et les fit sortir.

Elles se dirigèrent vers le phare. Il fallut un moment avant que Jean prît la parole. Enfin, elle déclara : « Ce n'est pas elle.

– Je l'ai pourtant cru.

– Son nez avait une forme différente, plus allongé et plus fin.

– Je n'ai pas remarqué cela. »

Elles croisèrent un homme près du phare. Jean attendit qu'il se fût éloigné pour reprendre : « Et elle avait les oreilles percées. Tu n'as pas remarqué ? »

Eliza secoua la tête.

« Il y a un autre bordel quelque part, mais je ne sais pas où c'est. Quand des filles arrivent là-bas, le patron leur fait percer les oreilles ; ensuite, il leur donne des boucles d'oreilles différentes pour pouvoir les reconnaître.

– Pourquoi est-ce qu'il ne leur donne pas tout simplement un nom ?

– C'est ce qu'il fait, mais d'après ce qu'il dit, il a du mal à se les rappeler. Je pense qu'il agit comme ça pour d'autres raisons. Certaines filles portent des perles, d'autres des opales ou des améthystes. Elles disent qu'il a même des diamants dans un coffre, mais elles ne sont pas autorisées à les porter, à part avec certains clients. Je pense que ces boucles d'oreilles servent à définir leur valeur.

– Je vais poser la question à Mme Parks.

– Elle le connaît. Ils se connaissent tous. »

Elles remontèrent la rue du Pacifique. Eliza dit : « Je ne comprends toujours pas comment elle a été tuée. Je n'ai pas vu de trace de balle.

– Étranglée. J'ai cru observer des marques sur son cou. Ou poignardée dans le dos. Oh, je n'en sais rien.

– Il aurait pu la poignarder et ensuite maintenir ses mains sur sa bouche, par exemple.

– Je préfère ne pas y penser, mais ça fait sens. » Après avoir gravi la colline, Jean ajouta : « J'ai vu son fantôme. »

Eliza s'arrêta et dévisagea son amie.

« Je savais que tu ne me croirais pas, mais c'est pourtant vrai. Il y avait une ombre, j'ai levé les yeux. Elle me regardait à travers le puits de lumière. C'est tout. Elle n'avait pas l'air d'avoir peur, elle paraissait sérieuse et déterminée. J'ai murmuré…

– Tout ira bien.

– Exactement. Tu l'as vue, toi aussi ?

– Je n'ai pas vu son fantôme. C'est… » Puis une pensée lui vint : *C'est moi que j'ai vue.* Mais elle la garda pour elle.

Jean leva les yeux. « Elle s'est élevée dans le ciel et s'est éloignée en flottant. Elle portait de la mousseline blanche. »

Cette fois, Eliza pouffa, et Jean renchérit : « Mais c'est vrai ! »

La seule chose qu'Eliza trouva à dire fut : « Comment se fait-il que tes revenants ne fassent pas peur ?

– Les revenants ne font pas forcément peur. Je crois qu'ils ont plus de chance d'être effrayés que d'effrayer. »

Elles arrivèrent rue Franklin, et vint le moment de se séparer. Jean prit la main d'Eliza. « Il faut qu'on retourne là-bas. »

Eliza savait qu'elle parlait du pont, ou de la rivière. « Mais c'est loin !

– On a de l'argent. On peut louer des poneys pour la journée. Tu sais monter ?

– Plus ou moins. »

Jean sourit. « Je ne pense pas qu'on puisse emprunter ces deux-là. Mais j'adore faire du cheval. On va retourner à la rivière et on n'aura pas peur d'examiner les lieux. »

En rentrant chez elle, Eliza essaya de se remémorer tous les détails possibles concernant la fille sous le pont. Elle finit par conclure que c'était bien la même fille qu'elle avait identifiée, même si, de fait, Jean était plus observatrice qu'elle. Toutefois, leur désaccord lui rappelait une chose : ni l'une ni l'autre ne savait ce qu'elles faisaient.

4

Mme Parks connaissait l'autre bordel en question. Il était un peu plus loin sur la côte, davantage dans les terres. On ne pouvait y aller qu'à condition d'avoir une voiture ou une monture, et l'endroit était réservé à une clientèle aisée qui, dans l'ensemble, venait de loin – même de San Francisco – et souhaitait ou devait rester discrète. D'après elle, cette maison n'employait pas les jeunes femmes dans le besoin des environs, mais faisait venir des filles de l'Est, Cincinnati, La Nouvelle-Orléans, voire Boston, et dont les parents, ajouta-t-elle en fronçant les sourcils, n'imaginaient sûrement pas où leurs enfants étaient tombées. Elle regarda la porte qui grinça en s'ouvrant. Olive entra, vêtue d'une robe pâle, entre jaune et vert. Elle avait l'air heureuse et leur adressa un petit signe. Mme Parks hocha poliment la tête et mit la main sur le genou d'Eliza – celle-ci savait ce que cela signifiait : « Garde ça pour toi ! » Olive alla à sa chambre. La patronne désigna la sienne à Eliza. En se levant, celle-ci pensa aux lettres de sa mère. Elle ne dit rien à Mme Parks de ce qu'elle et Jean avaient vu ou fait. C'était trop effrayant. Elle le lui raconterait à l'occasion.

Ce soir-là, son client était un garçon qu'on avait envoyé travailler comme marin sur un baleinier. Il était du Maine, et c'était sa première campagne de pêche. À quatorze ans, il avait déjà traversé l'Atlantique, passé le « cap » et remonté le Pacifique, mais d'après les deux jeunes hommes qui l'accompagnaient, il n'avait jamais touché une femme, à part pour embrasser sa mère sur la joue le jour où il avait quitté Brunswick. Il avait cinq frères, mais pas de sœurs. Les marins expérimentés choisirent deux filles qu'ils avaient déjà rencontrées lors d'un précédent voyage – c'était en 1850 –, et Eliza s'occupa du garçon. En effet, il n'avait jamais connu ni femme ni fille et il était maladroit. Après quelques tentatives brouillonnes, elle le fit asseoir par terre en tailleur à côté d'elle et prit ses mains dans les siennes. Elle les lui réchauffa, puis les posa sur ses cuisses. Elle le regarda dans les yeux, lui caressa le visage, les épaules, avec douceur, chaleur. Sa main glissa sur sa nuque, et les épaules du garçon se détendirent. Elle lui demanda ce qu'il faisait sur le bateau et il répondit qu'il grimpait tout en haut du mât, servait de vigie, roulait et déroulait les voiles. « Je suis rapide ! C'est moi le plus rapide pour arriver en haut !

– Mais ce n'est pas dangereux ? »

Le garçon haussa les épaules. « Pas si on sait ce qu'on fait. »

Eliza continua à se rapprocher de lui, à le préparer. Son vit était endurant, très endurant, et lorsqu'il passa enfin à l'action, elle s'aperçut qu'elle y prenait aussi plaisir. Quand ils eurent terminé, les deux autres marins faisaient les cent pas dans le salon, son prochain client était déjà venu et reparti boire un verre en disant à Mme Parks qu'il reviendrait. Et il revint en effet, après avoir laissé le temps à Eliza de se refaire une beauté et de se tourner les pouces, mais il était manifeste qu'il ne s'était pas limité à un verre. Assis dans un angle, Carlos leva le sourcil gauche, ainsi qu'il le faisait toujours lorsqu'il hésitait à jeter un miché dehors. La maîtresse des lieux avait disparu – parfois, à cette heure tardive, elle allait se coucher et laissait le soin à Carlos de la tenir informée.

Eliza inclina la tête de côté, puis haussa légèrement les épaules. Elle avait déjà rencontré cet homme-là par deux fois, bien qu'alors il ne fût point ivre ; il était plutôt du genre timide. Mais elle n'était pas naïve. Elle avait vu quantité d'ivrognes et savait que l'alcool faisait ressortir certains traits. Parfois, un garçon parfaitement gentil buvait et se mettait à hurler, à taper sur les autres, à déambuler en titubant, la main sur son pistolet. Ou encore un homme à l'air rébarbatif enfilait quelques verres et devenait bavard, il vous disait tout de lui, et de sa famille, et de son chien, il parlait tant et tant qu'il n'arrivait pas à mener les choses à leur terme. C'était ça, le problème : on ne savait jamais si un soûlard était en état de faire son affaire ou pas.

Carlos leva le sourcil droit, ce qui signifiait qu'Eliza devait laisser la porte de sa chambre entrouverte, et elle acquiesça. Elle rejoignit son client, puis il la suivit dans sa chambre. Il ne regardait qu'elle et ne s'aperçut pas qu'elle avait laissé la porte entrebâillée. Dès qu'ils furent dans la chambre, il souffla les deux chandelles, mais en s'approchant d'elle, il trébucha sur le tapis et tomba à genoux. D'abord il jura, sans se limiter à l'imprécation préférée du père d'Eliza : « Damnation ! » Puis il saisit le bois de lit et se redressa. Eliza resta en arrière. Sa vue s'était ajustée à l'obscurité et elle ne lisait pas la colère sur son visage, mais savait qu'elle devait être prudente. Il resta ainsi debout pendant un moment, puis alla vers le lit, s'assit et fondit en larmes. Eliza ne bougea pas, elle le laissa pleurer un moment et reprendre son souffle, puis elle vint s'asseoir à ses côtés. Elle connaissait son nom, mais se refusa à l'employer. « Mon ami, est-ce que je peux vous aider ?

– Je suis damné. »

Il parlait d'une voix si basse qu'elle ne l'entendait pas distinctement. Elle posa la main sur sa jambe, mais il l'écarta aussitôt. « Je suis damné ! Je suis damné ! Je ne peux pas m'en empêcher ! Je vais brûler en enfer ! »

Où donc avait-elle déjà entendu ça ? Chez elle, à Kalamazoo, bien entendu. Son cœur se mit à battre plus fort. En temps normal, elle s'empêchait de penser à quoi que ce fût qui lui rappelait ses parents ou leur église, mais dans cette chambre sombre, après les épreuves de la journée (et puis, s'être occupée du jeune marin, qu'il avait fallu séduire, l'avait fatiguée), elle ne put s'empêcher de penser à la damnation.

« Vous voulez dire, parce que vous êtes venu me voir ? »

Il hocha la tête.

« Mme Parks va vous rembourser. » Elle ignorait si c'était vrai, mais elle songea que c'était plus sage ainsi. « Vous pouvez partir.

– Mais je ne veux pas partir. C'est pour ça que je suis damné. »

Eliza songea : *Moi aussi.*

Il reprit : « Regardez-moi un peu ! »

Elle le regarda.

« Il n'y a rien en moi qui puisse attirer une dame ! Je n'ai pas de biens, même pas un cheval. Je décharge des caisses de poissons des bateaux jour après jour et je pue comme un putois.

– Je ne pense pas que…

– Je partage une chambre avec un autre gars. Je n'ai même pas les moyens d'en avoir une pour moi tout seul. Voilà comment je réussis à trouver un peu de plaisir de temps en temps, mais c'est un péché !

– Vous pourriez aller voir votre pasteur et confesser vos péchés, voire vous agenouiller devant votre congrégation…

– À Philadelphie ? Je n'oserais pas mettre les pieds dans une église papiste, et c'est tout ce qu'il y a par ici.

– Entrez juste pour voir notre Sauveur…

– Non ! Ce que je fais est la preuve que je suis déjà damné ! Je n'y peux rien. Je ne sais même pas pourquoi je suis en vie. Je l'ignore. »

Eliza avait aussi déjà entendu ce genre de discours. En réalité, il avait fallu qu'elle vînt à Monterey, et survécût à la mort de ce type – son mari –, pour éprouver suffisamment de joie et avoir enfin une raison de vivre – les arbres, la caresse des vagues, les cris des oiseaux de mer, la gentillesse de Mme Parks, l'amitié de Jean. Il semblait que, chez les covenantaires, votre seul devoir consistait à montrer au monde que vous étiez un élu, même si, tout au fond de votre cœur, vous saviez que les circonstances vous étaient défavorables. Seulement, la manière de montrer que vous étiez élu consistait à ne jamais prendre le moindre plaisir terrestre à quoi que ce fût. Elle posa une main sur la cuisse de l'homme, mais il la tapa pour la chasser. « Ne me tentez pas ! Vous êtes la raison de mon péché ! » Il leva le bras, Eliza sursauta légèrement, mais il se frappa lui-même sur la tête avant de laisser son bras retomber. Elle resta tranquillement assise. Ne dit rien qui pût trahir le fait qu'elle était elle-même covenantaire, mais elle leva les yeux au ciel et pensa : *Non, c'est Dieu lui-même la source de vos péchés, car il a déjà décidé de votre sort.* Elle vit Carlos jeter un coup d'œil par l'embrasure de la porte, il dut la voir aussi, car elle secoua la tête et il n'entra pas ; ensuite, naturellement, elle se demanda si elle avait fait le bon choix.

Elle s'éloigna un peu de lui, sachant que les hommes ivres pouvaient devenir violents d'un seul coup. Mais pas lui : il se pencha, vomit ses tripes sur le plancher, puis se renversa en arrière et sembla perdre connaissance. Elle se leva sans bruit en se demandant quelle quantité il avait pu ingurgiter. Tout le monde savait qu'à Monterey les saloons diluaient l'alcool. Mais peut-être faisait-il juste partie de cette catégorie d'hommes qui ne tenaient pas la boisson.

Elle sortit. Carlos était debout à l'extérieur, une chandelle à la main. « Il est complètement cuit, dit-elle. Je pense que tu ferais mieux de le laisser dormir plutôt que de le traîner dehors. » Carlos acquiesça et Eliza rentra chez elle. Elle pensait que les événements de la journée l'empêcheraient de dormir, mais non – elle s'assoupit aussitôt et s'éveilla seulement quand le soleil filtra à travers la fenêtre. Les premières pensées qui lui vinrent à l'esprit furent d'abord pour son dernier client, et ensuite pour Jean. Elle voulait le lui montrer pour qu'elle lui dît si, selon elle, il appartenait à cette catégorie d'hommes capables de trucider une fille et de se débarrasser ensuite du corps. Il était en effet assez facile de l'imaginer perdre le contrôle, lire son propre péché sur le visage de la fille, la fille faisait ce qu'il ne fallait pas et le type se vengeait. Elle bondit hors de son lit, enfila une robe et sortit en courant. En arrivant chez Jean, elle la vit assise sur les marches extérieures, dégustant un biscuit. Elle se redressa aussitôt. Elle était vêtue de son costume d'homme, pantalon et chemise, bottes et sombrero. Eliza la prit par la main et l'entraîna dans la rue, vers le bordel. « Il faut que tu voies cet homme et que tu me donnes ton avis ! »

Elles tournaient à l'angle, juste deux maisons avant celle de Mme Parks, lorsqu'elles le virent descendre la dernière marche. Il s'arrêta, secoua la tête, appuya sur sa tempe et soupira. Puis il s'avança dans leur direction. Il avait les cheveux ébouriffés, du vomi sur sa chemise. Il inspirait profondément, mais eut un léger sourire en les croisant – il regarda Eliza comme s'il la connaissait, comme s'il se souvenait d'elle. Elles continuèrent à marcher. Eliza se retourna, le vit tourner au coin de la rue. Elle se pencha vers Jean et commença à lui raconter la soirée de la veille. Elle en était au moment où il rejetait son idée de se confesser quand elle entendit le bruit de ses pas derrière elle, et un frisson lui parcourut le dos. Elle s'arrêta ; peut-être aurait-elle dû se mettre à courir, mais elle ne pouvait plus avancer. Il vint se planter devant elles. Eliza savait que Jean était armée d'un bâton – elle en avait souvent un. Le client regarda Jean et lui dit : « Pardonnez-moi, monsieur. » Puis il s'adressa à Eliza, baissant la tête : « Mademoiselle, est-ce que vous m'avez vu récemment ? »

Parbleu ! Il avait tellement bu qu'il ne se rappelait plus rien.

Elle répondit avec une certaine hésitation : « Je vous ai vu il n'y a pas si longtemps…

– Je m'en souviens. Mais bon… je me suis réveillé dans cet établissement où je vous avais rencontrée, et je ne sais pas comment je suis arrivé là. »

Eliza regarda Jean, qui fit d'un ton jovial : « Mon garçon, vous avez eu un trou noir. »

L'homme posa la main contre sa tempe et appuya de nouveau.

D'une voix plus bourrue, Jean lui demanda : « Ça vous est déjà arrivé ?

– Une fois. À la fête du solstice d'hiver. Je pensais que ça ne m'arriverait plus jamais. J'arrive à peine à tourner la tête.

– Nous pourrions faire quelques pas avec vous ? proposa Eliza en regardant Jean.

– Je vous en prie. Je m'appelle Jacob.

– Enchanté, John », ajouta Jean. Il n'eut pas l'air d'en douter. Jean se plaça sur sa gauche, Eliza sur sa droite, puis celle-ci lui prit le bras et ils descendirent ensemble la rue. La chaussée n'était pas boueuse, mais marquée d'ornières et semée de crottin de cheval. De temps en temps, avec l'aide de Jean, Eliza le guidait pour lui éviter les saletés. Une fois, il trébucha et elles le rattrapèrent. Jean lui dit : « Il vaudrait mieux que vous mangiez quelque chose. »

Il plongea la main dans sa poche et en sortit quelques pièces. Elles l'emmenèrent jusqu'à une taverne bon marché et le firent entrer. Il regarda autour de lui, puis dit en sursautant : « Quel jour est-on ?

– Dimanche », répondit Eliza.

Il se détendit et Eliza en déduisit qu'il ne travaillait pas ce jour-là, ce qui expliquait qu'il ait choisi la veille pour se rendre au bordel. Elles l'installèrent à une table devant des œufs frits et des harengs, puis s'en allèrent. Eliza se retourna une dernière fois en sortant. Il avait le coude sur la table, la tête dans la main, et il triturait ses œufs.

Dès qu'elles furent à nouveau dans la rue – Alvarado –, Jean lui prit le bras et commença : « Comment être sûre qu'il n'a fait ça qu'une fois auparavant ? J'ai connu des gars à qui ça arrivait plus souvent qu'ils ne le croyaient.

– Il fait partie de ces gens qui ont comme deux personnalités : quand il est venu me voir les autres fois, il était doux et même timide. Je savais qu'il était costaud en raison de son travail, mais pas un instant je ne me suis sentie mal à l'aise avec lui, parce qu'il parlait doucement et qu'il était gentil quand il faisait son affaire. J'aimerais savoir dans quel saloon il est allé. J'aimerais demander au patron ce qu'il a bu et comment, et même s'il a payé ses verres.

– Tout est fermé ce soir, mais on pourra demander demain. Nous n'avons pas beaucoup de clientes le lundi.

– Moi non plus.

– Nous irons chez Mme Parks et puis nous décrirons des cercles autour en commençant par le saloon le plus proche. Mais même si on trouve le bon, et qu'on arrive à savoir ce qu'il a bu, il faudrait aller se renseigner du côté des docks. Une fois, ça ne suffit pas pour expliquer… »

Elles se regardèrent en songeant à la jeune fille morte qu'elles avaient vue la veille.

Puis Jean questionna gentiment Eliza. Elle n'avait jamais rencontré de convenantaire auparavant. Sa famille allait à l'église, bien sûr, mais c'était une église abolitionniste qui parlait davantage de mettre fin à l'esclavage et d'aider les esclaves en fuite que de Satan, de l'enfer, de Dieu ou du paradis – pour les coreligionnaires de ses parents, l'enfer était sur terre, là même où ils se trouvaient, dans le sud de l'Alabama, il s'étendait depuis Birmingham, essayant d'entraîner dans la damnation tous les habitants des États-Unis – d'ailleurs, c'est même ainsi que son père appelait le Sud : la « Damnation ».

Une fois de plus, Eliza se félicita d'être venue en Californie.

5

Le dimanche avait beau être son jour de congé, Eliza se rendit chez Mme Parks. C'était une belle journée et elle la trouva installée sur la véranda, seule cette fois, s'occupant visiblement de ses livres de comptes. En voyant Eliza arriver, elle lui fit signe de monter les marches, lui prit la main et secoua la tête avant de dire : « Carlos m'a aidée à tout nettoyer. Il y en avait beaucoup, mais ça avait séché, Dieu merci ! Ça n'a pas pris trop de temps. Je suis heureuse qu'il ne t'ait pas fait de mal, ma chère. Désormais, il ne remettra plus les pieds dans cet établissement. »

Eliza savait qu'il valait mieux ne pas faire objection ; en effet, elle comprenait les angoisses de cet homme, surtout un dimanche, bien qu'elle n'eût aucune intention d'aller à l'église.

Sa patronne lui dit : « Tu devrais utiliser cette soirée de libre pour t'offrir une bonne nuit de sommeil. » Puis elle lui tendit une pièce de cinquante cents, suffisante pour s'offrir un bon ragoût de bœuf, et elle retourna à ses comptes. Eliza avait failli lui raconter ce qui s'était passé, mais Mme Parks était de si bonne nature, elle avait un tempérament si positif qu'elle doutait qu'elle pût connaître des covenantaires. On lui avait dit qu'elle était de Baltimore, elle n'en savait pas plus.

Elle retourna chez elle et se mit à lire (*pas* M. Poe) en attendant Jean. Qui arriva vêtue cette fois d'une robe, présentant bien, la figure débarbouillée. Elle lui dit aussitôt : « Tu connais cette villa, Casa Munras ? »

Eliza secoua la tête.

« C'est plus loin en suivant la route, un peu à l'extérieur de la ville. J'avais besoin d'aller marcher et je suis allée de ce côté, et là, non seulement j'ai entendu le fantôme de ce type qui marchait d'un pas lourd, mais je l'ai vu sur le toit !

– Quel type ?

– Munras ! Il était propriétaire de tout le terrain, plus de mille deux cents hectares, à ce qu'on m'a raconté. En réalité, il faisait des peintures murales. Et puis il est mort il y a deux ans. La Casa est fermée pour le moment, mais les gens entendent tout le temps son fantôme. Il est plein d'énergie : je me suis promenée dans les parages, dans l'espoir de le voir, et je l'ai vu ! »

Elle était tout excitée. Elles prirent la rue du Pacifique en direction du port, puis la Grand-Rue, retour par Jefferson, avant de remonter la rue Dutra et de redescendre la rue Madison jusqu'à la rue du Pacifique pour revenir à leur point de départ. Onze saloons, des petits, des grands, pas vraiment ouverts parce que c'était dimanche, mais parfois aux fenêtres entrebâillées, avec une ou deux personnes à l'intérieur, la porte pas verrouillée. Au pied de la colline, près de la mission, les règles concernant les activités du dimanche étaient plus strictes. À Monterey, puisque les bateaux arrivaient et repartaient de manière imprévue, et que les marins risquaient d'exprimer leur frustration si nul ne pouvait satisfaire leurs besoins, certaines choses étaient tolérées à condition de se montrer discret.

Le saloon le plus proche de chez Mme Parks, un petit établissement, se trouvait à l'angle des rues Munras et de la Perle. La porte était entrouverte, et une femme plutôt âgée balayait à l'intérieur. Elle remarqua Eliza et Jean qui se tenaient sur le seuil et leur fit signe d'entrer ; elles s'exécutèrent sans refermer derrière elles. Des fenêtres donnaient de l'autre côté, il y avait là quelques tables et chaises. La femme cessa de balayer, mit une main sur la hanche et leur demanda : « Vous voulez quèque chose ? »

À l'entendre, Eliza songea qu'elle devait venir du Sud, peut-être du Texas.

Jean prit la parole : « J'ai un ami qui arrive en ville. Il travaille sur un baleinier. Je sais qu'il aura envie de prendre du bon temps et je cherche le meilleur endroit pour lui. Je viens d'arriver dans cette ville.

– Vu que c'est le sabbat, je m'en va vous dire la vérité : c'est point ici. »

Les deux jeunes femmes ne purent réprimer un rire.

La femme se remit à balayer.

« Vous auriez une idée ? demanda Eliza. Il n'a pas les poches cousues d'or.

– Y a un bordel au coin de la rue. » Elle ne les regarda pas ni ne s'adressa à elles d'une manière particulière, comme si elle savait qu'Eliza travaillait là-bas.

« Ce n'est pas ce qu'il cherche. À vrai dire, il est du Tennessee.

– Whiskey, alors. »

Eliza acquiesça.

« Pas ici. C't endroit est à M. Mayer. Y brasse sa bière lui-même. C'est ça qu'on sert, nous aut'. Vot' ami devrait aller un peu plus bas dans la rue. Vous allez voir une ruelle sur l' côté. Passez par la porte de derrière.

– Mais c'est fermé le dimanche, non ? demanda Jean.

– Ça, j'dis pas. Chais pas. Faut voir ça par vous-mêmes. »

Elles la remercièrent, mais elle ne leur répondit pas, ni ne les regarda lorsqu'elles repartirent. Il était midi. Le ciel était dégagé, mais la rue presque déserte.

« Tu as senti ce qu'il avait bu à son haleine ?

– Pas besoin de sentir son haleine, et tu peux être sûre que je ne l'ai pas embrassé. C'était clair comme le jour qu'il était gris jusqu'à la troisième capucine. »

Elles entrèrent dans la ruelle ; elle était courte et menait à une volée de marches qui s'enfonçaient. L'endroit qu'elles cherchaient était presque en sous-sol. La porte n'était pas fermée à clef. Jean tourna la poignée et entra. La salle était déserte, mais un homme arriva en hâte de la pièce du fond. Jean inclina la tête, prit un air effrayé et s'écria : « Juste ciel ! Mais où suis-je donc ! Mon amie de l'église m'a dit qu'elle vivait ici ! »

L'homme répondit : « Personne vit ici.

– Vendez-vous des victuailles ? Nous sommes nouvelles en ville et nous cherchons un endroit où manger. »

Il jeta un coup d'œil à Eliza. Elle ne pensait pas l'avoir vu chez Mme Parks, mais peut-être l'avait-il aperçue quelque part au-dehors. « Y en a plein, des endroits de ce genre. Sortez d'ici et allez voir ailleurs.

– Et du whiskey ? Vous avez du whiskey.

– Pas le dimanche. Brisez-la !

– Permettez-moi de vous dire que si vous voulez attirer la clientèle, vous devriez apprendre à vous montrer un peu plus poli. » L'homme fronça les sourcils. Elles sortirent.

Une fois dehors, Jean dit : « Je pense que c'est bien là. C'est suffisamment proche pour qu'il ait pris un bon bain mais qu'il ait malgré tout réussi à revenir au bordel. »

Eliza était plutôt d'accord. Ce qu'elle appréciait le plus chez Jean, c'était son courage. Peut-être était-ce à cause des fantômes : quand on n'avait pas peur des fantômes, de quoi d'autre pouvait-on avoir peur ?

Eliza proposa : « Allons nous promener du côté de la grande Casa. »

C'était à présent le début de l'après-midi. Des bandes de brume commençaient à remonter de la baie, flottant ici et là, se rassemblant. Jean leva les yeux et dit : « Je suis sûre qu'il y a du soleil, là-bas. »

Elles firent exprès de prendre leur temps. Rue de la Perle, elles s'arrêtèrent dans un estaminet que Jean connaissait et y mangèrent un bol de soupe de lentilles. Lorsqu'elles ressortirent, le brouillard formait une nappe semblable au rebord d'un chapeau. Elles remontèrent la rue de la Perle, puis la rue Munras, et sortirent de sous le chapeau. Elles arrivèrent à l'orée de Monterey et continuèrent. La route était plus boueuse mais pas plus étroite, il était évident que la ville – ou quelqu'un dans la ville – avait l'intention d'investir la campagne. En vérité, la promenade fut fort brève. Elles firent le tour de la Casa en adobe, ainsi que de deux autres bâtiments en bois non loin de là, flanqués de vérandas, de même que la plupart des constructions en ville, mais ni Eliza ni Jean n'entendit rien. Celle-ci sembla déçue et dit : « Il y a un cimetière à huit cents mètres. J'adore aller marcher là-bas. » Eliza, elle, n'y allait jamais – Peter y était enterré. Mais elle suivit Jean.

Elles marchèrent sous les arbres. Pour se distraire, Eliza demanda : « Il y avait des fantômes à Kenosha ?

– Bien sûr ! Mon cousin Eli disait qu'il y en avait plusieurs dans le phare qui donnait sur le lac. Mais je n'y croyais pas.

– Pourquoi ?

– Parce que je n'avais pas encore lu M. Poe ! On était assis dans le salon, chez mon oncle, et Eli disait : "J'ai vu un fantôme la nuit dernière" – ils n'habitaient pas loin du phare. Et je répondais : "Ah, et à quoi ressemblait-il ?", et Eli haussait les épaules en disant : "Bah, tu sais." Et moi, j'ajoutais : "Tu veux dire tout blanc, comme s'il était revêtu d'un drap ?" Et il répondait : "Mais non", seulement il ne possédait pas le talent nécessaire pour raconter des histoires. C'est grâce à M. Poe que j'ai commencé à les voir. Je parierais n'importe quoi que M. Poe prétendait écrire des histoires, mais qu'en réalité il voyait des revenants. Dommage que le sien ne traîne pas dans les parages. J'aimerais beaucoup avoir une petite conversation avec lui. »

Espérant très sincèrement que le fantôme de Peter ne rôdâ pas dans le cimetière, Eliza répondit : « Je n'arrive pas à croire que je ne t'ai jamais demandé comment tu étais arrivée en Californie. Tout le monde a une histoire à raconter.

– Toi aussi.

– Je ne te l'ai jamais dit ?

– Non, mais on a rapporté à Mme Marvin que ton mari s'était fait descendre dans un saloon.

– Et a-t-elle entendu dire que, finalement, j'étais contente de cette situation ?

– Elle ne l'a pas précisé. » Jean s'arrêta et se tourna vers Eliza. « C'est vrai ?

– Oui. Je le connaissais à peine quand mes parents lui ont accordé ma main. J'étais… » Elle marqua une pause, songea à Liam et poursuivit : « Ils avaient peur que je me marie avec un Irlandais. » Elle ne parla pas du péché. « Je ne sais pas si je l'aurais épousé car il ne m'avait fait aucune avance en dehors de ses doux sourires et de m'avoir pris la main. Mais celui qui s'est pris une balle, il n'a jamais hésité à me faire mon affaire dès qu'il en avait envie, ni à me maltraiter. Il savait qui était la servante, et c'était moi.

– Comment a-t-il été tué ?

– Je n'étais pas là, et nul ne me l'a jamais raconté, mais je suppose qu'il s'est énervé, et l'autre a dégainé plus vite. Le gars qui tient le saloon a trouvé son Colt par terre un peu plus tard, mais j'ai refusé de le récupérer. »

Jean la dévisagea longuement et Eliza songea que peut-être elle la trouvait sans cœur, indigne d'être fréquentée, mais son amie la prit dans ses bras. « Dans quelle partie du cimetière est-il ? demanda-t-elle.

– De l'autre côté. Pas difficile à éviter. »

Elles se remirent en marche. Jean lui raconta : « Mon père avait quelqu'un en vue pour moi aussi, mais ça n'est pas allé très loin. Le frère de mon cousin Eli, Jack, qui avait deux ans de plus, a demandé la main d'une fille qui venait d'une grande famille, avec une ferme à l'extérieur de la ville – huit filles, toutes belles, ce qui était un avantage pour elles car le père mourait d'envie de s'en débarrasser. La fiancée de Jack s'appelait Emma. C'était la quatrième, et je crois que sa dot consistait en deux vaches et leurs veaux. Oncle Elmer avait beaucoup d'argent grâce à son affaire de transport de marchandises sur le lac Michigan. » Elle leva les sourcils. « Il a payé pour la noce, et ça a été grandiose, j'étais au premier rang à l'église, et c'est à ce moment-là que j'ai su que Jake ne signifiait rien pour moi comparé à Emma : elle était si radieuse, si adorable, je n'avais qu'une envie, la prendre dans mes bras.

– Quel âge avais-tu ?

– Tout juste seize ans.

– Tu le leur as dit ?

– Ma mère l'a lu sur mon visage. Et puis sa sœur, tante Fannie, vivait avec une femme à Madison, si bien qu'elle a compris. Mon père et elle ont dû ressasser ça pendant un an, puis ils m'ont envoyée chez tante Fannie, mais pendant tout ce temps, je faisais tout ce que je pouvais pour travailler à Kenosha : je gardais des enfants, je ramassais les pommes, j'aidais dans les magasins. Ils m'ont envoyée chez tante Fannie, et quand je suis arrivée chez elle, je lui ai montré mon pécule et je lui ai dit que je voulais aller en Californie, alors elle a doublé la somme que j'avais et a trouvé une famille qui faisait le voyage et qui a accepté de m'emmener. Elle sait ce que je fais ici et elle dit que c'est un service à rendre à toutes les femmes.

– Comment fait-elle pour vivre à Madison ?

– Elle et tante Edith sont maîtresses d'école. Elles savent y faire et elles ont une petite maison à elles.

– Est-ce que la famille avec laquelle tu es arrivée est encore là ?

– Ils trouvaient Monterey trop espagnol, aussi ils sont partis à San Jose, mais moi, c'est Monterey qui me plaisait. San Jose est froid et sec – enfin, par rapport à ici. »

Elles longèrent un haut mur en adobe qui, Eliza le savait, servait d'enceinte aux terres d'une autre mission, ou d'une chapelle, enfin, un lieu de ce genre. Elle avait entendu des gens l'appeler la cathédrale, d'autres la chapelle, mais elle n'y était jamais entrée. Elles descendirent une petite colline et arrivèrent au cimetière. « Celui-là appartient à l'église, dit Jean en désignant de la tête le bâtiment qu'elles venaient de dépasser.

– C'est une cathédrale ou une chapelle ?

– On l'appelle la chapelle royale, mais je ne sais pas ce que ça veut dire. Mme Marvin dit qu'autrefois, c'était la chapelle San Jose. Elle était plus grande alors. Quand les Américains l'ont volée aux Espagnols, les Ohlones ont pris beaucoup de pierres pour construire leurs propres bâtiments, je crois. Le cimetière municipal est un peu plus haut sur le flanc de la colline. » Elles continuèrent, un peu nerveuses à l'idée d'avoir empiété sur les terres de la chapelle ou de la cathédrale ou Dieu sait quoi.

Le cimetière de la ville était verdoyant, et on distinguait la baie au loin, tache bleue agrémentée d'une ligne droite là où la mer rencontrait le ciel, toujours étrange, mais captivant le regard. Les pierres tombales étaient modestes dans l'ensemble, mais pas autant que celle de Peter, simple bloc de granit avec son nom gravé. Celles du cimetière de l'église étaient plus imposantes et plus ornées, caveaux abritant des familles entières, comme à Kalamazoo. Le cimetière municipal ressemblait davantage à un parc. Eliza regarda au loin, en direction de la tombe de Peter, et demanda : « Alors, tu vois des fantômes ? »

Jean ne répondit pas. Elle observait autour d'elle, allant de tombe en tombe. Parfois, elle s'arrêtait, levait les yeux dans une direction, puis dans une autre. Elle semblait sentir quelque chose, mais puisqu'elle se taisait, Eliza alla de-ci, de-là, faisant son possible pour apprécier les lieux. Peut-être parce que le cimetière donnait sur la baie, il y avait toutes sortes d'arbres – des chênes et des pins, mais aussi d'autres essences, plus légères et plus ouvertes, qu'elle n'aurait su nommer. Elles marchèrent jusqu'à l'autre bout et débouchèrent dans la rue de la Perle. Revenir en ville fut facile – en longeant la baie, à plat, sur un kilomètre et demi environ –, mais Eliza voyait que Jean n'était pas bien. Au croisement de la rue Adams, dans un endroit un peu sens dessus dessous où Eliza pensait n'avoir jamais mis les pieds, elle s'arrêta et lui dit : « Raconte. »

Jean fit deux pas, puis se retourna. « Je n'ai pas vu de fantômes. Mais il y avait… je ne sais pas, quelque chose. J'étais aux aguets, j'ai regardé partout. Tout avait l'air tranquille, mais j'étais très mal à l'aise. Comme s'il y avait eu quelqu'un qui nous observait, caché derrière un arbre, ou peut-être même dans un arbre. Mais j'ai eu beau ruser en faisant semblant de regarder ailleurs, je n'ai vu personne. Ça m'a mise mal à l'aise. Je n'ai jamais éprouvé ça. »

Eliza constata que Jean était plus perturbée qu'elle, alors même que son mari était enterré non loin de là. Elle se souvenait de cette fois où elles étaient allées à la colline de Carmel, marchant deux heures. Beaucoup d'arbres et de ravins, une forte brise qui faisait craquer les branches et frémir le feuillage, des cris d'hommes retentissant de temps à autre, un hennissement, des bruits de sabots. Eliza était à la fois épuisée et un peu nerveuse – personne alentour si jamais un inconnu tapi dans l'ombre leur sautait dessus (à Monterey au moins, quelqu'un pouvait être témoin, même s'il n'intervenait pas). Ce jour-là, Jean avait marché tranquillement, inspirant à pleins poumons, souriante.

Et puis ce tavernier, ce matin, si irritable qu'il semblait prêt à les jeter dehors, et Jean qui lui avait tenu tête sans ciller.

Celle-ci ferma les yeux.

C'était à présent le milieu de l'après-midi, doux et ensoleillé. Eliza s'étonna que la promenade n'eût pas duré plus longtemps. Il y avait davantage de gens dans les rues, mais c'était quand même dimanche. Les épouses allaient s'affairer à préparer un bon dîner ; les maris se prélasser en buvant un petit verre de ceci et en fumant ces cigares qu'ils avaient gardés en réserve toute la semaine. Les enfants devaient être nerveux, mal à l'aise dans leurs habits du dimanche qui les grattaient et les serraient, surtout les bottes. N'était-ce pas le cas de ces jolis souliers qu'il fallait garder jusqu'à ce que vos pieds n'en pussent mais, au point de les arracher ? Même à Kalamazoo, où il pouvait faire si froid, Eliza préférait aller nus pieds plutôt que de porter ses bottines du dimanche.

Elles arrivèrent à l'angle de la rue où vivait Jean, qui soupira, prit la main d'Eliza, la serra, la lâcha, puis se détourna et rentra chez elle. Eliza courut jusqu'à elle et dit : « Demain, on trouvera ce saloon. » Jean acquiesça et continua son chemin.

Eliza l'observa pendant une minute, puis revint au carrefour. Alors, comme si elle ne pouvait s'en empêcher, elle retourna en hâte à la Casa Munras et au cimetière. Elle ne savait pas si elle était stupide ou courageuse – ou peut-être simplement curieuse, parce qu'il faisait encore jour, qu'elle serait trop occupée pendant la semaine et que, par conséquent, mieux valait agir tout de suite. En chemin, elle se munit d'un bâton – pas un gourdin, mais c'était du chêne, assez épais pour flanquer une bosse à quelqu'un si nécessaire. Elle pénétra dans le cimetière.

Bien sûr, l'atmosphère était différente, même à une heure d'intervalle : les ombres étaient plus allongées, l'herbe plus sombre. Cette fois, elle n'erra pas au hasard ; elle se montra méthodique. Elle arpenta les allées, regarda derrière chaque arbre et dans l'herbe autour des tombes. Puisque c'était dimanche, d'autres étaient venus, s'étaient arrêtés, avaient peut-être joint leurs mains sur leur poitrine et prié pour leurs proches. Si elle espérait trouver un indice attestant la présence qui avait effrayé Jean, elle se trompait. Toutefois, en explorant les lieux, elle remarqua en deux endroits des empreintes de pas intéressantes.

Les premières se trouvaient tout au bout du cimetière, de là où on voyait la baie. Eliza posa avec soin un pied à côté. Son soulier était plus petit ; l'empreinte pouvait être celle d'une femme, mais les chaussures portées par cette personne étaient plus larges et plus lourdes, plus semblables à des chaussures de travail, laissant des petits points devant, tels des souliers cloutés. Ce genre de chaussures n'était pas admis chez Mme Parks car elles abîmaient les parquets – Eliza en avait déjà vu sagement rangées près de la porte d'entrée de l'établissement. Un homme de petite taille, peut-être ? Mais les deux empreintes n'étaient pas identiques. La gauche était droite, solidement plantée dans la terre. La droite légèrement tournée vers l'intérieur et un peu plus profonde du côté extérieur, comme si l'homme en question boitait. Eliza songea un instant à Mme Harwood et chercha l'empreinte d'une canne ou d'une béquille, en vain. Elle scruta le cimetière avec attention ; il se faisait tard.

La seconde empreinte qu'elle découvrit était située sur une zone boueuse, au pied d'un arbre. Elle s'attendait à trouver la même chose que la première fois, mais non. Il s'agissait aussi de bottes de travail, d'après les semelles, mais celui qui les portait se tenait droit, les pieds légèrement écartés, et il n'y avait pas trace de clous. Eliza imagina un costaud, debout, les mains dans les poches, le chapeau en arrière, chiquant du tabac en se demandant comment il allait dépenser sa paye – au bordel ? Au saloon ? Peut-être les deux.

Elle observa les empreintes et se retourna vers l'espace où se trouvaient les premières : une légère élévation et un arbre bloquaient la vue. Elle repartit les inspecter et, là, regarda vers l'entrée du cimetière. Depuis cet emplacement, grâce à l'inclination de l'arbre, on voyait mieux la zone des secondes empreintes. Si elle voulait formuler une théorie à la manière de DuPINE, le boiteux avait épié l'autre homme, et sans doute Jean l'avait senti, elle.

Eliza redescendit la rue de la Perle, les embruns effleurant sa peau, car le vent avait forci et les vagues déferlaient avec plus de vigueur. À Kalamazoo, sa mère eût dit : « Ah ! Le vent du nord ! Ça n'augure jamais rien de bon ! » Mais ici, le vent du nord était en fait un vent d'ouest, et nul ne savait ce qu'il pouvait apporter. Tout en marchant, Eliza reconsidéra ses théories. D'une part, elle se représentait très clairement les choses, les deux hommes, l'un légèrement blessé, l'autre fort et sûr de lui. Mais d'un autre côté, se demanda-t-elle, comment pouvait-elle savoir si les deux hommes avaient été en même temps au cimetière ? Certes, ces empreintes étaient plus visibles que toutes les autres (y compris les siennes : elle avait fait quelques pas, s'était retournée afin de voir si elle avait laissé des traces, et puis elle avait aussi cherché celles de leur première visite, un peu plus tôt dans la journée, en reprenant les allées que Jean et elle avaient fréquentées). Lorsqu'elle arriva à l'Endu, elle aboutit seulement à la conclusion que les deux hommes s'étaient trouvés là à peu près à la même heure, sans doute le matin, quand le sol était plus humide, et que, où qu'ils fussent allés ensuite, leurs empreintes étaient restées parce que personne d'autre n'était passé là au cours de la journée. Comment cela pouvait-il s'articuler avec l'anxiété de Jean, ou peut-être sa sensibilité, Eliza n'en avait aucune idée.

Elle fit un bon dîner – qui lui coûta trois sous, mais elle avait faim après avoir autant marché et elle avait toujours aimé le canard rôti (enfin, c'est comme ça que ça s'appelait ; à Monterey, c'était peut-être du goéland ou du fou – cette seule pensée la fit sourire).

6

Le lendemain matin, Eliza se leva tôt, avant même Mme Clayton. Elle espérait trouver Jean assise sur les marches de la maison, mais elle n'était pas là, et quand elle entendit sa logeuse s'occuper de la cheminée, elle sortit et alla marcher dans les rues, en quête de Jean. Aucune trace de son amie. Eliza passa devant la maison où elle vivait – c'était très calme –, puis devant l'établissement où elle travaillait, rue de la Perle – très calme aussi (mais les bordels n'avaient guère d'activité de si bon matin). Deux tâches se présentaient à elles en ce lundi, qu'Eliza jugeait pressantes : trouver des chevaux pour retourner à l'endroit où elles avaient découvert le cadavre de la fille, et identifier le saloon où son client du samedi avait ingurgité son whiskey.

Le temps était froid et humide, et aucune de ces deux investigations ne la tentait. Elle savait qu'il ferait chaud chez Mme Parks et qu'elle serait bien accueillie, ce qui lui faisait nettement plus envie. Quant aux michés, avec le mauvais temps, impossible de prévoir. Si les bateaux ne pouvaient quitter le port, certains marins viendraient, mais les habitués qui allaient à pied au bordel (ou au saloon) resteraient chez eux. Jean lui avait dit un jour qu'en cas de mauvais temps, ses clientes ne quittaient pas leur maison, pour surveiller les fuites, la cheminée ou les arbres qui menaçaient de tomber. Alors qu'elle se faisait ces réflexions, le vent forcit.

Elle pouvait aller à l'Endu et manger du gâteau de maïs ou de la panse de porc en guise de petit déjeuner, mais en réalité, elle n'avait pas faim. Elle revint chez elle et chercha le parapluie en os de baleine qu'elle avait acheté le premier hiver à Monterey. Il n'était guère maniable, mais utile, et pas aussi grand que la plupart.

Venant de Kalamazoo, Eliza ne pensait pas qu'une tempête pût l'impressionner – pluie, neige, tonnerre, éclairs, une tornade ou deux (aperçues par d'autres, aux abords de la ville). À Monterey, elle n'avait jamais entendu le tonnerre, et les éclairs semblaient davantage s'abattre dans la baie qu'en ville. Les marins parlaient parfois d'« ouragans » ou de « cyclones », mots que les gens de Kalamazoo n'utilisaient pas. D'après ces marins, ce genre de tempêtes (qu'Eliza imaginait telles d'énormes tornades avec beaucoup de pluie) naissait dans la partie est de l'océan Atlantique, le long de la côte africaine, puis migrait vers l'ouest jusqu'aux îles du golfe du Mexique ou de la Caroline du Sud. Celle dont tout le monde parlait s'était produite peu de temps avant qu'Eliza fît la connaissance de Liam Callaghan – on l'appelait l'« ouragan de la Nouvelle-Angleterre », elle était survenue à l'automne, quand les feuilles avaient déjà jauni. Tout le monde racontait que la tempête avait remonté lentement le long de la côte Est, depuis les Caroline jusqu'à Boston – c'était la volonté de Dieu, d'après la mère d'Eliza, en tout cas avant qu'elle atteigne Boston, qu'elle avait ravagé. La mère d'Eliza respectait Boston et son histoire – certains membres de sa famille vivaient là-bas –, aussi, après que des gens eurent péri et qu'un clocher se fut écroulé, elle avait cessé de mentionner Dieu, se contentant de secouer la tête.

Une fois, Eliza avait eu affaire à un marin alors que le vent se levait et faisait vibrer les volets de sa chambre. Elle avait sursauté, peut-être poussé un petit cri, en songeant à la fameuse tornade. Le marin avait terminé ce qu'il avait à faire, puis, tout en s'essuyant, se mouchant et se lavant les mains dans la bassine d'eau que Mme Parks laissait à disposition dans toutes les chambres, il avait expliqué à Eliza qu'au nord de l'équateur les ouragans se déplaçaient toujours d'est en ouest, voilà pourquoi il n'y en avait pas sur la côte Ouest. Ensuite, elle lui avait demandé ce qu'était l'équateur, ce qui l'avait fait rire, alors elle s'était renfrognée, et il lui avait dit qu'il riait parce que, avant d'être marin, il ne savait pas non plus ce qu'était l'équateur : il croyait qu'il s'agissait d'un gros animal long et lourd, avec d'énormes mâchoires, mais ça, c'était en réalité un alligator ! Il lui avait ensuite expliqué ce qu'était l'équateur (il l'avait franchi quatre fois), puis lui avait parlé pendant quelques minutes de ports où il était allé, proches de cette ligne imaginaire – il en appréciait un tout particulièrement, Manta, sur la côte Ouest de l'Amérique du Sud, mais ce qu'il lui en avait dit n'avait guère convaincu Eliza.

Malgré tout, elle l'avait cru – pas d'ouragans à Monterey. Une fois dehors avec son parapluie, après avoir marché un moment dans la rue Scott, elle se demanda s'il avait raison, et puis s'il se trouvait quelque part à bord d'un navire le long de la côte, tenant à deux mains le bastingage en songeant à changer de métier. Les arbres se balançaient et craquaient, le vent hurlait autour des maisons, et la pluie s'abattait aussi fort que dans le

Michigan. Son parapluie ne lui était d'aucune utilité : quand il était ouvert, le vent tirait si fort dessus qu'elle était obligée de le tenir à deux mains. Elle lutta pour le refermer, s'accommodant du fait d'être trempée. Et puis, phénomène étrange, le vent tomba soudainement, et il n'y eut plus que l'averse. Une des choses qu'elle appréciait à Monterey, c'était qu'avec le climat plutôt sec les rues, en général, était dures et aplanies – la terre écrasée par le constant va-et-vient des gens et des chevaux tirant voitures et chariots. Lorsqu'elle avait cherché Jean, un peu plus tôt, ce n'était pas un problème – l'essentiel de la pluie s'évacuait par les rues en pente, en direction de la baie. Mais à présent, tout était détrempé ; la boue était de plus en plus grasse et glissante. Elle devait prendre garde à l'ourlet de sa robe et regarder où elle mettait les pieds. Et puis elle s'y habitua également. Tenter de progresser (on ne pouvait appeler ça marcher, ni même se promener, tant la fange était épaisse) était plus fascinant que de coutume. Presque tout le monde était resté à l'intérieur avec une chandelle ou deux, qu'elle voyait briller par les fenêtres. De temps à autre, en regardant à travers les vitres, elle voyait une femme penchée sur son ouvrage, un homme endormi ou un enfant qui entrait dans une pièce en courant. Ainsi vit-elle un garçon trébucher, tomber en se cognant la tête contre la table sur laquelle était posée la bougie, s'asseoir et se mettre à pleurer – se rappelant avoir vécu la même chose, Eliza failli laisser échapper un petit cri de surprise, mais elle garda le silence et continua d'observer. Sa mère releva l'enfant, s'exprima avec colère, puis s'en alla, revint, le prit sur ses genoux et lui passa un chiffon mouillé sur la tête. Quelques personnes lisaient leur journal, une ou deux un livre ; Eliza ne put voir de quels titres il s'agissait. Personne ne leva les yeux vers elle, comme s'ils avaient senti qu'on les épiait – peut-être qu'en raison du bruit de la pluie nul ne l'entendait venir puis s'arrêter. Elle se souvint de l'époque où sa mère lui disait de baisser les yeux et de ne pas fixer les gens. Mais, pensa-t-elle, si sa mère n'avait jamais observé les autres, comment elle et ses amies eussent-elles ainsi pu échanger tous ces commérages au sujet de leurs voisins et de leurs coreligionnaires?

Au bout d'un moment, elle finit par avoir faim, mais elle était si crottée et si dépenaillée qu'elle n'osa pas entrer dans une taverne. Elle fit demi-tour pour retourner à sa pension, s'arrêta, contempla ses bottines. On aurait dit qu'elles étaient constituées de boue. Elle les contemplait en se demandant ce qu'elle allait bien pouvoir en faire, quand elle remarqua quelque chose d'étrange au loin.

Elle n'était plus très loin du quai, un peu au-dessus du Presidio. Une jolie demeure s'élevait au coin de la rue. Un homme et une femme venaient d'en sortir, la femme s'arrêta et l'homme la poussa dans la direction où la voie s'élevait, s'éloignant du port. Elle résista à nouveau, et il la gifla. Elle baissa la tête et prit la direction qu'il lui indiquait. Eliza attendit un peu, puis elle les suivit du mieux qu'elle pouvait malgré la boue, évitant les flaques, essayant de ne pas trop s'y enfoncer, de crainte d'y laisser son soulier. Lorsqu'elle atteignit le croisement, l'homme et la femme avaient disparu. Elle demeura le long de la maison à l'angle et regarda de tous les côtés – vers le haut, vers le bas, et même derrière elle. À cet instant précis, alors qu'elle se disait que le mieux à faire était de renoncer et d'aller se changer avant de partir travailler, elle entendit un cri de femme vibrer dans l'air, peut-être amplifié par l'humidité. Il lui sembla que cela venait des collines, et elle ne put s'empêcher d'emprunter cette direction, trébuchant dans la fange. Aucun autre bruit ne suivit – ni hurlement, ni coup de feu, ni gémissement, ni pleurs, pas même des ordres durement énoncés tels que son propre mari lui en donnait avant de la pousser (oui, il avait fait ce genre de choses). Personne non plus ne sortit sur les vérandas alentour pour voir ce qui se passait ; les maisons étaient toutes recroquevillées entre leurs murs silencieux en adobe, et Eliza était seule dans la rue. Elle fit de son mieux pour progresser encore sur le flanc de la colline, mais ce fut inutile. Arrivée au croisement de la rue Cooper, elle tourna et rentra chez elle. La pluie diminuait et, lorsqu'elle se fut dévêtue, eut enfilé la seule autre robe correcte qu'elle possédait, eut recoiffé ses cheveux et nettoyé ses souliers, le soleil brillait partout.

Elle arriva de bonne heure au bordel. Le calme régnait, et Mme Parks lui dit : « Ah, Eliza ! Te voilà. Mon Dieu, tes bottines ! »

Eliza se déchaussa et l'autre enveloppa ses chaussures avec soin dans du papier. Puis elle lui demanda : « Donc, tu es allée te promener ! Je me demande vraiment pour quoi faire ! Aimerais-tu une tasse de thé ? »

Elles s'assirent toutes les deux au salon. Carlos n'était pas encore là, pas plus que les clients ; Olive brodait dans sa chambre, et Amelia n'était pas arrivée. Eliza parla à la maîtresse des lieux de sa sortie d'un ton badin, comme s'il ne s'était rien passé ; puis elle ajouta : « Ah si, j'ai vu quelque chose d'intéressant », et elle lui narra l'incident en détail, mais d'un air détaché. Quand elle eut fini, Mme Parks ne fit aucun commentaire et but une gorgée de thé. Eliza reprit : « Je ne savais pas quoi en penser.

– Que devrait-on en penser ? Voilà comment sont les hommes. Pourquoi crois-tu que j'emploie Carlos ?

Tu as toi-même dû faire face à ce genre de choses. Tout le monde sait que c'est un métier dangereux : mais de toi à moi, être une femme, c'est un métier dangereux, et ne laisse personne te dire le contraire. Ah, les hommes se rengorgent de leurs combats contre les Indiens, de la manière dont ils affrontent les bêtes, grimpent au sommet des mâts, recherchent la justice, et c'est vrai qu'ils font cela, mais si tu veux mon avis, ils le font pour eux-mêmes. C'est la même chose avec les femmes, tout ce qu'ils attendent d'elles, c'est aussi pour eux-mêmes. » Elle regarda Eliza, peut-être pour voir si elle était d'accord. Et c'était possiblement le cas, mais il sembla à celle-ci que formuler quelque chose de la sorte revenait à grimper cette rue bourbeuse – c'était piégeux, glissant, et non sans risque.

Mme Parks regarda de nouveau Eliza et lui demanda : « Je me demande si je le connais. À quoi ressemblait-il ? »

Eliza ferma les yeux et réfléchit. « Il avait ce genre de moustaches, vous savez, aux extrémités retroussées vers le haut, mais avec toute cette pluie, elles étaient en berne. Il portait un chapeau melon. » Elle réfléchit encore. « Je dirais qu'il n'était pas grand, costaud, mais pas agile à la manière d'un marin. » Puis elle le vit : son nez long et pointu, au bout proéminent, et puis elle vit autre chose : sa pomme d'Adam, mais comment avait-elle pu la voir de si loin, elle n'en savait rien. Elle décrivit tout cela et conclut : « Il doit avoir dans les quarante ans, un peu fatigué. »

La patronne secoua la tête et annonça : « Non, je ne le connais pas », mais à en juger par ses traits, Eliza songea qu'en vérité elle le connaissait, même si elle-même ne l'avait jamais eu en guise de client.

Craignant de se montrer impertinente, elle demanda : « Mais si les hommes sont ainsi, comme vous dites, pourquoi employez-vous Carlos ? C'est un homme, lui aussi.

– J'ai envisagé maintes stratégies, y compris de rendre mon pistolet bien visible aux yeux des michés lorsqu'ils entrent, mais Carlos m'a paru être une meilleure solution. Jamais il ne ferait de mal à une femme – ni à une petite fille. Tu l'ignores, mais son frère aîné a tué leur mère, il l'a étranglée sous les yeux de Carlos quand il avait environ quinze ans. Celui-ci a tenté de l'arrêter, mais son frère était plus fort et plus rapide. » Mme Parks soupira. « Ça s'est passé à Carmel, non loin de la mission. »

Eliza fut plus que surprise : elle en fut stupéfaite. « Je n'ai jamais vu un Espagnol se montrer ne serait-ce qu'impoli avec une femme.

– Les hommes seront toujours les hommes. »

Olive sortit de sa chambre avec la broderie qu'elle venait de terminer – un écran de cheminée montrant des oiseaux volant au-dessus des chênes de Monterey, tout à fait reconnaissables – et toutes les trois, elles mangèrent un morceau, patientant jusqu'à l'arrivée de Carlos et, finalement, de deux michés. Eliza fit des compliments à Olive pour son ouvrage, et la maîtresse du bordel acquiesça. « Olive, tu as vraiment du talent », lui dit-elle. Eliza aurait voulu savoir où elle avait appris à broder ainsi, mais elle savait que Mme Parks n'eût point goûté sa curiosité. Elle songea qu'elle lui poserait la question plus tard.

Le plus jeune client alla avec Olive, le plus âgé avec Eliza. Il devait avoir environ trente ans, l'air un peu miteux. Elle resta debout près du lit. Il alla s'asseoir dessus et prit son visage entre ses mains. Le cœur d'Eliza se mit à battre plus fort, elle craignait d'avoir affaire à un autre pécheur prêt à rejeter sur elle la responsabilité desdits péchés, mais il releva la tête en souriant et dit : « Pardonnez-moi, ma chère. La journée a été très, très longue, et je pensais que cela me redonnerait du courage, mais je ne suis pas certain d'en avoir encore la force. »

Eliza demeura silencieuse, souriant dans l'espoir qu'il poursuivrait. Il ôta sa veste. « Vous connaissez cet endroit où il y a de nombreuses ravines, en direction de la mission ?

– Et des pins ? Je l'adore, ne serait-ce que pour les odeurs.

– Oui, c'est là. En fait, j'ai un petit ranch par là, et il a tellement plu qu'en me réveillant ce matin j'ai découvert que trois bestiaux avaient glissé au fond d'une ravine. Deux avaient les pattes cassées, le troisième était en bonne santé, mais ça a été la croix et la bannière pour le sortir de ce trou. Il a fallu abattre les deux autres d'une balle dans la tête, ensuite on a dû remonter les carcasses, parce qu'on ne peut pas laisser se perdre de la viande de bœuf, et il y a plein de loups, de renards et de cougars qui en une seconde seraient venus s'en repaître. »

Il se tut et soupira.

Eliza posa doucement la main sur son épaule.

« Ma cabane est pleine de fuites. C'est surtout pour ça que je suis venu. Une nuit agréable, au chaud et au sec. Je savais que je n'en avais pas les moyens après ce qui est arrivé aujourd'hui, mais je n'étais pas sûr de m'en sortir si je ne m'offrais pas un moment de répit. »

Eliza se rappela les marins dont elle s'était occupée, certains en les laissant simplement dormir. Elle lui demanda : « Avez-vous faim ? Je peux vous apporter des sandwiches de la cuisine. Nous avons pris un bon dîner…

– Vous êtes bien aimable, pour une pute. »

Elle retira sa main de son épaule. Elle songea à faire pour lui ce qu'elle avait fait pour certains marins épuisés – le masser en différents endroits, surtout au niveau des épaules où les muscles pouvaient être tendus. Elle jeta un coup d'œil à la porte pour s'assurer qu'elle était entrebâillée. Mais il savait ce qu'il voulait. Hélas, en vain ; et il préféra faire retomber le blâme sur elle plutôt que d'en assumer la responsabilité, ou d'accuser son état de fatigue. Quoi qu'elle tentât – lui faire la conversation, le caresser ici ou là, parader nue devant lui –, il ne bandait pas, et au bout d'un moment, il se mit à se plaindre : « Ah, ma fille, si tu n'avais pas le teint aussi plâtreux », « Une gourgandine qui exerce ta profession devrait avoir un cul, morbleu ! », « Pourquoi est-ce que tu me regardes comme ça ? Quelle tête tu fais ! », « Je savais que j'aurais dû choisir l'autre greluche au moment où j'en avais encore la possibilité. » Enfin, ne l'ayant finalement pas du tout touchée, ce fut lui qui jeta un objet contre la porte – sa botte boueuse –, tout à coup, Carlos apparut, lut la colère sur son visage, lui intima l'ordre de s'habiller et l'escorta au-dehors.

Carlos revint ; Eliza avait remis sa culotte et sa chemise, mais il lui dit de rester passer la nuit sur place, car il n'avait pas la moindre idée de ce que ce bougre-là pourrait bien faire. Eliza répondit : « Il vient de loin, il est sûrement à cheval.

– Il a dû le laisser là-bas alors, rue du Pacifique. L'endroit ferme pour la nuit. On ne peut pas récupérer son cheval avant l'aube. »

Eliza resta donc dormir sur place, enroulée dans le couvre-lit, la chandelle vacillante.

L'aurore était depuis longtemps passée quand elle s'éveilla. Il était une chose qu'on ne voyait jamais à

Monterey : le lever de soleil. Lorsque celui-ci émergeait de derrière les montagnes et les arbres, on était déjà en milieu de matinée. En s'éveillant, elle eut l'impression de revenir d'entre les morts – pas de rêves, elle n'avait pas bougé de la nuit, n'avait même pas eu peur. Le soleil se déversait par la fenêtre qui donnait sur une petite cour où Mme Parks faisait pousser avec grand soin des arbres fruitiers. Sa bougie s'était consumée et de la cire avait durci sur la table de chevet. Eliza repoussa le couvre-lit, puis les cheveux devant son visage, et elle prit une profonde inspiration. La première chose qui lui vint à l'esprit fut que la journée de la veille avait été fort étrange, la seconde concernait cet homme qui avait poussé sa compagne, puis l'avait frappée : il boitait. Lorsqu'il marchait, il posait le pied droit en hâte et s'inclinait légèrement. Combien l'avait-elle vu faire de pas ? Quatre, peut-être cinq. Elle se leva d'un bond. Elle devait retourner à ce croisement et chercher des empreintes. Elle en était si convaincue qu'elle n'avait même pas faim.

Comme il était déjà tard, les rues étaient pleines de gens serrant leurs sacs contre eux en avançant prudemment dans la boue. Certains étaient en voiture, et les chevaux, eux aussi, faisaient très attention, même si cela ne suffisait pas toujours – elle vit un alezan qui gravissait la rue Van Buren glisser et tomber à genoux, puis se remettre patiemment debout et recommencer à avancer lentement. Ce n'était pas le seul animal qui eût les canons crottés. Quand elle arriva à l'endroit où elle avait vu l'homme pousser cette femme, elle s'arrêta et s'adossa au bâtiment, ainsi qu'elle l'avait fait la veille, puis elle contempla la rue en direction du perron, de la petite allée, de l'angle, jusqu'à ce qu'elle se représentât ce moment le plus clairement possible. Heureusement, il n'y avait personne dans les parages. Elle s'engagea à nouveau dans la boue pour faire le tour, plutôt que de remonter l'allée où se trouvaient peut-être encore les empreintes de pas (DuPINE eût été fier d'elle), et commença son inspection. Il y avait certes encore beaucoup de fange, mais quelques heures de soleil avaient déjà réussi à la solidifier un peu.

Elle avait hélas oublié une chose : les traces qu'elle avait vues au cimetière étaient celles d'un homme immobile. Par chance, les empreintes étaient intactes : il était tard, la veille, il pleuvait, et personne d'autre n'était passé depuis ; en outre, la pluie s'était arrêtée peu après et n'avait pas tout emporté. Elle distingua cinq empreintes pour l'homme, trois pour la femme. Ainsi qu'Eliza s'y attendait, un homme qui boitait s'appuyait moins du côté douloureux et davantage de l'autre, déséquilibre qui apparaissait de manière évidente. Eliza posa le pied à côté de l'empreinte de celui qui boitait : le sien était un peu plus petit ; l'autre légèrement tourné vers l'intérieur, et le côté interne moins marqué que le côté externe. Eliza était à peu près certaine que cet homme était le même que celui du cimetière. Ensuite, elle inspecta les empreintes de la femme : elles étaient petites, deux à gauche, une à droite. L'extrémité de ses bottines était pointue et les talons s'étaient profondément enfoncés dans la boue. Les premières traces étaient équilibrées, puis, dans la descente, le bout s'était enfoncé, et le talon était à peine décelable ; quelques pas plus loin, elle repéra une autre empreinte possible : là où il l'avait frappée, la poussant de l'avant. Eliza se mordit la lèvre, imaginant ce qu'elle ferait à ce malotru si jamais il se présentait chez Mme Parks.

Elle fit le tour, remonta la rue suivante, toujours à la recherche d'empreintes, mais le trottoir avait été moins arrosé ; il y avait une rigole étroite juste à côté, encore détrempée, et elle comprit que celle-ci avait canalisé en grande partie la pluie. Elle poursuivit sa route. Un homme passa à cheval ; sa monture avançait à pas prudents et il la laissait aller à sa guise. Elle examina les maisons, une grande, une autre ressemblant à une cabane. La grande possédait une porte ouvragée, sans doute en chêne. Elle s'arrêta pour l'admirer, puis baissa les yeux. Gisant dans la bourbe, juste au bord des planches de la véranda, un petit gant de cuir blanc, humide et taché. Eliza se pencha pour le ramasser. À demi dissimulé dessous se trouvait un autre objet, qu'elle ramassa aussi. Elle le leva dans la lumière, le contempla. C'était le cordon d'un bonnet de dame. Elle glissa le tout dans son sac de courses.

Elle fit un pas en arrière et regarda plus attentivement la demeure. Elle paraissait plus neuve que la plupart des autres, en bois et pas en adobe, mais dans le même style, avec de larges fenêtres. De chaque côté de la véranda, on avait planté des rosiers, peut-être apportés de l'Est. Ils étaient grands et épais, arborant quelques boutons et fleurs. Eliza s'approcha pour les sentir, ce qui s'avéra une bonne idée, car, alors, la belle porte grinça, s'ouvrit, et une femme sortit – pas la jeune femme de la veille, mais une autre, plus âgée. Elle fronçait les sourcils. « Vous cherchez quelque chose, ma fille ? Sinon, allez-vous-en.

– Je ne cherche rien, j'ai vu ces roses. Ça me manque. Je voulais respirer leur parfum. Veuillez m'excuser. »

La femme grogna et répondit : « Ah, c'est une sacrée plaie, laissez-moi vous dire. » Puis elle lui fit signe de s'en aller, et Eliza obtempéra, quittant la véranda pour continuer son chemin en tenant son sac à bout de bras comme pour dire : « On a toutes des courses à faire. » La femme rentra dans la maison.

Il y avait toutefois quelque chose chez elle qui avait mis mal à l'aise Eliza. D'abord, elle crut que c'était parce qu'elle lui rappelait sa mère – pas physiquement, mais dans sa manière de froncer les sourcils, dans la façon dont sa voix jaillissait, promettant le fouet puis les prières. Eliza détestait être battue (même si les corrections qu'elle recevait étaient légères comparées à celles que subissaient d'autres enfants), mais les prières étaient pires car sa mère l'obligeait à s'agenouiller à côté d'elle sur le dur plancher, puis passait en revue tous les péchés d'Eliza, jusque dans le moindre détail (répondre, ne pas venir quand on l'appelait, ne pas baisser la tête en croisant le pasteur dans la rue alors que sa mère s'arrêtait pour bavarder avec lui, ne pas fermer les yeux lorsqu'on disait les grâces à table). Peut-être que ces souvenirs l'attendaient en embuscade à l'intérieur d'elle-même depuis que ce type lui avait rappelé l'autre soir qu'elle était damnée. Et puis Eliza se souvint qu'elle n'avait jamais cru à ce que lui disait sa mère, jamais imaginé qu'un « Dieu qui sait tout » se préoccupât de tels détails, car celle-ci lui disait aussi que Dieu était un homme, or le seul homme qu'elle connaissait vraiment, son père, était beaucoup plus gentil que sa mère.

Tout en remontant la rue en évitant les tas de crottin, elle songea que ses « investigations » pourraient lui attirer des ennuis, qu'elle risquait de découvrir quelque chose de dangereux pour elle. Elle frissonna et se rappela ce dicton de sa mère : « Sa curiosité a tué le chat. » La première fois qu'elle l'avait entendu, à cinq ans, Eliza avait cru qu'elle parlait du chat de gouttière roux tigré qu'elle voyait parfois dans la ruelle derrière la maison, et elle s'était réfugiée dans le jardin pour pleurer, mais tout à coup, le chat était sorti de derrière un arbre et l'avait fixée. Sa mère répétait si souvent cette expression qu'Eliza était surprise de n'y avoir point pensé lorsqu'elle et Jean avaient décidé de mener l'enquête. Elle frissonna de nouveau et pressa le pas.

7

Quand Eliza arriva à la pension, Jean l'attendait sur les marches, l'air tout à fait normal (pour Jean : elle était habillée en homme). Eliza l'embrassa sur le front et dit : « J'aimerais bien que tu me donnes un pantalon et un veston. Cette robe pleine de boue pèse un bison mort.

– Tu t'es remarquablement débrouillée. Tu en as jusqu'aux genoux.

– Et regarde mes bottines ! »

Toutes deux éclatèrent de rire.

Eliza ôta ses souliers, tendit à Jean son sac, entra chez elle pour se changer, mais revint aussitôt. « Je n'ai que deux autres robes. Je ne veux pas mettre à l'épreuve la patience de Mme Parks en arrivant toute crottée, et je ne peux pas faire de lessive tant que le temps ne revient pas au beau, ce sera donc ma tenue d'extérieur. »

Jean acquiesça. Elle se leva, rendit à Eliza son sac, ramassa le sien, et elles prirent la direction du bordel. Sans même en avoir parlé, Eliza savait qu'elles allaient rendre une nouvelle visite à cette taverne en sous-sol qui vendait du whiskey, même si elle ne savait pas exactement pourquoi – il était encore tôt. Ce qu'elle eût vraiment voulu faire, c'était prendre Jean à part pour lui parler du boiteux au nez pointu et lui demander si elle avait jamais vu quelqu'un de ce genre-là en ville, seulement son amie avait l'air trop heureuse de flâner ainsi dehors, elle semblait redevenue elle-même, plus du tout angoissée comme la dernière fois.

Juste avant d'arriver à la taverne, elle lui demanda : « Tu as une idée de ce qui t'a mise tellement mal à l'aise hier au cimetière ?

– Honnêtement, non. Ce n'étaient pas les fantômes. Eux, on pourrait dire qu'ils se sentaient chez eux.

– Combien en as-tu vu ?

– Cinq ou six.

– À quoi ressemblaient-ils ? »

Jean prit le bras d'Eliza et leva les sourcils. Eliza se tut. Elles s'arrêtèrent pour laisser passer d'autres personnes et Jean contempla le bâtiment de haut en bas. Eliza songea que la meilleure façon de procéder était de laisser Jean agir à sa guise, aussi resta-t-elle tranquille, inspectant quant à elle les messieurs et les dames qui passaient. La femme qu'elle avait vue la veille n'avait rien de particulier, et elle ne pensait pas être en mesure de la reconnaître, elle se souvenait seulement qu'elle était petite et qu'elle avait la taille fine. Aucune personne correspondant à cette description ne traînait dans les parages, mais à cette heure de la journée, la plupart étaient des hommes. Elle se remémora ce cri, combien il était perçant, en espérant que cela avait fait effet – peut-être pas en chassant l'homme en question, mais en déclenchant l'intervention d'un autre, dans le genre de Carlos. Jean fit un pas en avant, regarda au pied des marches, où se trouvait la taverne, et déclara : « Bon. C'est trop tôt. Il faudra qu'on revienne plus tard.

– J'ai une idée. Tu connais ce monsieur là-bas, au coin ? M. Cooper ?

– Tout le monde le connaît.

– On devrait aller le voir. Il a beaucoup de chevaux. Des chevaux de course, à ce qu'on raconte, mais peut-être qu'il en a d'autres.

– Je n'avais pas pensé à lui, mais pourquoi pas ? Il est au centre de tout. Est-ce que… c'est un de tes clients ?

– Je ne l'ai jamais vu. »

Elles remontèrent la rue. Jean semblait vouloir prendre son temps. Au bout d'un moment, elle regarda Eliza et lui dit : « J'ai jeté un coup d'œil dans ton sac.

– Je me doutais que tu le ferais.

– Où as-tu trouvé ces objets ?

– En allant vers les quais. Tu connais cette maison en bois où ils font pousser des rosiers ?

– Oui, bien sûr. Il faut se faufiler pour aller les sentir, mais les rouges ont un parfum délicieux. »

C'est alors qu'Eliza parla à Jean des empreintes de pas, de l'homme, de la femme, et du cri.

Jean fit : « Elle a crié ?

– Ils avaient tourné à l'angle. Je ne sais pas si c'est elle qui a crié, car je ne l'ai pas vue. Mais quand on additionne deux et deux…

– Allons-y ! »

Jean semblait très excitée. Eliza se demanda si elle projetait de croiser un fantôme. Elle proposa : « Allons d'abord voir pour les chevaux, si jamais M. Cooper – ou quelqu'un d'autre– sort de la maison. »

Elles passèrent devant chez M. Cooper, dont la propriété était vaste, et Eliza entendit les chevaux derrière le mur – leur hennissement, le bruit de leurs sabots, et un homme qui disait : « Laisse-moi tranquille, espèce de vieille carne ! », ce qui fit sourire les deux jeunes femmes.

Elles les sentaient également – arôme de crottin frais. Jean déclara : « Il paraît qu'il a un très joli jardin. »

Elles firent le tour, sautèrent par-dessus le fossé qui longeait l'arrière de la propriété. L'ensemble était correctement tenu, mais pas *impeccable*, et elles découvrirent une fissure dans le mur qui, d'après Jean, avait été causée par un tremblement de terre, mais qu'Eliza imputait au flanc du fossé qui s'était effondré. L'endroit était ombragé, aussi s'arrêtèrent-elles pour regarder par la faille. Eliza vit six chevaux qui mangeaient leur foin, deux bais, deux alezans, un gris, et un autre qu'elle n'avait jamais vu mais que les Espagnols appelaient « palomino ». Il était presque d'or pur. La crinière était peignée avec soin, ainsi que la queue, qui tombait presque jusqu'à terre ; elle oscillait doucement tandis qu'il avalait sa pitance. Les chevaux étaient laissés en liberté dans l'enclos et semblaient bien s'entendre. Jean dit : « On ne voit pas ça à Kenosha ! » Ces chevaux paraissaient être des bêtes de prix, et il était peu probable que deux jeunes femmes pussent les louer pour s'en retourner à la rivière. Mais elles restèrent là, à les contempler – c'était apaisant et l'homme à l'intérieur, qui faisait la tête, celui qu'elles avaient entendu gourmander la « vieille carne », ne pouvait les voir.

En reprenant la direction du cimetière par la rue de la Perle, Eliza songea que c'était le bon moment pour parler à Jean du contenu de son sac. Elle commença par lui demander : « Tu n'as pas vu de fantôme aujourd'hui, si ?

– J'aurais bien aimé, je voudrais qu'ils me racontent ce qui leur est arrivé, mais ils se contentent de flotter alentour, et si on les regarde de manière directe, ils disparaissent. »

Elle n'avait pas l'air de plaisanter.

Eliza reprit : « Je suis convaincue que ce gant appartient à cette femme, car il est tout petit et d'un très joli cuir. J'ai regardé partout ce matin, je n'ai vu personne de si petite taille. Elle était habillée comme une dame, elle en avait la silhouette, mais elle n'était guère plus grande qu'une enfant. »

Jean hocha la tête et lui demanda : « As-tu examiné le cordon ?

– Non. La bonne m'a chassée. Je ne voulais pas qu'elle sache que j'avais ramassé quelque chose.

– Je l'ai inspecté pendant que tu étais à l'intérieur de la pension. J'ai passé mes doigts dessus.

– J'ai trouvé ça intéressant qu'il ne s'agisse pas d'un ruban, mais j'imagine que c'était à cause du temps.

– Ce n'est pas un ruban parce que ce n'est pas fait pour attacher un bonnet. C'est une cordelette.

– Ça me paraît trop lisse et trop travaillé pour ça.

– Dans ce cas, disons que cela sert sans doute à tirer un rideau, c'est ce genre d'accessoire qu'on utiliserait dans une belle demeure bien meublée. »

Eliza s'arrêta, fit un pas de côté, sortit la cordelette de son sac et comprit que Jean avait probablement raison – il devait s'agir de lourds rideaux, d'une étoffe épaisse, comme du coton recouvert de soie. Elles échangèrent un regard.

Eliza demanda : « Et qu'est-ce que tu as senti en passant les doigts dessus ?

– De la terre.

– Je l'ai trouvé gisant sur le sol, sous le gant, et le gant était plein de boue.

– Si tu veux mon avis, ce serait parfait pour étrangler quelqu'un, je crois que notre mission consiste à retrouver le corps. »

Eliza le pensait aussi, mais soudain, songeant que sa curiosité allait tuer le chat, elle sentit son cœur battre plus fort. Elle scruta Jean qui lui parut si calme et si déterminée qu'elle n'osa pas lui faire part de ses craintes. Alors elles reprirent la direction de la Grand-Rue, et Eliza demanda : « As-tu vue Mme Marvin ? »

Jean acquiesça. « Je l'ai croisée dans la rue Jefferson avec Plus et Moins il y a quelques jours.

– A-t-elle dit quelque chose à propos du shérif, ou de ce qui s'est passé après que nous avons…

– Identifié le… ? »

Eliza hocha la tête.

« Elle a seulement dit que son mari avait incité ce monsieur à faire quelque chose. Il l'a vu sur la *plaza* et il est allé lui parler sous la pluie battante, mais c'est comme si la requête de son mari était tombée dans le vide, d'après elle. Enfin, on ne sait jamais ce qui se passe derrière les rideaux. »

Eliza murmura presque : « Je suppose que c'est à nous d'agir pour l'instant. » Toutes deux acquiescèrent et Eliza sentit son cœur battre encore plus fort.

Jean reprit : « Dans les parages, à travers toute la Californie, les femmes sont rares, on pourrait donc penser que les autorités s'intéresseraient à leur sort. »

Eliza s'entendit ajouter : « À moins que les personnes en question ne soient responsables. » Elle prononça ces mots d'un ton détaché, mais elles sursautèrent de concert et Eliza prit la main de Jean. « Être une femme, c'est un métier dangereux. »

Jean la fixa droit dans les yeux. « Qu'est-ce qui ne l'est pas ? » Elles se regardèrent longuement et, tout à coup, Eliza se ressaisit et se sentit beaucoup plus calme. Elle acquiesça et elles repartirent.

*

La question cruciale était : où chercher. Ainsi qu'Eliza l'avait appris en observant les effets du mauvais temps, le sol était partout raviné, laissant place à des rigoles. Si le tueur était assez riche pour posséder une voiture ou un chariot, il avait pu emporter le corps dans les montagnes et l'y abandonner. Eliza dit : « Quand mon mari s'est fait descendre, personne n'a tenté de cacher quoi que ce soit. Je n'ai jamais découvert qui avait dégainé le premier, et cela aurait pu être Peter, car il avait un terrible tempérament. Pourtant, celui qui l'a tué s'en est sorti. Je pense que les *vigilantes* ne voyaient pas l'intérêt de le rechercher puisque Peter était du Michigan, et il me gardait enfermée la plupart du temps à la pension, ce qui, finalement, m'a plutôt rendu service, même si j'ai détesté ça sur le moment. Ainsi, j'ai pu garder la tête basse, changer de nom, gagner de l'argent…

– Mme Parks savait qui tu étais ?

– Oui, mais elle n'a jamais dit comment elle l'avait su, et je doute qu'elle le ferait, même si je l'interrogeais.

– Je pense qu'elle en sait plus sur ses filles qu'elle ne veut bien le dire. »

Eliza haussa les épaules : « Pourrait-on louer des chevaux ? Il y a un endroit où j'aimerais aller. »

Jean la regarda comme si elle était folle – non parce que c'était une mauvaise idée, mais parce qu'elle n'avait sans doute jamais imaginé qu'Eliza fût capable d'une telle chose. Elle sourit, lui prit la main et l'emmena rue Franklin où se trouvait un homme qui possédait cinq chevaux. Jean choisit celui qu'elle avait déjà monté, un bai à la robe sombre à l'air tout à fait correct, et on attribua à Eliza le plus âgé (presque entièrement blanc, même au niveau des cils), qui, lorsque sa cavalière fut installée en amazone, suivit le bai tel un petit chien, ce qui était plutôt plaisant. Elles remontèrent la rue du Pacifique, toute boueuse, jusque dans les bois. Eliza voulait voir comment étaient disposées les ravines et autres vallées encaissées, comment coulaient les ruisseaux, où se trouvaient les lieux les plus inextricables. Elle voulait essayer de penser à la manière du meurtrier, un homme qui ne cherchait pas à manifester sa colère, ou son désir de vengeance, mais qui avait plutôt une théorie, un plan, qui voulait demeurer dans l'ombre afin d'assassiner d'autres filles. Elle était déterminée, et la présence de Jean apaisait ses craintes.

Plus elles grimpaient, plus la route était irrégulière – mouillée par endroits, sèche à d'autres. Les chevaux semblaient apprécier de suivre le chemin. Alors qu'ils s'enfonçaient dans la forêt, Jean et Eliza remarquèrent toutes les deux un sentier qui partait sur la gauche, vers les montagnes, et sans échanger un mot, elles décidèrent de l'emprunter. Au début, il longeait le pied des versants ; puis, après un tournant abrupt, il se mit à grimper.

Plus tard, Eliza songea que même si elle n'avait rien cherché, elle eût fort goûté cette promenade. La route était assez large et devait être fréquentée. À un moment, Jean tira sur les rênes de sa monture et dit : « Je te garantis que les Indiens vivent par ici et qu'ils sont plus nombreux qu'on veut bien nous le dire. » Eliza regarda autour d'elle, pas seulement les ravines et les arbres. Il fallait reconnaître qu'elle était bien contente de ne rien voir – pas de squelette à moitié dissimulé dans un bosquet de chênes, pas de mousse espagnole tombant d'une branche et désignant une tête coupée ou une épaisse poignée de cheveux. Oiseaux, feuilles, flaques, voilà tout ce qu'elles voyaient.

Le cheval de Jean regardait ici et là, oreilles dressées ; celui d'Eliza suivait. Probablement parce qu'il avait beaucoup d'expérience et savait à quoi il devait faire attention.

Peu après la fourche, s'ouvrit un endroit dégagé d'où elles pouvaient voir jusqu'à la baie, et Eliza trouva ce qu'elles étaient venues chercher : une vue de Monterey de loin, puis de l'eau, étendue bleue et plate étincelant sous le soleil, puis les montagnes, bleues elles aussi, de l'autre côté de l'eau, et surplombant tout cela, le ciel, où une poignée de nuages vaporeux se hâtaient. Elles mirent pied à terre, laissant les chevaux se déplacer librement pour grignoter des feuilles et des herbes. Jean donna à Eliza un morceau de viande de bœuf séchée telle que les marins en mangeaient, et un demi-biscuit. Elles mangèrent en silence, admirant le panorama. Ce spectacle était inspirant, même si Eliza ne savait pas vraiment pourquoi.

Elles remontèrent en selle. Le sentier serpentait entre à-pics et ravines. Il y eut une nouvelle fourche. Elles prirent à droite, songeant que, peut-être, ce serait moins escarpé, mais bientôt, les chevaux se mirent à souffler, bien qu'ils allassent au pas. Dans un tournant serré, Eliza se dit qu'elles devraient peut-être faire demi-tour, mais elle vit Jean lâcher les rênes pour donner le choix à sa monture, qui continua son ascension. Jean regarda Eliza en levant les sourcils. À cet instant, celle-ci jeta un œil vers le haut du ravin qui les maintenait dans l'ombre et elle découvrit un museau pointu gris, et deux prunelles qui l'observaient : un renard. Puis un autre – peut-être sa compagne. Les deux animaux avaient l'air pleins de curiosité : le premier s'approcha du bord et se pencha vers elles. Les chevaux ne remarquèrent rien. Un peu plus loin, Eliza se retourna et vit les queues touffues des renards s'agiter de droite à gauche tandis qu'ils disparaissaient parmi les arbres. C'est alors que Jean s'exclama : « Là ! » Leurs montures scrutaient déjà dans cette direction : sur la gauche, sur une crête séparant deux ravines, trois cerfs, visiblement mâles. Le plus gros avait des bois ; les deux plus petits, de minuscules cornes qui ressemblaient davantage à des saucisses émergeant de leurs têtes. Les chevaux restèrent impassibles. Ils tournèrent la tête et reprirent leur route. La forêt se densifiait, s'éclaircissait, se densifiait, s'éclaircissait. En embrassant cette vaste perspective, Eliza sentait dans son cœur l'espoir le disputer à la peur. Peut-être qu'en dépit des ravines et de la forêt l'assassin ne parviendrait pas à se cacher aussi longtemps qu'il l'escomptait (c'est-à-dire à jamais), peut-être était-il tout proche, peut-être qu'à cet instant même il les observait.

Quand elles redescendirent, le soleil se couchait, les parties les plus basses de la forêt étaient plongées dans l'ombre, mais la cime des arbres, d'un vert vif, oscillait et scintillait sous la brise. Eliza regarda le ciel. C'était la plus belle chose qu'elle eût jamais vue, et puisque Kalamazoo possédait également de nombreuses collines et forêts, elle se demanda pourquoi elle n'avait jamais contemplé un tel spectacle auparavant : c'était comme si elle avait toujours regardé ses pieds. Et peut-être en avait-il bel et bien été ainsi, car sa mère avait de tout temps encouragé chez elle la pudeur, l'effacement, pour vivre en état de prière. C'était seulement après être arrivée à Monterey qu'elle avait appris à explorer le monde.

Le retour ne fut pas sans péripéties. Il faisait presque nuit ; le feuillage frémissait dans les arbres ; à un moment, le sol se déroba et la terre glissa dans la ravine lorsque le cheval bai y posa le pied. Il ne trébucha pas vraiment, mais sursauta, puis recouvra son équilibre.

Leurs montures étaient affamées et semblaient connaître le chemin qui menait à leur mangeoire. Elles pressèrent le pas. Peu avant d'arriver au bout du sentier, le cheval gris d'Eliza rattrapa celui de Jean, mais la voie était assez large pour qu'ils pussent avancer côte à côte. C'est alors que Jean posa à Eliza la question qu'elle attendait : « As-tu vu les fantômes ?

– Non. Où étaient-ils ?

– Dans les arbres. Nombreux.

– Sais-tu de qui il s'agissait ?

– De Rumsens et d'Ohlones.

– Des Indiens ? »

Jean acquiesça.

Après tout, pourquoi pas ? pensa Eliza, puisque les Indiens vivaient ici depuis toujours. Cette pensée la rendit triste, tout en la rassurant : les fantômes de Jean étaient toujours rassurants.

Elles continuèrent de chevaucher côte à côte.

À leur retour, une fois les chevaux ramenés à l'écurie, il était tard, et Eliza dut aller directement au bordel sans avoir eu le temps de se changer. Mme Parks l'examina des pieds à la tête, lui donna quatre dollars et l'adresse d'une couturière rue Tyler en lui disant de se faire plaisir – elle suggéra de la mousseline, d'une belle couleur sombre, bleu-gris peut-être.

8

Après cette excursion, les journées d'Eliza prirent un rythme qui lui laissa peu de loisirs. Ainsi qu'elle l'avait remarqué l'hiver précédent, le temps déployait toute sa gamme entre grand soleil, fortes averses, brouillard épais, froid venteux et couverture nuageuse plombante. Comment savoir au matin ce qu'il fallait emporter avec soi ? Eliza détestait le parapluie en os de baleine, aussi en général préférait-elle s'envelopper dans son châle le plus long dans l'espoir qu'il eût le temps de sécher pour le lendemain. Néanmoins, tout valait mieux que la neige, et elle savait qu'elle n'avait pas à se plaindre, même en son for intérieur. Certains jours, elle réussissait malgré tout à faire un semblant de promenade. Par l'une des plus belles journées, elle croisa Olive, rue Scott. Elles se sourirent, puis marchèrent ensemble pendant environ dix minutes. La seule information qu'elles échangèrent concernait ce qu'elles avaient mangé au petit déjeuner – des crêpes américaines et des œufs durs pour Eliza, bien sûr, des harengs et des muffins anglais pour Olive. Celle-ci dit : « Je n'avais jamais goûté aux harengs avant. J'adore ça ! Beaucoup plus que tout ce que mon pauvre père a pu me préparer à la maison ! » Ce fut après qu'Olive eut tourné dans la rue Van Buren qu'Eliza se rappela combien l'écran de cheminée qu'elle avait brodé avait éveillé sa curiosité. Pendant ce temps, elle avait toujours l'œil aux aguets, à la recherche de la fille menue (comme l'eût appelée Mme Parks) et du boiteux au nez pointu, mais elle ne vit ni l'un ni l'autre.

Environ dix jours avant Noël, alors qu'Eliza venait de récupérer sa nouvelle robe et la portait pour la première fois, ses affaires prirent un rythme plus soutenu. La maîtresse les lieux lui dit : « Il faut que tu saches, ma chère, que beaucoup d'hommes en ville s'offrent le cadeau pour lequel ils ont économisé. » Le samedi, une semaine avant le solstice, Eliza eut même trois michés : un marin dont le bateau était coincé dans la baie, un garçon dont le père était un éleveur important, et un jeune homme énervé qui s'était vu refuser l'entrée de ce bordel de luxe, plus bas dans la péninsule, où les filles portaient des boucles d'oreilles de prix. La nuit avait beau être très avancée, il était tellement en colère qu'il avait chevauché jusqu'en ville pour venir chez Mme Parks. Il lui déclara que, dès que l'envie le prenait, il ne pouvait s'en passer, et elle lui répondit : « Conduisez-vous en gentleman et j'essaierai de vous faire admettre dans cet établissement après le Nouvel An. »

Il était tiré à quatre épingles, comme aurait dit la mère d'Eliza. Quant à elle, elle n'était guère habillée lorsqu'on lui amena ce nouveau client – Carlos poussa la porte suffisamment pour laisser entrer le jeune homme, mais pas assez pour voir Eliza. Elle fut un peu surprise et déconcertée, mais il posa son haut-de-forme sur la chaise, une pièce d'un dollar sur le bureau près du lit et, à côté, une minuscule bourse remplie de poudre d'or. « Regardez à l'intérieur si vous ne me croyez pas », dit-il – ce qu'elle fit. Le contenu ne brillait guère et ressemblait fort à de la terre. Elle songea qu'elle interrogerait à Jean, mais quand bien même ce n'eût été que de la poussière, le dollar lui suffisait. Le garçon était fatigué, mais il sortit son vit avant même d'avoir ôté son pantalon – il était si pressé qu'il trébucha sur le plancher, et Eliza dut le rattraper. Ils tombèrent ensemble sur le lit, et en quelques secondes, il fit son affaire. Il roula sur le dos, poussa un profond soupir et dit : « Croyez-moi, j'ai beaucoup d'argent. Combien pour recommencer ? »

Eliza s'appuya sur son coude, le regarda en face et commença à dénouer son nœud papillon d'un noir chatoyant (de la soie, évidemment). Sourire semblait être une seconde nature chez lui, et elle se dit que ce devait être le genre d'homme au caractère impétueux mais pas mauvais qui passait de la colère au rire, de la gentillesse à la peur aussi, peut-être, sans vraiment se contrôler. « Tout dépend de l'âge que vous avez. » Il lui adressa alors un vrai sourire et répondit : « Vingt-trois ans.

– Dans ce cas, vous êtes assez jeune pour avoir droit à un supplément », et ils recommencèrent plus lentement, sans que son vit manifestât la moindre fatigue. Après, ils s'assoupirent tous les deux, et c'est seulement lorsque Carlos ouvrit la porte pour voir si tout se passait bien qu'Eliza ouvrit les yeux.

Le jeune homme s'éveilla à son tour et regarda par la fenêtre. Puis il s'assit, renifla et fit craquer son cou en inclinant la tête vers la gauche, puis vers la droite. « C'est l'heure du petit déjeuner », dit-il en attrapant son pantalon, puis il se tourna vers Eliza. « Vous voulez m'accompagner ? » – à croire qu'elle n'était pas une prostituée mais une jeune femme ordinaire.

Eliza regarda sa nouvelle robe posée sur la chaise. La couturière – elle s'appelait Mlle Lowrey – avait travaillé avec beaucoup d'élégance et, de même que certaines de ses collègues, elle avait le compas dans l'œil au point de coudre tous les plis de manière qu'ils tombassent à la perfection. « Oui, cela me plairait, répondit-elle. Merci. »

Il l'aida même à reboutonner sa robe dans le dos. Elle rangea la pièce et le sachet de terre dans son sac.

Mme Parks était au salon lorsqu'ils s'en allèrent. Elle leva un sourcil mais sourit, et Eliza comprit qu'elle n'avait aucune objection à cette sortie. Le jeune homme était habillé pareillement à la veille, mais sans son nœud papillon, qu'il avait rangé dans sa poche. Le soleil était levé et le ciel était bleu. Eliza demanda : « Avez-vous la moindre idée de l'heure qu'il est ?

– Je dirais neuf heures et demie. »

Dans la rue, les quelques passants regardèrent son compagnon, et Eliza s'aperçut que beaucoup d'hommes semblaient le toiser avec mépris (bien qu'il fût plus grand que la plupart), alors que les trois femmes qu'ils croisèrent lui sourirent, comme si sa présence apportait un supplément de respectabilité au quartier. Eliza lui avait pris le bras. Tout à coup, il éternua, et elle lui tendit un mouchoir propre qu'il prit en baissant la tête. En fait, on eût dit qu'ils essayaient de se faire passer pour un couple respectable. Eliza eût pu avouer qu'elle préférait se promener seule, mais toute cette mascarade la divertissait.

À en juger par sa tenue et par la certitude que le jeune homme avait d'avoir sa place dans cette maison de tolérance plus au sud, Eliza fut surprise qu'il l'emmène à l'Endu. Elle ne l'y avait jamais vu, mais il était vrai qu'elle s'y rendait habituellement de bonne heure. Ils s'assirent près de la fenêtre ; il commanda des crêpes américaines et des pommes de terre sautées, tandis qu'elle prit la même chose que de coutume. Il n'avait pas été très bavard en chemin, toutefois, il avait fait de son mieux pour lui éviter les flaques et un ivrogne qui arrivait vers eux en titubant. Il s'était d'ailleurs montré bienveillant envers cet homme : « Il a dû boire son punch de Noël un peu trop vite », avait-il dit en gloussant.

Ils étaient en train de manger quand il leva les yeux vers elle et lui dit : « Au fait, je m'appelle Lucas. Eliza, c'est votre vrai nom ?

– En effet.

– Je vais essayer de deviner d'où vous venez. » Il ferma les yeux et elle s'aperçut qu'il avait de longs cils. Il les rouvrit et proposa : « Toledo.

– Pas tout à fait, mais ce n'est pas très loin. Comment avez-vous deviné ? »

Il sourit. « Je n'ai pas deviné. C'est de là que je viens. De Toledo jusqu'à Saint-Louis, puis par le golfe, ensuite j'ai pris le bateau pour Tampico, puis j'ai voyagé très lentement, ballotté à dos de mulet à travers le Mexique jusqu'à Mazatlán – pas terrible ce port, je dois dire –, et je me suis embarqué sur un navire pour arriver ici. Mon oncle possède un ranch de l'autre côté de la baie. Il élève du bétail pour les chercheurs d'or. Vous n'imaginez pas combien le prix du bœuf a augmenté. Il était sur la corde raide il y a quelques années, mais à présent, il s'est fait construire une très belle demeure.

– Et qu'est-ce que vous faites là-bas ?

– Rien pour l'instant, je ne suis pas très bon cavalier, mais je sais additionner et soustraire, donc je tiens les comptes. »

Il était de bonne humeur, jusqu'à ce qu'un autre client bouscule sa chaise en reculant la sienne. Elle vit un nuage d'orage traverser son visage. Le temps qu'il se retourne, c'était passé, et l'homme en question ne s'en était peut-être même pas rendu compte, car il en regardait un autre qui venait d'entrer. Celui qui avait heurté Lucas sortit son pistolet. Eliza vit que le nouveau venu tenait déjà le sien à la main, et elle glissa par terre pour se cacher sous la table. Lucas fut plus courageux. Il bondit et entraîna son voisin. Celui qui venait d'arriver tira, mais les coups manquèrent leur cible et les balles se fichèrent dans le mur. Celles de l'autre homme, désormais au sol, se plantèrent dans le plafond. Deux autres clients bondirent sur le premier tireur, que l'un d'eux gifla. Eliza rampa vers un recoin sombre en espérant que tout finirait bien. Il était admis que ce genre d'escarmouches pouvait se produire la nuit dans les saloons. Lucas la chercha des yeux et, quand il l'eut repérée, se détourna d'elle. Il se leva, d'un calme olympien, et mit la main dans sa poche. Impossible de savoir ce qu'elle contenait ; les autres, évidemment, n'avaient plus de balles. Le temps resta un instant suspendu, puis il sortit une pipe. Le premier tireur s'arracha à l'emprise de celui qui l'avait collé contre le mur et se précipita vers Lucas qui, d'une parfaite souplesse, fit un pas de côté. L'homme s'écroula, sa tête heurtant le pied d'une table. Lucas sortit une allumette, la frotta contre le mur et alluma sa pipe. Puis il vint vers Eliza, l'aida à se relever et l'escorta hors de l'établissement, abandonnant deux crêpes et la moitié de ses pommes de terre. Par chance, Eliza avait fini de manger. Elle lui serra le bras, pantelante. Il n'avait pas l'air d'avoir peur, jusqu'à ce qu'ils arrivent près de la Grande-Rue ; soudain, il frissonna et s'écria : « Que je sois pendu !

– Vous êtes sûr que vous n'avez que vingt-trois ans ? » demanda Eliza. Comme il ne souriait pas, elle ajouta :

« C'est en pareilles circonstances que mon mari est mort. Au cours d'une bagarre dans un saloon. Il y a un an maintenant. Quelqu'un l'a descendu.

– Quel âge aviez-vous quand vous vous êtes mariée ?

– Dix-huit ans.

– C'était également l'âge de ma femme. Là-bas, à Toledo. J'en avais vingt. » Il la regarda. « Elle est morte un mois après m'avoir annoncé qu'elle attendait un enfant. Nul n'a compris ce qui s'était produit. Elle a ressenti des douleurs terribles dans le ventre, elle est tombée et elle a commencé se vider de son sang. Elle est morte le lendemain matin. »

Eliza ne put s'empêcher de dire : « On dirait que sa mort vous a affecté.

– Oui. J'étais très attaché à elle. Je me suis dit que si je ne l'avais pas poussée à se marier si jeune, elle aurait survécu. Et vous... ?

– Je n'étais pas du tout attachée à lui. C'était une brute et un menteur. »

Ils continuèrent à marcher. Elle jeta un coup d'œil à son visage où elle ne vit rien d'autre que le plaisir de la promenade, jusqu'à ce que, soudain, il s'arrêtât et que la peur se lût sur ses traits. Il secoua la tête. « Vous croyez aux fantômes ? »

Au lieu de répondre non, Eliza avoua : « Je ne sais pas.

– Elle est venue me voir une semaine après sa mort et, de nouveau, un mois plus tard. Elle s'est penchée vers moi, m'a caressé la joue, puis elle a disparu. Elle était là, et l'instant suivant, elle n'y était plus.

– Avez-vous jamais entendu des bruits dans la maison ?

– Non. Je le regrette. J'ai même consulté une voyante en faisant étape à Saint-Louis. Il y en avait une à Toledo dont les gens parlaient beaucoup, mais je ne voulais pas m'adresser à quelqu'un qui nous connaissait, Edna ou moi, c'est pourquoi je me suis rendu chez cette femme qui habitait non loin de là où le ferry m'avait déposé à Saint-Louis. Elle m'a dit qu'Edna m'avait fait ses adieux. » Eliza vit ses yeux se remplir de larmes et s'interrogea sur ce qu'elle devait faire. Ils étaient à présent sur les docks ; elle espérait sincèrement que la baie ne lui rappellerait pas le Mississippi. C'est alors qu'une baleine surgit, ce qu'Eliza n'avait jamais vu, contrairement à Jean. Sa tête sombre, mouillée, jaillit hors de l'eau, la nageoire tendue vers le ciel, puis le cétacé roula sur le côté et disparut pour réapparaître plus loin, rouler de nouveau et replonger dans l'océan.

Lucas se planta là, les mains dans les poches, observant le spectacle, et les larmes se transformèrent en sourire. Eliza commençait à se demander comment tout cet épisode allait se terminer. Elle n'avait pas l'habitude de cela ; normalement, les clients s'en venaient puis repartaient, et peu importait qu'elle s'entendît bien avec eux, ils retournaient ensuite chacun de leur côté (à l'exception de ce marin anglais – il s'appelait Ralph –, l'été précédent). En outre, Eliza n'avait jamais rencontré un homme qui se montrât si – quel était le terme ? – agréable avec les femmes. Non, ce n'était pas ça, étant donné son irritabilité de la nuit précédente. Peut-être le terme était plutôt « insouciant », ou « libre ». À côté de lui, tous les hommes qu'elle avait rencontrés jusque-là semblaient claquemurés dans une forteresse d'attitudes, de contrôle de soi, forteresse la plupart du temps défendue par des armes. Mais il se faisait tard. « J'imagine que vous avez à faire, dit-elle. Mais pourrais-je vous demander une faveur ? »

La baleine était partie. Lucas la regarda, l'air sérieux, avec un soupçon de crainte.

« Puis-je vous accompagner aux écuries où vous avez laissé votre cheval pour y jeter un coup d'œil ? Je suis fascinée par la beauté de ces bêtes. »

Il se mit à rire et, fait inattendu, l'embrassa sur la joue. Dix minutes plus tard, ils étaient à l'écurie. Elle espérait que sa monture serait un palomino. Mais non, c'était un isabelle avec de jolis yeux et une en-tête blanche étroite. Ce qui ravit le plus Eliza chez le cheval, ce fut qu'il renâcla en voyant Lucas, qui à son tour le regarda avec tendresse. « Ah, celui-là ! Il est très patient avec moi. Il se penche même sur le côté quand il sent que je commence à glisser. Peut-être qu'il fera de moi un cavalier honnête. »

Eliza rentra seule à la pension.

Jean arriva vers midi. Eliza était assise sous la véranda où elle mangeait des pommes séchées. Jean s'assit, Eliza lui en tendit une tranche, puis elle lui raconta son aventure. Jean se montra plus sceptique. Après avoir tout écouté, elle déclara : « Eh bien, j'espère que cela restera un bon souvenir et n'aura pas de conséquences. » Eliza ne répondit pas tout de suite parce qu'elle ne savait pas ce qu'elle espérait, puis finit par dire : « Il croit aux fantômes », et elle lui répéta le récit de Lucas au sujet de son épouse et des deux fois où elle lui était apparue. « Elle lui a rendu visite ! s'exclama Jean. Je voudrais tellement que ça m'arrive ! Je les vois, mais eux ne semblent pas me voir. C'est comme si je regardais à travers un petit trou dont ils ignorent l'existence. C'est très frustrant !

– Mais qu'est-ce que tu attends d'eux ?

– En premier lieu, des informations ! Ont-ils vu ces filles ? Combien sont-elles en vérité ? Pourquoi ne peuvent-elles pas venir nous voir pour nous raconter ce qui leur est arrivé ? Il ne semble pas y avoir de règles, mais s'il y en a, comment peut-on les apprendre ?

– Es-tu jamais allée voir une voyante ?

– Non ! Pourtant ici, c'est l'endroit entre tous où il devrait y en avoir.

– Pourquoi donc ?

– Avec tous les gens différents qui peuplent ces lieux : Indiens, Espagnols, nous, les marins, et les chercheurs d'or qui viennent de partout. Et pléthore de fantômes !

– Une voyante t'aide à parler aux fantômes, c'est bien ça ?

– Oui ! Il y en avait une dans la ville où habitait ma tante – tu sais, à Madison. Il n'y en avait pas à Kalamazoo ?

– Je n'en sais rien. De toute façon, mes parents auraient pensé qu'une telle personne était un vrai suppôt de Satan. » Puis Eliza ajouta : « J'aurais aimé que nous ayons plus de temps pour faire des recherches, ou tenter une nouvelle excursion. J'ai adoré celle qu'on a faite, mais nous aurions dû retourner près du pont où nous avions vu la jeune fille. » Elle secoua la tête. « En ce moment, nous sommes débordées.

– Pas moi. Je reste assise à me tourner les pouces en regrettant de ne pas être couturière. Je pourrais aller toute seule au pont. »

Elles se regardèrent et Eliza répondit : « Je t'en prie, ne fais pas ça. Nous irons quand le temps sera plus clément. »

Jean acquiesça. « Toutes mes clientes préparent la fête du solstice. Même Mme Marvin n'est pas venue depuis deux semaines, ce qui est inhabituel. Je m'en suis ouverte auprès de Mme Jacobs, notre patronne, mais elle dit que tout ça, c'est lié à la saison. »

Eliza éprouva comme un sentiment d'alarme en entendant parler de Mme Marvin : « Nous devrions aller voir Mme Marvin chez elle, juste pour lui souhaiter de bonnes fêtes. Elle est si gentille.

– Allons-y !

– Où habite-t-elle ?

– Pas très loin d'ici, en réalité. Un peu plus haut sur la rue Jefferson. »

Bien que la rue fût en pente, le trajet n'avait rien d'épuisant. Eliza observa les maisons et les arbres ; elle s'apprêtait à dire combien elle aimait les sapins dans les montagnes, mais Jean lui dit soudain : « Est-ce que tu sais seulement à quel point tu es jolie ? »

Eliza éclata de rire. « Jolie ?

– Belle. Accorte. »

Elles se mirent à rire toutes les deux ; puis Eliza répondit : « En réalité, non. C'est la vérité. Il n'y avait pas de miroir chez nous quand j'étais jeune. Ma mère ne voulait pas encourager la vanité, car c'est un péché. Lorsque nous sortions, elle regardait de quoi j'avais l'air et, si besoin, me recoiffait. » La seule personne qui lui eût jamais dit qu'elle était jolie était Liam Callaghan, qui un jour s'était approché d'elle dans la rue et lui avait murmuré : « Eh, z' êtes vraiment jolie, pour sûr ! »

« Ta mère ne t'a jamais fait de compliments ?

– Seulement parce que j'étais obéissante. »

Jean inclina la tête. Elles marchèrent en silence pendant un moment et Eliza regarda ses mains. Étaient-elles jolies ? Le simple fait de penser à ses mains était si étrange en soi ! Elle regarda celles de Jean, robustes, avec de longs doigts. À cet instant, celle-ci rajusta son bonnet et ses doigts s'ouvrirent de manière très expressive, comme si elle saluait quelqu'un. Les mains d'Eliza, elles, demeuraient fixées ensemble, fermées, serrées, secrètes. Elle comprit soudain qu'elle était ainsi, secrète, même pour elle-même. Sans le vouloir, elle songea que si elle regardait au fond d'elle, elle y découvrirait le péché.

En arrivant sur place, Eliza s'aperçut que Mme Marvin habitait juste en face des Harwood. Sa demeure était cependant plus modeste, en adobe avec un toit de tuiles. Il y avait une espèce de jardin, mais les arbres étaient clairsemés. Une large allée contournait la maison sur la gauche. C'est alors qu'elle entendit deux hennissements sonores, l'un aigu et perçant, l'autre un peu plus grave. Deux hennissements distincts : Plus et Moins. Elle saisit la main de Jean et elles entrèrent, sans grande discrétion, puis firent le tour du bâtiment. Elle s'aperçut que les chevaux n'étaient pas à l'écurie, mais dans deux petits corrals où ils tournaient en rond. En voyant les deux femmes, ils hennirent de concert. Jean se précipita vers le tonneau dans le corral de Moins et s'écria : « Il n'y a plus d'eau ! » Elle mit la main au fond et ajouta : « C'est complètement à sec ! » Il n'y avait pas non plus de foin. Eliza frissonna. S'il s'agissait bien là de ce que DuPINE eût pu appeler « les indices qui me mèneront à la réponse », ceux-ci s'avéraient de très mauvais augure. Eliza se sentit pétrifiée quelques instants ; puis elle se retourna. La maison de Mme Marvin ne possédait pas de fenêtres à l'arrière, à part deux petites croisées, à droite d'une porte. Eliza s'approcha et regarda : elle vit que les rideaux étaient fermés.

Elle s'apprêtait à ouvrir la porte quand Jean apparut derrière elle. Elle posa sa main sur celle d'Eliza : « Ne touche à rien. » Dans sa poitrine, Eliza sentait la curiosité le disputer à la peur.

La porte s'ouvrit.

9

Les rideaux étaient tirés dans toutes les pièces – il faisait si noir à l'intérieur que, pendant un moment, Eliza ne vit rien du tout. Jean et elle demeurèrent parfaitement immobiles, aux aguets. Personne ne vint, personne ne cria, même si l'un des chevaux hennit à nouveau. Jean tourna les talons et sortit, sans aucun doute pour aller chercher de l'eau afin de les abreuver ; se retrouver seule dans cette maison silencieuse ne plut guère à Eliza.

Quand ses yeux se furent habitués, elle croisa les mains dans le dos et s'avança ici et là. Certes, la maison paraissait modeste de l'extérieur, mais à l'intérieur, elle était presque luxueuse. Les assises des chaises et le canapé étaient de satin, le bureau et le secrétaire richement sculptés – en bois de rose, pensa Eliza. Sur deux consoles, de jolis bibelots : un coffret ouvragé, un vase aux roses fanées, un livre relié en cuir. Le tapis avait l'air de venir de loin – de Perse, supposa Eliza. Le parquet grinça un peu sous ses pas, mais il n'y eut nul autre bruit, personne n'entra, et pourquoi le loquet n'était-il pas fermé ? Parce que, songea-t-elle, on ne pouvait le fermer que de l'intérieur, et à l'instant où lui vint cette pensée, elle vit un pied, nu, sans soulier, dépassant de la porte qui menait de l'entrée au cellier, coincé entre le salon où elle se trouvait et une arrière-cuisine. Elle contempla ce pied, entendit la porte s'ouvrir, sachant, sans avoir besoin de se retourner, qu'il s'agissait de Jean (elle connaissait parfaitement son pas). Celle-ci entra en disant : « Dame, ça n'a pas été facile. Je suis étonnée que leur puits ne soit pas plus rempli, étant donné la saison, mais je dois dire que Plus et… Dieu du ciel ! »

Elle était plus courageuse qu'Eliza. Elle s'approcha du cellier, prenant son amie par la main.

Il s'agissait bien de Mme Marvin. Elle s'était effondrée contre les étagères, et des provisions s'étaient répandues sur elle – farine de maïs, pois secs, petites pommes de terre. Elle était en chemise de nuit ; de sa bouche ouverte avait coulé du sang qui avait ensuite séché, laissant des taches sombres. Mme Marvin avait été frappée à la tête de manière répétée, jusqu'à en avoir le crâne défoncé. Un rouleau à pâtisserie gisait à côté d'elle, peut-être s'agissait-il de l'arme du crime.

Elles restèrent là un moment. Sous le choc, Eliza ressentit des picotements à travers tout le corps, et elle s'aperçut qu'il en allait de même pour Jean. « Nous devons chercher des indices, dit-elle.

– Tu veux dire, pour savoir qui a commis le crime ? Certes, mais nous devons aussi nous rappeler ce que nous avons vu.

– Impossible de l'écrire. » Eliza regarda autour d'elle, mais ne vit ni encre ni plume.

Jean prit quelques inspirations profondes. « Répétons les choses pour les mémoriser.

– Seaux d'eau vides et secs.

– Elle ne s'est pas occupée des chevaux depuis un jour, peut-être deux.

– Porte non verrouillée.
– Le tueur n'a pas pu tirer le verrou de l'extérieur.
– Petites fenêtres.
– Il a dû sortir par la porte.
– Chemise de nuit.
– Nous sommes à la fin de l'après-midi, ajouta Jean. Elle a été tuée tôt ce matin, avant d'aller voir les chevaux ; tard hier soir, après y être allée ; ou hier matin, avant.
– Seaux secs par temps humide.
– Hier matin, ou même avant.
– Rouleau à pâtisserie.
– Il n'avait pas l'intention de la tuer, il a pris le premier objet qui lui est tombé sous la main.
– Son mari ? »

Jean regarda Eliza, fit la moue, puis reprit : « Il me semble qu'elle en avait un. Elle évoquait parfois un certain Matthew.
– Matthew Marvin. » Eliza s'appuya contre le mur, les jambes en coton.

« Peut-être qu'il est mort, lui aussi. Il faut qu'on jette un coup d'œil. »

Elles se détournèrent du corps. « Sur son visage, déclara Eliza, ce n'est pas du sang frais. Il est presque noir.
– Encore un indice qui montre que les faits se sont produits hier ou le jour précédent. »

Eliza acquiesça. « Mais est-ce que le corps ne devrait pas sentir au bout d'une journée ?
– Je n'en sais rien. Il ne fait pas chaud. »

Elles traversèrent prudemment le salon et Jean reprit : « Rien n'indique que quelque chose ait été volé. »

Sur la gauche, elles virent une porte entrouverte. Eliza la poussa du bout du pied. Les gonds grincèrent. Le lit était défait, la couverture rejetée d'un côté, mais bien bordée de l'autre. Ni bottes, ni pantalon, ni chapeau. « Aucune trace d'un mari.

– Elle en parlait pourtant, dit Jean. Elle avait dit qu'il avait de l'influence et qu'il demanderait à quelqu'un de s'occuper des meurtres, ce qu'il a fait. C'est pour ça que nous avons été convoquées là-bas, pour voir la dépouille de la jeune femme.

– Oui, je m'en souviens. J'ai l'impression que toutes les informations nouvelles effacent les anciennes. »

Elles sortirent par la porte principale. Jean était toujours rouge, Eliza, haletante. Le quartier était tranquille. La maison des Harwood, entourée d'arbres, n'était pas éclairée ; elle avait l'air inhabitée. « Tu as donné du foin aux chevaux ? demanda Eliza.

– En grande quantité, mais je l'ai dispersé pour qu'ils ne mangent pas trop vite. Et j'ai rempli les seaux. »

Vint le moment de se séparer. Elles s'arrêtèrent à l'angle des rues Jefferson et Pacific, et se regardèrent. Elles dirent en même temps : « Il ne faut rien oublier. »

Quand Eliza arriva à la maison de passe, il était encore tôt. Mme Parks faisait ses comptes dans le salon. Eliza vint s'asseoir près d'elle, attendit qu'elle eût terminé de calculer sa colonne de chiffres, puis elle la regarda en souriant et dit :

« Vous connaissez une dame qui s'appelle Mme Marvin ? Ou son mari, M. Marvin ?

– Ma chère, tu le connais peut-être, lui. Il vient ici assez souvent. Il demande toujours Mary, même si elle n'est pas là. Quand c'est le cas, il ne… »

Eliza ne connaissait pas très bien Mary. Elle avait des horaires différents – la plupart de ses clients venaient dans la journée, pensa Eliza. Comme elle était la seule à travailler à cette heure, l'endroit était très calme. Visiblement, Carlos n'avait pas besoin d'être présent à ce moment-là, car les michés étaient moins ivres et moins tapageurs.

« Je dirais que M. Marvin a l'air gentil, continua Mme Parks, il paie toujours rubis sur l'ongle. Voilà tout ce que je sais à son sujet. »

Eliza prit une profonde inspiration et lui raconta ce qu'elle avait découvert chez Mme Marvin.

« Juste ciel ! Juste ciel ! s'écria-t-elle. Où est-ce, déjà ?

– En face de chez M. Harwood, en haut de la rue Jefferson.

– Et pourquoi étais-tu là-bas ?

– Mon amie Jean travaille chez Mme Jacobs. Mme Marvin était l'une de ses clientes.

– Ah oui. J'ai entendu quelque chose à ce propos. »

Le moment semblait venu de s'ouvrir à elle de l'enquête qu'elle menait avec Jean, mais elle s'abstint, sans trop savoir pourquoi. Peut-être le meurtre de Mme Marvin la conduisait-elle à se méfier de tout le monde, même de Mme Parks. Elle regarda sa main sur la table, s'aperçut qu'elle tremblait et la posa sur ses genoux.

« Oh mon Dieu, c'est terrible que tu aies vu ça. Fais ce que bon te semble aujourd'hui, Eliza, mais essaie de te remettre. »

Celle-ci ne voyait pas vraiment ce qui aurait pu l'y aider.

Mme Parks repoussa ses registres, jeta un châle sur ses épaules, un bonnet sur sa tête, et quitta la pièce en hâte. Eliza regarda autour d'elle. À présent elle était seule, ce qui ne lui plaisait guère. Mieux valait se retrouver dans la rue, peu importait ce qui s'y passait, plutôt que seule à songer à Mme Marvin et à son pied. Elle jeta un œil dans le coin où se tenait d'habitude Carlos, prit une des matraques qui se trouvaient là, la glissa dans son sac, puis sortit. Le ciel était couvert, mais la couche nuageuse commençait à se dissiper et l'atmosphère gagnait en lumière.

Elle flâna, mais sans jamais s'approcher de la rue Jefferson. Elle demeura surtout rue Alvarado, qu'elle monta et descendit plusieurs fois, allant presque jusqu'au port, mais pas tout à fait, puis presque jusqu'à la rue de la Perle, mais pas tout à fait. Il y avait beaucoup de monde dehors à présent, car dans les églises, l'office se terminait. D'habitude, elle observait les gens, mais ce jour-là, tout la faisait sursauter : quelqu'un qui trébuchait, levait les yeux vers elle, sortait d'un bâtiment, passait en courant. Deux ivrognes, qui titubaient mais ne beuglaient pas ; sans doute des marins. Et comme toujours, quand on la regardait, on lui souriait, même les deux matelots dans les vignes du Seigneur. Maintes fois elle prit une profonde inspiration, mais elle n'osait pas fermer les paupières. Toute à sa curiosité au sujet des jeunes femmes assassinées, elle n'avait pas imaginé combien revenir là après avoir vu une scène de crime serait effrayant et dramatique. Tous les décès auxquels elle avait assisté – sa cousine morte de la fièvre typhoïde, un garçon du voisinage qui s'était noyé dans la rivière à Kalamazoo – s'étaient en quelque sorte avérés paisibles. Elle pensait assez souvent à la mort de son grand-père. Eliza avait six ans, ce jour-là, sa mère avait préparé à manger pour son grand-père qui vivait chez eux depuis environ six mois. Elle avait donné à Eliza un chocolat chaud en la chargeant de le lui apporter. Celle-ci avait ouvert la porte en la poussant de l'épaule car elle tenait la tasse à deux mains. Il avait le menton relevé, la main ballante sur le côté du lit. Les yeux grands ouverts. Elle était demeurée plantée là un moment, puis avait entendu la porte grincer, s'était retournée, avait vu le visage de sa mère passer du sourire au choc, puis à la tristesse. Eliza avait crié, et Père était arrivé, lui avait pris la tasse de chocolat et avait emmené la fillette. Sa mère était revenue au salon où elle s'était effondrée et s'était mise à réciter des prières. Le garçon qui s'était noyé avait crié, puis il avait disparu sans un bruit. Les gens qui s'étaient précipités pour chercher une barque, puis avaient ramé jusqu'à lui, s'étaient démenés, mais ils étaient environnés par le ciel, les arbres, les eaux paisibles. Tout le monde était sous le choc, tout le monde pleurait, mais personne n'avait ressenti ces palpitations de panique qu'elle éprouvait à présent. Certains disaient même que si Dieu vous rappelait à lui, se noyer était la meilleure manière de partir – bien mieux, disaient ses proches, que la typhoïde.

Elle essaya de continuer à marcher, s'appuyant de temps à autre contre un mur, car toute cette aventure l'avait épuisée. Elle se demanda si Jean éprouvait la même chose. Elle passa devant l'Endu. L'heure de son repas était depuis longtemps passée et, de toute façon, elle n'avait pas faim. Elle erra vers le port, revint du côté de la rue de la Perle. Seul l'horizon bleu de la baie parvenait à l'apaiser un peu.

Plus tard, elle comprit ce qu'elle faisait : elle gardait les oreilles ouvertes au cas où elle entendrait parler de l'assassinat, ou de Mme Marvin, ou de M. Marvin. Enfin, après que la nuit fut tombée, devant un saloon, elle croisa deux hommes qui en discutaient. Ils ne prononcèrent aucun nom, mais elle sut aussitôt. Le plus grand, qui arborait de magnifiques favoris et une moustache fournie, et dont visiblement les affaires étaient prospères, déclara : « Une vieille dame. Personne n'a jamais prononcé un mot méchant contre elle. »

L'autre, plus mince et plus dépenaillé, une pipe à la main, ajouta : « Elle avait deux beaux chevaux. Je me demande s'ils vont les vendre.

– Y a que ça qui t'intéresse.

– C'est tout ce que je sais d'elle. Je peux pas me soucier de toutes les dames.

– Ils ont arrêté son mari. Paraît qu'il a fait le coup.

– J'ai déjà vu ça. Où est-ce qu'ils l'ont attrapé ?

– Ils ne l'ont pas attrapé. Il allait au bureau de Roach pour déclarer le crime, et ils l'ont jeté aussitôt derrière les barreaux. Paraît qu'elle a été battue à mort avec un rouleau à pâtisserie – qui veux-tu qui fasse ça à part l'homme de la maison ? »

Eliza s'éloigna. Elle mourait de froid. Au bout de quelques pas, elle se retourna, mais aucun des deux hommes ne la regardait. Elle était à peu près certaine qu'ils ne s'étaient pas aperçus qu'elle les écoutait.

Elle passa la nuit chez elle, s'éveillant, se rendormant, se réveillant, se rendormant. Au matin, ce fut la pluie qui l'arracha au sommeil, tambourinant à la fenêtre de sa chambre et sur les tuiles du toit. Elle se mit sur le dos, ferma les yeux. Elle avait peur de sortir et aucune idée de ce qu'elle allait porter. Sa robe de la veille était à la fois la plus chaude et la plus usée – elle l'avait achetée à Kalamazoo avant de partir pour la Californie. Mais l'idée de la remettre la révulsait – impossible de savoir dans quoi l'ourlet avait pu tremper chez Mme Marvin. En fait, l'appréhension qu'elle éprouvait lui était familière : elle ressentait la même chose à l'époque où elle se réveillait en sachant qu'elle passerait la journée à obéir aux demandes de Peter et à composer avec son caractère difficile. Puis elle se demanda si Matthew Marvin était de la même espèce – plus gentil et plus respectueux avec les inconnus qu'avec sa propre épouse. Eliza soupira.

La pluie tombait toujours, mais il y avait suffisamment de lumière pour lire. Elle retrouva à tâtons son livre sous des papiers et d'autres babioles. Il y avait si longtemps qu'elle l'avait abandonné qu'elle ne se rappelait même plus le titre – ah, mais si, *The Wide, Wide World*, écrit par une femme. Le volume n'était pas très épais : raison de plus pour l'avoir emporté. Pour se distraire, elle l'ouvrit et commença à la première page. Elle ne se souvenait plus de rien, mais tout de suite, elle lut une phrase qui la fit sourire. « La pluie tombait et la rue, ainsi que tout son environnement, paraissait triste et maussade. » Elle poursuivit. C'était une histoire sombre, et tout en continuant, elle se rappela la sympathie qu'elle avait éprouvée à l'égard de la jeune fille et de sa mère – la jeune fille s'appelait Ellen, et peut-être Eliza s'était-elle sentie proche d'elle, car elles avaient certains points communs. En lisant ce roman, elle comprit combien la vie l'avait éloignée de toute son innocence de naguère, des espoirs qu'elle avait un jour entretenus, pourtant fort simples : Liam Callaghan et elle, ensemble, avec des revenus corrects, une petite maison, un ou deux enfants (ou dix : on ne savait jamais comment les choses allaient tourner, surtout si on aimait vraiment son mari). Les années passaient, l'hiver, l'été, puis de nouveau l'hiver avec une régularité peut-être lassante (oui, de belles fleurs au printemps, des feuilles somptueuses à l'automne, mais toujours avec la sécheresse et la neige tapies au loin – et puis les tornades, le blizzard, les orages et les inondations). Elle poursuivit sa lecture, mais il lui était douloureux de se rappeler toutes ces choses et de s'interroger sur celle qu'elle était devenue, comprenant combien sa curiosité l'avait transformée – car c'était bien le fruit de sa propre curiosité et de celle de Peter. Elle referma l'ouvrage et le posa sur sa table de chevet.

En réalité, elle avait faim. Elle se leva et dès qu'elle eut fini de s'habiller (sa seule robe correcte était la nouvelle, mais elle pouvait s'enrouler dans son grand châle qui était sec), elle se sentit redevenir elle-même. Peut-être en avait-il toujours été ainsi : la peur diminuait à mesure qu'elle avançait, pas à pas, vers la chose même qu'elle redoutait.

Dehors, elle sourit de nouveau quand, comme dans le livre, elle fit « splash » dans les flaques et la boue. Sa première pensée pour Mme Marvin lui vint alors qu'elle marchait, sous forme de question : le rouleau à pâtisserie n'était-il pas une arme pour se défendre contre l'attaque de son mari, qu'elle aurait ensuite lâché, puisqu'il gisait à côté d'elle ? Mais qu'aurait utilisé son meurtrier alors ? Jean et elle avaient omis de regarder les casseroles. Eliza plongea la main dans son sac et caressa la matraque qu'elle avait empruntée chez Mme Parks.

10

Rupert, son serveur préféré, l'accueillit à la porte de l'Endu. Il l'examina avec soin, puis se rangea sur le côté et dit : « Je vous ai vue passer hier. J'ai failli vous courir après pour vous donner du pain car vous aviez l'air si triste. Ça va mieux ? »

Eliza répondit sans vraiment mentir : « Ça va. Et vous ? Quel bazar hier !

– Ah, ce gars ! Quel tempérament ! » Il regarda le mur. Eliza l'imita : les impacts des balles étaient toujours visibles, mais comment s'en débarrasser ? Elle n'en avait pas la moindre idée.

C'est alors qu'à l'autre bout de la pièce elle aperçut Lucas, qui lui souriait. Il tapota la chaise à côté de lui, et elle alla s'asseoir. Il semblait parfaitement calme, au-delà de tout ce fracas, ce qu'Eliza avait oublié dans le tumulte qui avait suivi. Une expression lui vint en tête : « un silence de mort ». Peut-être que ce qu'elle avait vu chez Mme Marvin était bien plus effrayant que l'échange de coups de feu. Elle frissonna. « Je crois que je ne vous ai pas dit combien j'avais admiré votre présence d'esprit hier », lui dit-elle.

Elle avait du mal à croire que, la veille, elle était déjà là, assise à cette table avec Lucas, qui avait commandé le petit déjeuner comme s'il n'allait rien arriver, comme si ce jour, qu'elle n'oublierait jamais, était destiné à être un jour normal, sans rien de mémorable. Il sourit à nouveau car il ne pouvait pas s'en empêcher, haussa les épaules, puis il dit : « Je suis passé vous voir hier soir.

– Dans ce cas, vous avez constaté que l'établissement de Mme Parks n'est pas ouvert le dimanche. » Elle regarda la pluie par la petite fenêtre. « J'ai parlé de vous à une amie hier. Elle envie beaucoup votre expérience avec les fantômes. »

Lucas fronça les sourcils et secoua la tête.

« Elle voit tout le temps des revenants, reprit Eliza, mais ils ne lui répondent jamais, ils ne semblent même pas la voir, d'après elle. Le premier dont elle m'a parlé, c'était le fantôme d'un moine habillé tout en noir, il était assis près d'un arbre du côté de la *plaza*. Elle l'a salué, alors il s'est élevé dans les airs et il a disparu. Un jour, nous marchions le long de la Casa Munras, et elle m'a dit qu'elle en voyait un sur le toit. »

Lucas se mit à rire.

« Enfin, elle vit dans l'espoir qu'un revenant viendra lui parler.

– Est-ce qu'elle… travaille dans le même établissement que vous ?

– Non, elle travaille ailleurs. Chez Mme Jacobs. »

Eliza observait le visage de Lucas, mais il ne manifesta rien. « Je ne connais pas cet endroit. Enfin, j'aimerais que le ciel se dégage. Le brouillard ne me dérange pas en comparaison. Néanmoins, je voudrais bien remonter sur mon cheval et rentrer chez moi. » Puis il la regarda et ajouta : « Vous aimez mon cheval. Vous montez ?

– Pas autant que je le souhaite. Mon amie Jean, elle, monte à califourchon, elle porte souvent un pantalon et un grand chapeau. Si un homme la dévisage, elle lui répond d'une voix rauque.

– Elle doit être amusante.

– En effet. C'est ma meilleure amie, je n'ai jamais eu d'amie comme elle. » Enfin, Rupert vint leur apporter leur petit déjeuner : crêpes américaines pour Eliza, muffins, jambon et pommes de terre sautées pour Lucas. « Ils ont oublié vos sardines », dit-elle, et ils éclatèrent de rire tous les deux. Eliza n'en avait jamais mangé, et apparemment, Lucas non plus.

« Dieu merci, fit-il. J'avais demandé des tripes de porc, mais ils n'en ont plus. »

Eliza avait plus faim qu'elle ne l'avait imaginé, et ses quatre crêpes furent engloutis en hâte. Quand elle releva les yeux, Lucas la regardait, mais il ne dit rien et se remit à manger ses muffins. Eliza ne put s'empêcher de lui demander : « Vous connaissez les Marvin ? »

Il secoua la tête. « J'ai connu un gars qui s'appelait Marvin à Toledo – Marvin Kruger. Son père avait une scierie. Ils faisaient venir les grumes par bateau sur le lac, de l'Est ou du Nord. Les affaires étaient florissantes. » Il parlait sans y penser et Eliza ajouta : « J'ai connu quelqu'un qui avait une scierie. » Elle ne précisa pas qu'il s'agissait de son père. Elle pensa à Liam Callaghan. « À Kalamazoo, la plupart des hommes, tous en vérité, travaillaient dans une scierie. » Elle prit une profonde inspiration, peut-être la première en vingt-quatre heures. Mais pourquoi s'inquiéter ? M. Marvin était en prison. Mme Parks était allée voir le shérif, et elle avait sûrement emmené Mme Jacobs avec elle. N'empêche. Elle secoua la tête. Lucas le vit et dit : « Vous avez l'air préoccupée.

Je devrais l'être aussi, parce que, hier, je ne savais pas du tout si j'allais me faire descendre, et plus tard dans la journée, en y repensant, j'ai songé que j'aurais pu me montrer plus prudent et me réfugier dans le coin avec vous. Je dois avouer que je n'ai même pas cherché d'autre issue. Ils préparent bien la nourriture quelque part. On aurait pu aller se cacher là-bas. »

Eliza lui caressa la main.

Il reprit : « En rentrant au ranch, si jamais je raconte tout ça à mon oncle, il va me bassiner de ses "Tu pourrais faire attention à toi", comme toujours. C'est un homme prudent, son contremaître ne l'était pas. Peut-être que vous ne connaissez pas trop la région puisque vous ne montez pas, mais les sentiers sont traîtres et les collines escarpées.

– Je m'en suis aperçue.

– Il y a un an, avant mon arrivée, à la saison humide – je suis sûr que vous avez vu des centaines de torrents dévaler les montagnes –, enfin bref, deux bœufs se sont retrouvés dans une ravine et Joe est allé les chercher avec une corde. Mais il est allé trop vite en besogne, son cheval a fini par trébucher et glisser entre les arbres. Il s'est cassé une jambe, et Joe un bras. Plus tard, quand tout s'est asséché, les bœufs ont remonté la colline tout seuls et ont rejoint le reste du troupeau. Ils étaient un peu amaigris, mais c'est tout. Mon oncle était dans tous ses états, Joe a eu de la chance de conserver sa place, mais mon oncle n'est pas le genre d'homme à envoyer un gars avec une attelle tout seul dans la nature, même s'il est furieux contre lui. Enfin, peut-être que le récit de mes exploits ne lui reviendra pas aux oreilles. De l'autre côté de la baie, ils ne s'intéressent pas tant que ça à ce qui se passe à Monterey, pas comme ici. Personne n'a été tué, donc je suppose que tout le monde va oublier cette histoire. À part moi, bien sûr. »

Et moi, songea Eliza. En revanche, elle espérait ne jamais oublier l'air amusé et plein d'assurance de Lucas lorsqu'il avait toisé ces gredins en allumant sa pipe. C'était une excellente chose, qu'il fût capable de tels exploits. Peut-être DuPINE était-il ainsi.

Elle regarda Rupert, s'attendant à le voir se tourner vers la porte, mais il vint vers eux, car ils étaient les derniers clients présents, et déclara : « Restez aussi longtemps que vous voulez et vu ce qui s'est passé hier, le repas est offert par la maison. Je dois avouer que tout ce chahut m'a presque donné envie de retourner à Little Dixie. Jusqu'à ce que je me rappelle les échauffourées que j'avais vues là-bas. » Il sourit.

« Vous n'avez pas l'accent du Sud, lui dit Lucas.

– Little Dixie est dans le Missouri. » Il leva les yeux au ciel et s'éloigna.

Eliza se détendit. « Quel a été l'incident le plus intéressant au cours de votre voyage jusqu'à Monterey ?

– Il y en a eu un en particulier, mais à vous l'honneur. »

Eliza préférait envisager Kalamazoo et Monterey comme deux mondes séparés. Si elle se remémorait le voyage, alors le chemin du retour vers le Michigan serait ouvert, ce qu'elle ne voulait pas. Mais en regardant Lucas, elle se sentit obligée de raconter quelque chose. Elle prit une profonde inspiration et tout lui revint, un flot de souvenirs, tout en appréciant mieux sa position.

« Je dois dire que je ne savais pas du tout dans quoi nous nous engagions, car je n'imaginais même pas que ce pays était si vaste, mais Peter, lui, savait à peu près ce qu'il faisait, il avait mis tout son argent dans l'achat d'un chariot et d'une bonne paire de chevaux. Le chariot possédait de grandes roues et une bâche claire suffisante pour nous préserver du soleil et de la pluie, même si nous n'en avons guère eu en traversant la prairie. Sa meilleure idée fut de nous joindre à un petit groupe de chariots et de partir à la fin avril. Au début, nous étions cinq familles, puis l'une d'elles, conquise par les paysages verdoyants de l'Iowa, décida de s'installer sur place. On dit que le voyage dure six mois en traversant le continent, mais peut-être qu'en raison de la saison, ou des roues, ou des chevaux, cinq nous suffirent. Nous arrivâmes ici en septembre, période agréable de l'année. Pendant tout le trajet, nous nous étions ennuyés à mourir. Le moment le plus intimidant, ce fut en abordant les montagnes. Il faisait moins chaud que je ne l'avais redouté, mais dès que nous croisions un ruisseau ou une rivière, nous aimions les longer, y tremper les pieds et les mains jusqu'au coude. Personne ne mourut en chemin, et les enfants ne tombèrent même pas malades. Mme Cannon était grosse, et je ne comprenais goutte à ces choses, aussi avais-je peur qu'elle n'accouche dans les montagnes, mais elle savait ce qu'elle faisait et ils étaient déjà installés rue Monroe à la naissance du bébé. À présent, ils sont partis – à San Jose, je crois. Nous ignorions combien il était rare d'effectuer un voyage si monotone avant d'avoir parlé à d'autres personnes qui avaient perdu leur famille ou leur bétail en chemin. Nous avons eu de la chance ». Eliza réfléchit un moment puis ajouta : « Mais j'étais trop jeune pour le savoir. »

Il était également vrai, mais elle n'en dit rien à Lucas, que même dans le chariot, après une longue journée, le soir, Peter la pressait d'accomplir son devoir conjugal, bien que leurs compagnons de voyage entendissent tout.

Comme elle était innocente à l'époque de s'embarrasser d'une telle chose ! Elle reprit : « Le chariot et les chevaux étaient en bon état à notre arrivée, et ils avaient de la valeur ! Peter les vendit pour que nous puissions vivre pendant les six mois suivants, le temps qu'il décide ce qu'il voulait faire de lui. » Ce qui fut en réalité deux mois pour eux, puis quatre de plus pour elle seule.

Lucas déclara : « Je crois que ce voyage aurait été au-dessus de mes forces. Quand on voyage par bateau, tout ce qu'on a à faire, la plupart du temps, c'est regarder les marins vaquer à leurs occupations et admirer leur agilité. »

Eliza acquiesça en songeant à ces garçons qui venaient la voir de temps en temps.

« Je crois que la seule fois où j'ai dû me battre, c'est en traversant le Mexique. » Puis il se tourna vers elle, une étincelle dans les yeux. « Êtes-vous abolitionniste ? »

Eliza savait que c'était une question dangereuse, même dans le Michigan. Il était également dangereux de ne point répondre sur-le-champ, car la personne qui vous interrogeait savait alors que vous n'étiez pas sûre de ce que vous pensiez. Elle le regarda et répondit : « Je viens du Michigan. Mes parents sont des covenantaires.

– On a vu des covenantaires anglais impliqués dans le commerce des esclaves. »

Eliza sut alors qu'elle pouvait lui donner une réponse honnête : « Je crois qu'il faut mettre fin à l'esclavage. »

Lucas ne fit aucun commentaire, mais poursuivit son histoire. « Je dirais que la traversée du Mexique a été une épreuve physique, mais le voyage sur le Mississippi depuis Saint-Louis fut pis. Je vous ai raconté que j'étais allé voir cette voyante, non loin du fleuve. Ensuite, je me promenai en ville et j'assistai à une vente aux enchères d'esclaves près du tribunal. Je ne voulais pas regarder ça, mais je ne pus m'en empêcher. Ils étaient enchaînés, visages baissés, flanqués par des hommes armés de fouets. » À présent, il était rouge et fronçait les sourcils. « Je regrettai de ne pas avoir un pistolet. Si j'avais descendu quelqu'un, ils se seraient aussitôt jetés sur moi, mais je m'en moquais.

– Vous auriez été un saint. » Elle imagina son fantôme flottant au-dessus du marché aux esclaves pendant les cent prochaines années.

« Je crains que non. Je pense qu'on m'aurait pris pour un fou et qu'on m'aurait oublié. Après, en descendant le fleuve, la situation empira, on voyait des champs, et là, des hommes se tuaient au travail, un gardien armé d'un fouet jamais très loin. Et il n'y avait pas seulement des hommes, mais aussi des jeunes filles robustes. Et tous ces bavardages à bord disant combien ils étaient bien traités, qu'ils avaient vraiment de la chance d'avoir d'aussi bons maîtres. À La Nouvelle-Orléans, ce fut pis encore. Un immense marché, et là, contrairement à Saint-Louis, pas un nègre qui fût libre, alors que toute la prospérité qui nous entourait était le fruit du labeur des esclaves. Je dois avouer qu'en quittant ce pays j'étais d'humeur à ne plus jamais y retourner. Je suis heureux que le voyage soit si long et si ardu ! » Lucas serrait les poings. Eliza, dont les idées vis-à-vis de l'esclavage étaient raisonnables mais un peu tièdes (comme tout ce qu'elle éprouvait, elle s'en rendait compte à présent), car les seuls esclaves qu'elle eût jamais rencontrés étaient des fugitifs, sentit tout à coup qu'elle s'animait, à croire qu'elle entrait en communion avec ses sentiments à lui, qu'elle le voulût ou non. Elle se demanda *in petto* : « Est-ce que c'est ça, l'amour ? »

Il faisait plus clair, et la pluie ne martelait plus les fenêtres. Lucas se comporta selon son habitude, c'est-à-dire que son humeur changea du tout au tout. « Allons marcher, dit-il. Nous devons trouver une baleine dans la baie qui nous rappelle que nous ne sommes pas revenus là-bas. »

Le châle d'Eliza était trempé à son arrivée à l'Endu, aussi l'avait-elle étendu sur le dos d'une chaise. Elle le toucha : la laine avait absorbé une bonne partie de l'humidité. Elle s'enroula dedans. Elle vit que Lucas avait une veste épaisse, également en laine, trop épaisse pour Monterey en temps normal, mais utile à cette époque de l'année. Elle était doublée de soie bleue. Il l'enfila et lui offrit le bras. Ainsi sortirent-ils dans la rue, Lucas soulevant son chapeau pour saluer Rupert et le remercier pour le repas gratuit. Avant de s'engager dans la boue, Eliza s'arrêta afin d'attacher son bonnet. Alors elle se rappela le cordon, ou la cordelette, qu'elle avait trouvé sur la véranda. C'était là qu'elle devait se rendre, songea-t-elle. Elle ignorait si elle réussirait à y emmener Lucas, mais elle pouvait toujours essayer. Le ciel s'éclaircissait de plus en plus. Et il était vrai que la présence de Lucas l'apaisait, malgré son sens de l'autodérision.

Quelques bateaux étaient amarrés au port, et en dépit de l'averse, les hommes transportaient tonneaux et barriques sur les planches – lentement, bien sûr, car elles étaient aussi glissantes que les docks. Eliza et Lucas longèrent les navires jusqu'à un endroit d'où l'on pouvait contempler les eaux de la baie, encore agitées et houleuses, mais plutôt bleues que grises. Pas de baleine ni de marsouin (créatures qu'Eliza n'avait pas encore vues, contrairement à Jean). Toutes sortes d'oiseaux, en revanche, volaient au-dessus des eaux, qu'ils scrutaient avant de plonger. Des pélicans, dit Lucas. Ils étaient gris. Eliza en vit trois, un grand, deux autres de moindre envergure, qui attrapèrent dans leur bec un poisson argenté et s'envolèrent. Puis un autre, visiblement plus âgé, arriva sur le sable en titubant, regarda ses congénères et attendit. Lucas sortit quelque chose de sa poche – on aurait dit un quignon de pain – et le lui lança. Il tomba aux pieds du vieux pélican qui l'attrapa et le mangea, puis l'oiseau se retourna vers Lucas comme s'il reconnaissait sa générosité. Celui-ci se mit à rire. Eliza n'avait jamais vu un homme pareil. Elle lui jeta un coup d'œil. Il avait l'air heureux, la simple vue de la baie suffisait à le détendre, ainsi qu'elle la détendait, elle.

Ils observèrent le pélican pendant quelques minutes encore, et puis des goélands, et des guillemots qui ressemblaient à des pigeons noirs. La mer était de plus en plus calme. Eliza opta pour la stratégie suivante : elle déambulerait sur le port, puis remonterait la colline en faisant mine de se promener, peut-être que Lucas la suivrait alors, tel le chien suivant son maître, s'en écartant parfois mais revenant toujours vers lui. Ce fut assez efficace, et en prime, remonter la colline fut aisé, grâce aux nombreuses pauses. Lucas se penchait, regardait les graminées et les fleurs, les arbres et les feuilles, mais il observait aussi la manière particulière dont les chênes étaient enchevêtrés, leurs branches ployant à croire qu'elles avaient des coudes. D'autres arbres (des cyprès, disait Jean) poussaient partout. Ceux qui croissaient sur les éperons rocheux donnaient l'impression d'être emportés par le vent, même quand il n'y avait pas un souffle d'air. D'autres, plus protégés, semblaient constitués d'un fagot de troncs étroits qui poussaient tout droit, puis se divisaient en branches. Parfois, Lucas regardait le soleil, comme pour jauger l'heure qu'il était, mais il ne semblait guère s'en soucier. Enfin, ils tournèrent à l'angle et prirent la direction de la rue où se trouvait la maison en question. Eliza voyait les roses et la véranda au loin. Les fleurs avaient l'air épanouies. La demeure paraissait calme, peut-être vide.

« Je croyais que ce serait plus boueux et plus glissant, dit Lucas. Ces collines sont bien plus escarpées que celles de Toledo.

– Encore une bonne raison d'avoir un gentil cheval.

– Puisse-t-il vivre à jamais. »

Ils se rapprochaient de plus en plus. Eliza regarda Lucas en coin. « Que ces roses sont belles !

– Mon oncle a apporté des rosiers de l'Est. Ils sont beaucoup moins florissants. Je suppose que ceux-ci ont plus de lumière. » Il observa la véranda et la maison.

« C'est très joli, reprit Eliza.

– Je trouve vraiment ces maisons moins tristes que les grandes demeures en pierre qu'on a dans l'Est. Même si les fenêtres sont petites, on sait qu'il y a du soleil. Ce n'est pas vrai à Toledo.

– Donc, le climat de Toledo est pareil qu'à… »

La porte s'ouvrit et en sortit l'homme au menton pointu, avec sa pomme d'Adam et son boitillement. Il referma derrière lui, concentré sur ses gants de cuir noir qu'il essayait d'enfiler. Il portait un haut-de-forme en soie. Il boita jusqu'aux marches, descendit la première, quand Lucas s'écria : « Zeke ! Comment allez-vous ? »

L'homme sursauta, leva les yeux, les plissa et faillit dégringoler la deuxième marche. « Ah, Lucas ! Au nom du ciel, mais que faites-vous dans les parages ?

– Nous cherchons des baleines. »

L'homme désigna de la main le pied de la colline, puis il dit d'un ton jovial : « Mais les baleines vivent dans l'océan, mon garçon ! J'imagine que vous n'avez jamais appris ça dans l'Ohio. Et qui vous accompagne donc ? »

Eliza se sentit soulagée de n'avoir jamais vu l'homme chez Mme Parks, et qu'il ne pût donc la reconnaître, pourtant, elle était curieuse de savoir ce que Lucas allait dire.

« Voici mademoiselle Ripple. Elle est du lointain Nord, comme vous et moi.

– Splendide. Nous livrerons-nous à un petit concours ? Je sais que vous avez grandi à Toledo ; vous savez que j'ai grandi à Syracuse. Mademoiselle Ripple ?

– Kalamazoo.

– Ah, dans ce cas, je vous bats d'un degré à peine.

– Qu'est-ce que cela signifie ? demanda Eliza.

– Savez-vous ce qu'est la latitude ?

– Non.

– Imaginez des lignes qui font le tour du monde en démarrant de l'équateur.

– Je sais ce qu'est l'équateur. » Eliza pensa à ce marin avec qui elle avait discuté quelques semaines plus tôt.

« Le pôle Nord se trouve à quatre-vingt-dix degrés.

– Ne soyez pas si ennuyeux, Zeke. » Lucas lui tendit deux pièces. « Voilà vos gains, mon garçon. »

Tous deux se mirent à rire, car Zeke avait au moins dix ans de plus que Lucas.

Le premier répondit : « Pas mes gains, ma compensation pour une triste enfance passée à Syracuse. »

Ils continuèrent à gravir la colline, le boitement de Zeke plus prononcé à certains endroits où le sol était inégal. Eliza ne savait plus que penser. Puis elle eut une idée. Elle fit semblant d'être essoufflée, pas de manière trop évidente, et mit la main sur le bras de Lucas.

« C'est raide, dit Zeke.

– Je préfère aller me promener dans le cimetière public. Vous connaissez ? demanda Eliza.

– Pas moi, répondit Lucas.

– C'est un lieu agréable, en effet. Nous y avons enterré un ami à moi », déclara Zeke.

Si Jean avait été là, elle aurait su quelle question poser ; Eliza, elle, n'en voyait pas. Elle avait le sentiment que ses théories s'écroulaient. Le mieux pour elle était de paraître amicale et un peu fofolle, aussi, chaque fois que Zeke la regardait, elle souriait (pudiquement), repoussait une mèche derrière son oreille et entrouvrait les lèvres. De la main qui ne s'accrochait pas au bras de Lucas, elle tenait les plis de sa robe. Zeke lui adressa quelques regards plaisants et elle espéra avoir un jour la possibilité de s'entretenir avec lui. Elle lui dirait qu'une fois elle était passée près de chez lui et avait cru entendre un fantôme hurler – l'avait-il lui-même entendu ? Ces pensées durent faire naître une expression amusée sur son visage, car il lui renvoya son sourire.

Quand Zeke les eut quittés, Eliza dit : « Quel nom étrange. Il n'y avait même pas de Zeke dans l'église de mes parents à Kalamazoo.

– Ezekiel Cornish, précisa Lucas en riant. Enfin, selon ses dires. Beaucoup de gens changent de nom à leur arrivée en Californie.

– Je sais. »

11

Eliza arriva au bordel en retard parce qu'elle avait demandé à Lucas si elle pouvait à nouveau venir admirer son cheval, puis elle lui avait fait ses adieux car il avait décidé que le temps était suffisamment clément et la terre suffisamment sèche pour reprendre le chemin du ranch de son oncle. Il déclara : « Le cheval connaît la route.

– Oh, j'ai déjà entendu ça ! Rappelez-moi d'où cela vient, s'il vous plaît ! »

Aussi Lucas se mit-il à chanter : « Par la rivière et à travers les bois, chez grand-père nous nous rendons ; le cheval connaît la route et tire le traîneau dans la neige blanche qui s'amoncelle. »

Puis il monta en selle, se pencha, prit la main d'Eliza dans la sienne, et en effet, le cheval connaissait la route. Eliza regarda sa belle croupe isabelle s'en aller l'amble.

Elle eût aimé demander à Mme Parks si elle connaissait quelqu'un du nom de Zeke, mais n'en eut pas le temps. Son client l'attendait déjà dans sa chambre. Carlos lui avait donné une bière en disant qu'Eliza était « derrière » (ce qui signifiait aux toilettes). Quand elle entra, elle reconnut un marin qui lui avait déjà rendu visite, sans pour autant se rappeler son nom. Elle lui sourit, puis, de manière ostentatoire, se lava deux fois les mains, et le visage. L'homme était allongé sur le lit, et Eliza se déshabilla petit à petit, gardant son bonnet pour la fin, ce qui sembla divertir celui-ci, surtout lorsqu'elle toucha sa tête et feignit la surprise, comme si elle découvrait qu'il était encore là. À ce moment-là, elle se rappela un détail concernant le marin : c'était lui qui avait un faible pour les cheveux ; aussi s'assit-elle sur le lit et le laissa lui retirer ses épingles et disposer ses mèches sur ses épaules tout en les caressant. Cela fonctionna et quelques minutes plus tard, il avait fini son affaire. Elle le laissa ensuite continuer à lui caresser les cheveux (c'était très agréable), et cela plut beaucoup au marin, mais ne ressuscita pas son vit pour un second assaut. Il en prit son parti, finit sa bière, lui demanda comment elle allait. Elle se souvint alors qu'il était bavard, ce qui ne la dérangeait pas. Elle lui parla du vieux pélican.

Le lendemain, elle se rendit avec Mme Parks à une cérémonie en mémoire de Mme Marvin. Cela n'avait pas lieu dans une église – plutôt une demeure privée dans la rue du Pacifique, avec un beau jardin. Eliza s'attendait à trouver une multitude de personnes en deuil, mais elles n'étaient environ qu'une vingtaine, dont Jean, à côté de qui elle et Mme Parks prirent place. Peut-être que Mme Jacobs se trouvait également là, mais Eliza ne la connaissait pas. Aucune de ses collègues n'était venue. Elle n'avait pas parlé à Olive de Mme Marvin – elle n'avait fait que la croiser depuis ce jour-là. Il ne s'agissait pas d'une cérémonie religieuse : un homme en costume sombre invoqua le nom du Seigneur, mais il fut le seul. La plupart des endeuillés étaient des femmes, il y eut des torrents de larmes, mais pas un mot au sujet de M. Marvin, ni de la nature de la mort de Mme Marvin ou de ce qu'étaient devenus Plus et Moins. La maison était toujours fermée, mais le shérif s'occupait-il de l'affaire ? Nul ne le savait. Eliza entendit Mme Parks murmurer quelque chose comme « Moins on en parle, plus vite on oublie », mais elle n'était pas d'accord. Il semblait que seules Eliza et Jean fussent intéressées par ce qui était arrivé à Mme Marvin : l'employé municipal qui les avait convoquées pour identifier le corps de cette fille à la morgue n'était pas venu les voir, alors que, bien sûr, ces gens-là savaient où les trouver, et aucune rumeur ne courait concernant d'éventuels aveux de M. Marvin. Finalement, lorsqu'elles purent discuter toutes les deux après la cérémonie, Jean et Eliza s'accordèrent sur le fait que Mme Marvin elle-même eût été extrêmement mécontente de la manière dont elle était traitée.

Eliza essayait de ne pas penser à Lucas, ni espérer qu'il revînt bientôt. Il habitait loin, n'était pas très bon cavalier, c'était presque la Noël et la pluie tombait sans discontinuer – elle lui trouvait toutes sortes d'excuses, avant de s'apercevoir que ces pensées en cascade la mettaient en danger. Le 23 décembre, en plein travail (le bordel était fermé la veille et le jour de Noël) avec un client âgé qu'elle voyait pour la première fois mais que Mme Parks connaissait, et qui avait eu la courtoisie de s'enduire le corps d'huile essentielle de lavande avant de venir, elle fut soudain incapable de se souvenir si elle avait mis son pessaire, et cette question la troubla tant (oui, la maîtresse lui donnerait une dose de noix de muscade si le pire se produisait, seulement la noix de muscade pouvait s'avérer dangereuse, même si on ignorait dans quelles proportions) que l'homme finit par se retirer sans avoir mené l'affaire jusqu'au bout en disant : « Je vois que je n'ai plus toute votre attention. »

Eliza tenta de lui redonner de la vigueur, en vain (il devait avoir au moins cinquante ans). Dès qu'elle se releva, elle sentit le pessaire, donc elle l'avait bien inséré. Elle prit le dollar que lui avait laissé le miché précédent en guise de pourboire et le glissa dans la main de son client au moment où il partait, lui refermant doucement les doigts dessus, puis elle l'embrassa sur la joue en espérant sincèrement qu'il ne dirait rien à Mme Parks. Enfin, elle décida qu'elle devait cesser de penser à la mort de ces filles, et même à Lucas.

Noël vint, elle fit son possible pour lire son livre et présenter ses vœux à toutes les personnes qu'elle rencontrait dans la rue. Le temps étant clément, Jean et elle, en guise de cadeau, retournèrent là où elles avaient déjà loué le cheval gris et le bai foncé. Elles les laissèrent les promener à travers la ville – jusqu'à la Casa Munras, puis dans Iris Canyon. C'est seulement dans cette zone très privée, où Eliza laissa sa monture pommelée accélérer pour se retrouver à la hauteur de Jean, qu'elle lui confia les pensées qui les préoccupaient toutes les deux.

Elle avait à peine dit : « J'aurais cru que… » que Jean la regarda et dit : « Pareil pour moi. On s'était préparées à répondre à leurs questions. Je suis encore capable de repasser la liste de toutes ces choses qu'on a vues, à croire qu'elle est écrite. J'ai croisé ce type il y a quelques jours, rue Del Monte – celui qui m'a accompagnée, à la morgue –, je l'ai regardé droit dans les yeux. Il m'a renvoyé mon regard, mais son visage était de pierre, comme s'il voulait me dire que Mme Marvin, ce n'étaient pas mes affaires. » Elle soupira. « Mais réfléchis. Ça fait un moment qu'on a vu cette fille à la morgue – début octobre – et, d'après ce que j'en sais, il n'y a pas eu d'autre meurtre depuis, enfin, parmi nous autres, les filles publiques. » Elle jeta un coup d'œil à Eliza. « Naturellement, ce que ces types-là font dans les saloons quand ils perdent la tête et sortent leurs pistolets, ça n'est pas la même chose. Je me fiche bien d'eux !

– Et moi donc », acquiesça Eliza.

La ville était tranquille, en dehors des cloches des églises qui sonnaient, mais cela ne dérangeait pas les chevaux. Eliza gardait l'œil ouvert, à la recherche de Zeke, en vain.

Deux jours plus tard, elle s'aventura jusqu'à la maison où elle l'avait vu tourner à l'angle avec la jeune femme. Elle espérait engager avec lui une conversation amicale. Elle ne l'y vit point, mais plus tard, dans la soirée, en allant chez Mme Parks, elle passa devant lui sans le remarquer (elle faisait attention à ne pas mettre les pieds dans les flaques), alors il lui tapota le bras en disant : « Ah, mademoiselle ! Je vous reconnais ! »

Cette fois encore, il paraissait ouvert et amical. Il n'était pas beau, mais de même que Lucas, c'était le genre d'homme au sourire facile, dont le visage s'éclairait alors comme sous l'effet d'une lampe. Eliza répondit : « Monsieur ! Je vous reconnais aussi. Avec ces manières aimables, je suis sûre que c'est le cas de tout le monde ! »

Il se mit à rire. « En effet, et les gars qui travaillent pour moi savent qu'ils peuvent me demander ce qu'ils veulent et qu'ils ont des chances de l'obtenir. » Il rit de plus belle.

« Et dans quel domaine travaillez-vous ?

– La construction. Le bois. Le chêne et le pin. » Il regarda autour de lui et désigna une jolie demeure pourvue d'une large véranda donnant sur un jardin plutôt que sur la rue. « Voici notre réalisation la plus récente. »

Eliza sentit une ouverture. « Peut-être que vous ne vous le rappelez pas, mais je vous ai vu il y a quelque temps, alors que vous tourniez à l'angle de la rue Van Buren. Vous étiez accompagné d'une jeune dame. » Elle ne dit pas un mot sur le fait qu'il avait poussé ladite jeune dame et qu'il l'avait frappée, en revanche, elle précisa : « J'ai cru l'entendre crier après vous avoir croisés. » Elle ne le regardait pas directement, mais lui jetait des coups d'œil à la dérobée. Pas l'ombre d'un sentiment de honte n'apparut sur son visage. D'abord, il eut l'air perplexe ; puis il ouvrit la bouche et déclara : « Oh, mon Dieu ! Mais oui, je m'en souviens ! Elle a hurlé, car elle a senti quelque chose sous ses jupons, puis elle a tapé du pied, secoué ses jupes, et une tarentule en est tombée ! Moi-même j'ai retenu un cri ! Elle était énorme ! Savez-vous que les femelles peuvent vivre jusqu'à trente ans ? Elle était marron foncé. Elle a dégringolé par terre, s'est remise sur ses pattes, puis elle a trottiné à travers la rue. Elle était trop grosse pour qu'on l'écrase en lui marchant dessus. »

Eliza rit à son tour. Il y avait quelque chose dans le ton de son récit qui l'incitait à le croire, et la façon dont il avait poussé et frappé la jeune femme se transforma dans sa tête, ce n'était plus de la brutalité mais une sorte de jeu, à la manière dont un frère pourrait frapper sa sœur. En outre, toutes les femmes du monde avaient été poussées et frappées, y compris Eliza elle-même – avec méchanceté, par Peter ; pour jouer, par son cousin Michael, à Kalamazoo, une fois où elle lui avait arraché un biscuit des mains. Quel âge avaient-ils, dix ans ? Elle l'avait ensuite poussé et frappé à son tour, puis avait partagé le biscuit en deux, lui cédant la plus grosse moitié, et l'avait chatouillé tandis qu'il le mangeait.

Ils arrivèrent en vue de l'établissement de Mme Parks. Elle se demandait comment il allait réagir en la voyant monter les marches, mais il se contenta d'un geste d'au revoir, comme s'il ignorait tout de cet endroit. Elle se demanda si un jour il apparaîtrait là, éberlué en découvrant ce qu'elle faisait pour vivre.

Ce soir-là, elle eut pour client un autre marin, frêle mais pas jeune. Il était bien habillé ; pas de taches de sueur brunâtres sur son foulard, et aucune trace de boue au bas de son pantalon. Il ôta son bonnet, le posa sur la table, mais celui-ci ne laissa aucune trace graisseuse ou humide. Il était du genre taiseux : il la salua, puis ne dit plus un mot. Évidemment, tout ce qu'il voulait, c'était la toucher, de haut en bas, devant et derrière, jusqu'à la plante des pieds – un certain nombre de michés étaient ainsi. Quand il eut fini son affaire, il se coucha sur le lit, poussa un profond soupir et prit la pipe en bois de cerisier qu'il avait posée sur la table de chevet. « Vous savez depuis combien de temps je n'avais pas vu une dame ? Quarante-deux jours. Je ne veux pas dire que ça me dérange d'aller à Tahiti, et le retour a été moins rude que je ne croyais, mais…

– Où est-ce, Tahiti ? Je n'ai jamais entendu parler de cet endroit.

– Bougre, on pourrait dire que c'est au milieu de l'océan, ou bien de nulle part. Nous avons navigué sur un schooner. On a rapporté quarante mille oranges et une bonne quantité de citrons verts. Voyons, c'est à peu près à mi-chemin entre ici et l'Australie. On était censés s'arrêter à San Francisco, mais pour une fois, c'était plus calme dans le coin. La baie était plate comme un lac, pour Dieu sait quelle raison. » Il prit une bouffée sur sa pipe. « L'année dernière à la même époque, je travaillais sur un clipper. On a passé cent treize jours en mer, depuis New York, en passant par le cap Horn. Un jour, le vent était si fort qu'on a parcouru deux cent cinquante milles marins.

J'étais certain qu'on allait chavirer, mais on transportait une telle cargaison – voyons voir, du beurre, des caisses de savons et de verroterie, sans parler de toutes sortes de bêches, de vis, de souliers, de bottes, de pipes… » Il brandit celle qu'il tenait. « … de tabac, cinquante-trois plaques pour fer à repasser, deux chariots, un tonneau de munitions, de fers à cheval, des tonnes de charbon, de vin. Ah oui, et trente-huit enclumes ! C'est ça qui a dû nous servir de lest, mais nous a peut-être un peu ralenti. Long voyage.

– Où est-ce, le cap Horn ?

– Ah, bonne question ! C'est tout au bout de l'Amérique du Sud, et quel endroit ! On dirait que les océans et le vent s'y livrent bataille. Un bateau a autant de chances de couler que de se maintenir à flot. Il y a plein d'îles où on risque de s'échouer. On dit que l'Antarctique tend le petit doigt vers le cap Horn, mais je ne suis jamais allé plus au sud, donc je ne l'ai jamais vu. » Il secoua la tête. Eliza ne dit rien, aussi reprit-il : « Ça fait vingt ans que je navigue, et la seule fois où je me suis dit que j'aurais mieux fait de rester planter des patates à Grand Rapids, c'est en franchissant le cap Horn. »

Eliza éclata de rire. « J'ai grandi à Kalamazoo.

– Dans ce cas, vous me comprenez.

– En effet. Mais comparé à tous les gens que j'ai rencontrés depuis mon arrivée, notre voyage à travers la prairie et les montagnes s'est avéré sans embûches.

– Il n'y a pas beaucoup de gars de Grands Rapids qui finissent sur l'océan. Quand ils aiment monter sur un bateau, ils se contentent des lacs. Mais je suis un obstiné, alors voilà. Ça fait deux ans que je n'ai pas vu ma femme.

– Où est-elle ?

– À Boston. »

Eliza se demanda si ce marin avait déjà été client d'Olive, mais elle ne posa pas la question. La conversation en resta là – Eliza savait bien qu'il ne fallait pas interroger les michés à propos de leur femme, et jamais aucun ne lui donnait davantage d'informations que celui-là, à moins que leurs épouses ne fussent décédées ou qu'elles ne leur manquassent. Après le départ du marin, elle resta dormir dans sa chambre, car il était tard et elle ne voulait point rentrer à pied à sa pension.

12

En ouvrant les yeux au matin, elle constata que le marin avait oublié sa pipe sur la table de chevet, et la première pensée qui lui vint, en se rappelant toutes les choses intéressantes qu'il lui avait racontées, fut le nombre de jours passés en mer – quarante quand il avait de la chance, cent dix dans le cas contraire. Il y avait presque quatre-vingt-dix jours qu'elle et Jean avaient vu cette fille à la morgue. Si l'assassin était un marin, il pouvait très bien être parti en mer et risquait à tout moment de revenir à Monterey. Elle s'habilla, prit la pipe qu'elle alla déposer sur le bureau de Mme Parks, puis sortit. C'était le 29 décembre. À Kalamazoo, la maison de ses parents devait être enveloppée de neige jusqu'au toit, tandis qu'ici le soleil resplendissait au-dessus de la baie et l'air était doux. Eliza ne savait pas vraiment à quoi ressemblait un clipper, mais en se promenant le long de la baie, elle vit deux imposants trois-mâts dont les larges cales oscillaient sur les eaux. Elle savait qu'elle ne reverrait pas le marin ce soir-là ; les capitaines seraient trop impatients de profiter du beau temps pour quitter la baie le plus vite possible.

Elle marcha un moment le long du rivage, alla jusqu'à l'une des pointes, comme on les appelait. D'habitude, elle évitait l'endroit, elle avait peur que les bourrasques ne la fissent tomber dans les rochers, mais ce jour-là, elle se sentait à l'aise. Elle vit à la fois des oiseaux et des poissons ; l'eau était si claire et si calme que, du point le plus élevé, elle distingua un banc de poissons, sans doute des cabillauds, qui nageaient de concert, et là, n'était-ce pas une pieuvre, cette créature scintillante avec de longs bras ? – mais peut-être était-ce une illusion. Elle contempla la nature longuement, regrettant que Jean ne fût pas avec elle, car elle connaissait les noms de nombreux poissons et créatures marines. Elle continua sa promenade. Quand elle fut enfin prête à prendre son premier repas de la journée, elle en avait presque mal au ventre tant elle avait faim.

Ce soir-là, elle eut un nouveau client. Il attendait dans le salon, tranquillement assis devant la fenêtre, lorsqu'elle arriva. Il portait un haut-de-forme, une barbe très fournie, il était mince, les jambes croisées nonchalamment, d'une manière qui lui donnait beaucoup d'allure. Carlos le regarda, leva le pouce, et l'homme suivit Eliza dans sa chambre. Elle posa son sac sur la table. Elle commença à se déshabiller, et il fit de même : elle retira sa bottine gauche, il enleva la droite, etc. Enfin, elle n'eut plus sur elle que sa chemise et son bonnet, et lui sa chemise, son caleçon et son haut-de-forme, qui plongeait son visage dans l'ombre. Eliza ôta son bonnet en premier, se dévoilant. L'homme s'arrêta un instant, instant qui se prolongea, et là, il jeta son chapeau sur le lit et retira ses favoris. Et voilà, « il » était à présent « elle » : Jean ! Eliza éclata de rire, Jean aussi, et elles tombèrent toutes les deux sur le lit, étouffant leur hilarité dans les oreillers. Puis Jean se tourna vers elle et lui dit à voix basse : « Pour moi, ça ne va que d'une fesse, mais dans quelques jours les affaires vont reprendre, quand mes clientes en auront fini avec les corvées des fêtes, et tu sais quoi ? Aujourd'hui, j'ai vu un fantôme ! »

Eliza sentit ses sourcils se hausser et s'exclama doucement : « Où ça ?

– À la pointe d'Alones ! C'était un fantôme qui te représentait, toi, et je t'ai vue monter dans le ciel et te dissiper, pareille à la rosée.

– Tu m'as peut-être réellement vue, car je suis allée me promener dans les rochers.

– Je ne pensais pas que c'était possible ! »

Elles rirent à nouveau.

Jean reprit : « J'aurais aimé te rejoindre, mais je rapportais un sac de poisson salé, je puais comme un putois, donc en arrivant chez moi, je me suis récurée des pieds à la tête, et puis je me suis dit que j'allais passer en revue mes nippes pour voir ce que je n'avais pas porté depuis longtemps. Voilà ce que j'ai choisi. Enfin, avant de débarquer ici, j'ai passé une heure à arpenter la rue Alvarado en inclinant la tête et en touchant mon chapeau chaque fois que je croisais une dame. C'était amusant. Et regarde ce que j'ai apporté ! »

Eliza avait bien remarqué le sac, mais elle ne l'avait pas reconnu. Jean se leva d'un bond, alla le chercher et elle en sortit des muffins et deux oranges. Elles s'assirent sur le bord du lit et mangèrent leurs provisions tandis qu'Eliza parlait à Jean du marin revenu de Tahiti. « C'est la seule chose qui me manque dans mon activité. J'adorerais que mes clientes me parlent de Tahiti, de bétail, de dresser un cheval, de grimper en haut d'un mât ou deux, mais non. Lorsqu'elles me racontent quelque chose, c'est à propos de leur progéniture ou de leur lessive, ou de ce qu'elles feraient peut-être si elles ne ployaient pas ainsi sous le fardeau de leurs corvées. » Eliza regarda Jean en soupirant et dit : « Ou de tous ces bébés qui n'ont jamais grandi. C'est toujours le préféré qui meurt. »

Songeuse, Eliza s'allongea et tendit les bras. Jean se pelotonna contre elle et elles soupirèrent plusieurs fois de concert. Eliza supposa qu'elles pensaient toutes les deux la même chose : combien elles avaient de la chance de n'avoir pas vécu la naissance et la mort d'un enfant.

Il faisait plus frais à présent. Eliza tira la couverture et elles dormirent toute la nuit serrées l'une contre l'autre. À un moment, Eliza se réveilla, écouta la respiration de Jean, et elle constata combien ce rythme lui était familier, à croire que Jean était la sœur qu'elle n'avait jamais eue.

Au matin, en s'habillant, Eliza lui exposa sa théorie selon laquelle l'assassin était un marin qui était reparti et pourrait bien revenir un jour.

Jean posa la question : « Comment savoir s'il y a eu des meurtres semblables à San Francisco, ou même à New York ou à Tahiti ? Les navires vont partout aujourd'hui. »

Eliza n'en avait aucune idée. « Il y a des chances pour que, dans ces endroits-là, ils se soucient aussi peu qu'ici des filles publiques.

– Voire moins encore. Il y a quoi, environ dix hommes pour sept femmes par ici ? À Kenosha ou à Madison où je m'habillais tout le temps en femme, on me regardait de haut, voire pas du tout, ou encore on me bousculait. » Elle secoua la tête. « Et tu t'en doutes, j'étais du genre à bousculer ceux qui m'avaient bousculée. Ici au moins, ceux qui ne sont pas pleins comme des barriques te sourient ou te saluent. Quand je suis habillée en homme, je ne réponds pas de ce que peuvent faire les autres hommes. C'est pourquoi j'emporte toujours mon pistolet. »

Et en effet, Eliza distinguait une protubérance au niveau de la poche de son pantalon. Elle avait beau être une femme, même après les assassinats, même après la mort de Peter, Eliza avait continué d'arpenter Monterey à son gré et elle avait rarement eu peur ; peut-être se montrait-elle imprudente. Elles quittèrent l'établissement. Jean avait faim, mais pas Eliza, alors elles se séparèrent en arrivant à l'Endu, et celle-ci rentra chez elle, où Mme Clayton l'accueillit par un sourire. « Ma chère, dit-elle, je vous prie, j'ai un service à vous demander. J'ai tenté une nouvelle recette de biscuits. En Écosse, on appelle ça des *scones*, je crois. Enfin, j'ai besoin de vous pour juger de leur qualité. »

Eliza suivit Mme Clayton dans la cuisine, goûta un biscuit, puis un scone. « Madame, ils sont différents, mais tous les deux délicieux. Je ne saurais choisir !

– Je pense que c'est bien la meilleure réponse possible. »

C'est seulement en arrivant dans sa chambre qu'elle songea à la remarque de Jean disant qu'elle avait vu son fantôme, à elle. Pour être un fantôme, il fallait être morte. Jean avait l'esprit si pragmatique, songea Eliza, qu'elle ne se souciait guère de la mort, ou peut-être pensait-elle que c'était juste une autre aventure. Sa mère avait-elle jamais parlé à Eliza de fantômes ? Elle n'en avait aucun souvenir, mais tout à coup, une autre idée lui vint : les revenants étaient des morts qui n'avaient pas été choisis, qui erraient parce que Dieu ne leur avait pas donné la chance d'aller au paradis. « Pas étonnant qu'ils ne parlent pas et qu'ils s'enfuient », se dit-elle alors. Elle chassa ces pensées de sa tête, puis fit l'inventaire des quelques biens qu'elle possédait. Elle s'assit sur son lit et prit son livre. Elle avait ri avec Zeke, passé la nuit avec Jean, courage et peur se succédaient en elle, tels le flux et le reflux des vagues à la pointe d'Alones, et elle avait l'impression de ne plus rien savoir, pas le plus petit d---né truc, ainsi que disaient certains de ses clients.

Il était si tard dans l'année que le soleil se couchait bien avant qu'elle arrivât chez Mme Parks. Souvent elle y allait en se promenant, mais la journée ensoleillée s'était transformée en soirée couverte, si sombre qu'elle fut tentée de prendre une chandelle avec elle, comme si la moindre brise ne pouvait l'éteindre. Elle repoussa le moment de partir, seulement elle détestait être en retard, aussi préféra-t-elle s'envelopper dans son châle le plus chaud et sortir. Il y avait là quelques hommes, pour la plupart l'air défaits, frigorifiés, et qui protégeaient leur cigare dans leur main pour éviter que l'humidité ne l'imprégnât trop. Deux chevaux la dépassèrent, têtes et oreilles baissées. Quels que fussent les plaisirs de la saison des fêtes, se dit Eliza, ils avaient fait long feu.

Elle passa devant chez le dénommé Cooper, songea combien elle avait aimé regarder ses chevaux à travers la clôture, et puis, arrivée à l'angle, jetant un regard derrière elle dans l'espoir d'entendre un petit hennissement, à son tour, elle vit un fantôme. Il était blanc et pourtant ne l'était pas – il ressemblait à ces créatures marines qu'elle avait vues à la pointe, scintillantes et translucides –, et il se tenait debout sur le balcon du premier étage. Eliza regarda autour d'elle dans l'espoir que quelqu'un serait là pour lui dire qu'elle se trompait (ou qu'elle avait raison), hélas, elle était seule. Au bout d'un moment, elle secoua la tête et décida qu'il ne s'agissait pas d'un revenant, mais plutôt d'une dame vêtue d'une robe de soie – en effet, la soie, surtout grise, pouvait avoir un aspect surnaturel –, mais alors, l'apparition fit volte-face et courut ou flotta le long du balcon, bondit sur la rambarde puis sur le toit du bâtiment adjacent, qu'elle remonta pour s'envoler enfin dans les airs. Eliza secoua de nouveau la tête, ferma les yeux, les rouvrit. Un silence de mort régnait dans la rue : si elle n'avait pas porté son bonnet, ses cheveux se fussent dressés sur sa tête. Étant donné les choses auxquelles elle avait pensé un peu plus tôt, elle ne voulait plus jamais refaire ce genre d'expérience. Elle ne se rua pas jusqu'au bordel mais pressa le pas, et quand Carlos ouvrit la porte, l'ayant entendue arriver, elle se jeta dans ses bras et posa la tête contre sa poitrine. Son cœur battait la chamade ; elle le sentait résonner. Carlos la serra contre lui et l'emmena au salon, puis il alla lui chercher une tasse de thé. Mme Parks n'était nulle part.

Son client était un peu en retard. Fait inhabituel en Californie, c'était un homme corpulent, un peu comme ces bourgeois vieillissants du Michigan qui possédaient beaucoup d'argent et de domestiques, et dont les terres étaient travaillées par de pauvres bougres émaciés et sous-payés. L'espace d'un instant, elle se demanda d'où lui venaient ces pensées – le miché n'avait pas l'air désagréable –, c'est alors qu'elle se rappela un ami de ses parents qui parfois venait dîner chez eux. Il dévorait tout ce qu'il y avait sur la table, se plaignait de la pluie, de la sécheresse, ou d'un de ses ouvriers agricoles qui s'était cassé un bras en moissonnant, et pourquoi morbleu ne continuait-il pas à travailler : il lui en restait toujours un de valide ! Même les parents d'Eliza, qui croyaient fermement en la valeur du travail et en la nécessité d'être docile et obéissant pour monter au ciel, tout à coup se mettaient à tousser, échangeaient des regards et inventaient un prétexte pour faire sortir Eliza. Elle changea de sujet en s'exclamant : « Ah, monsieur ! Quelle triste soirée dehors ! Je suis un peu surprise que vous ayez bravé l'obscurité ! »

Il se mit à rire et répondit : « Moi, je n'ai rien bravé du tout, c'est mon cheval qui a tout fait. Je me suis recroquevillé sur mon siège, le chapeau bien enfoncé, mon foulard relevé sur le nez. Je dois dire que le mauvais temps ne le gêne guère, lui. Il a une stalle très confortable à l'écurie, mais il est toujours dehors, même quand il pleut.

– Êtes-vous passé près de la propriété de M. Cooper ?

– En effet. Je connais Cooper. Pas de lumière chez lui. Ils doivent être partis quelque part. » Il ne dit rien sur le fantôme.

Il n'avait gardé que sa chemise, qui lui couvrait le ventre, et il attendait assis sur le lit, ployant sous son poids. Il lui fit un signe et Eliza comprit ce qu'il voulait. Elle entreprit de retirer sa robe. Elle ne lui avait pas demandé son nom, mais soupçonnait qu'il était un personnage important en ville. Peut-être poserait-elle la question à Mme Parks.

L'homme se pencha vers elle, attrapa le bas de sa robe et la souleva. Eliza ne bougeait plus, lui tournant le dos tandis qu'il la regardait, même si elle avait du mal à imaginer ce qu'il pouvait voir dans une pièce éclairée par une seule bougie. En général, les michés attendaient qu'elle fût nue. Beaucoup préféraient admirer son derrière plutôt que sa gorge, et ils aimaient qu'elle dansât ou frétillât autour d'eux. L'homme lâcha le jupon et elle continua de dégrafer son corset, puis elle glissa les bras hors des manches, laissa choir sa robe et fit un pas de côté. L'homme alors tendit la main et demanda : « Laissez-moi la prendre. »

Elle la lui tendit et il la prit sur ses genoux, caressant l'étoffe tout en regardant Eliza. Elle n'eût pas dû trouver cela étrange ou déconcertant – ce que faisaient les hommes dans l'intimité de leur chambre était souvent surprenant –, mais elle n'avait point l'esprit tranquille. Il lui fit signe de venir. En s'approchant, elle regarda vers la porte pour voir si elle était entrebâillée, mais non. Carlos et Mme Parks ne jugeaient pas que cet homme fût dangereux, même si Eliza ignorait s'il s'agissait d'un client régulier. Il posa les mains sur ses épaules, laissa glisser la robe à terre et la fit s'agenouiller. Elle comprit qu'il voulait qu'elle le suçât, ce qui était sensé, étant donné son embonpoint. Elle eut d'ailleurs du mal à trouver son vit, même si, quand enfin elle l'eut en main, il s'avéra tout à fait raide. Elle se pencha en avant, appuyant le front contre son ventre, et fit de son mieux. Ce genre de geste n'était pas nouveau pour elle, mais Peter ne l'avait jamais sollicité, aussi n'avait-elle pas reçu d'instruction en la matière. Pendant qu'elle montait et descendait ainsi, les mains de l'homme toujours posées sur ses épaules appuyaient et relâchaient leur pression en rythme. Elle comprit qu'il allait l'arroser parce qu'il appuya si fort qu'elle en ressentit une vive douleur. Par bonheur, elle ne le mordit pas sous le choc. Sa verge sortit de sa bouche, et elle se releva en titubant pour aller à la bassine cracher ce qui restait et se verser un verre d'eau. Lorsqu'elle se retourna, il ahanait, renversé sur le lit. Il lui fallut un moment pour recouvrer son souffle, suffisamment long pour qu'elle eût le temps de remettre sa robe, sans toutefois la refermer entièrement. Soudain, il la manda : « Mademoiselle ! » Elle s'approcha. Elle dut alors l'aider à rouler sur le côté puis à se remettre sur son séant afin de se lever, ce qui ne fut pas chose aisée. Elle sortit pendant qu'il se rhabillait. Elle n'attendait pas de pourboire, et d'ailleurs, n'en voulait pas non plus. Elle se retira dans un recoin sombre du salon et attendit qu'il partît.

C'est seulement au matin, ensoleillé et venteux, quand elle fut installée devant son petit déjeuner, qu'il lui vint à l'esprit que son dernier client pourrait être l'assassin, car plus elle y pensait, plus elle avait conscience d'avoir senti une sorte de rancœur en lui et même de rage, contenues avec succès cette fois-ci, mais peut-être pas par le passé. La question était de savoir comment il eût pu sortir les dépouilles de la ville, mais bien sûr, il avait un cheval fiable et une voiture solide. Les avait-il emportées en plein cœur de la nuit, après les avoir estourbies, pour les abandonner au fin fond de la campagne ?

Elle se leva, paya son repas et partit en quête de Jean, qui ne fut pas difficile à trouver car elle déambulait dans la rue de la Perle, habillée en femme, le menton légèrement relevé, comme si elle tenait une lorgnette, jetant des regards condescendants à tous ceux qui passaient dans la rue. Eliza s'approcha et inclina la tête. Elles éclatèrent de rire et prirent la direction du cimetière, qui serait certainement verdoyant sous le soleil. Elles échangèrent quelques lieux communs, puis Eliza déclara : « J'ai une idée de qui ça pourrait être. »

Jean se retourna d'un coup vers elle.

« Il est venu hier soir. Dans les quarante-cinq ou quarante-six ans, visiblement prospère. Je lui arrive aux lobes des oreilles tellement il est grand, mais surtout corpulent. Un ventre énorme. À cause de ça, il n'a pas pu faire son affaire de la manière habituelle. Il a fallu que je m'agenouille et que je m'occupe de lui ainsi.

– Tu ne l'avais jamais fait avant ?

– Si, mais jamais avec quelqu'un qui éprouvait un tel ressentiment de ne pouvoir faire autrement. À croire que c'était ma faute si c'était aussi difficile, et plus ça durait, plus il était irritable. À la fin, il m'a pratiquement rompu le cou » – Eliza voulait dire les épaules.

Jean écarquilla les yeux. « Il a mis les mains autour de ton cou ?

– En vérité, non, mais il m'a fait mal aux épaules, et je sentais bien qu'il avait envie de m'étrangler. C'est peut-être de cette manière-là qu'il a trucidé les filles.

– Est-ce que celle qu'on a vue portait des marques ? Je ne me le rappelle pas.

– Personne ne nous a dit ce qu'il fallait regarder, alors peut-être qu'on n'a pas remarqué ce qui était sous nos yeux. » Elle s'arrêta, posa la main sur le bras de Jean. « Il y a plus. C'était, c'était… oui, c'était comme un orage qui plane sur la ville, menaçant, puis un événement déclenche une tornade, et elle dévaste tout un quartier. Tout le monde se demande pourquoi la tornade est passée là : était-ce Dieu ou diable, mais seul l'orage sait, ou peut-être pas. Et si on posait la question à l'orage, il répondrait : "Ça arrive !" »

Jean rit de bon cœur.

Eliza reprit : « Il était si gros qu'il a fallu que je le fasse rouler sur lui-même et que je l'aide à s'extraire du lit. Il n'était même pas capable de soulever son propre poids.

– Comment aurait-il réussi à s'en sortir, alors ?

– Que veux-tu dire ? Au milieu de la nuit, à l'heure où on a fait ça, tu peux t'en sortir quelle que soit la situation.

– Je veux dire que s'il n'arrive pas à se relever tout seul, comment aurait-il pu transporter le corps ? »

Elles étaient arrivées à un endroit de la rue de la Perle d'où l'on voyait d'un côté le sommet d'une colline, de l'autre des arbres et, droit devant, le ciel bleu et une traînée nuageuse suspendue dans le vide. L'air était à la fois sucré et salé. Eliza répondit : « Il pourrait la pousser avec les pieds ou la tirer par les cheveux. » Toutefois, en son for intérieur, elle admit que Jean avait raison. « Il a une voiture et un cheval fiable. C'est ainsi qu'il les a transportées en dehors de la ville.

– Dans quel genre de voiture ?

– Il a parlé d'un buggy.

– À deux ou quatre roues ? Dans un cas comme dans l'autre, on est exposé aux éléments. Je ne vois pas comment… »

Eliza ferma les yeux et dit : « J'aurais dû tout de suite aller voir dans la rue, là où les clients laissent leurs voitures, mais je ne l'ai pas fait. » Elle secoua la tête.

« S'il est aussi gros que tu le dis et qu'il conduit un petit buggy, on devrait réussir à le retrouver en ouvrant l'œil. Ce genre de personne est rare par ici.

– C'est ce que je pense. Trop de marins, trop de poisson séché, pas assez de patates ! »

Toutes deux sourirent. Mais Eliza vit bien que Jean n'était pas convaincue. Certes, ce type était un méchant abruti, et peut-être aspirait-il à faire ce dont Eliza le soupçonnait, mais pouvait-il s'en tirer ? DuPINE la titillait : il était essentiel de poursuivre l'enquête. Elle soupira. « Écoute-nous donc jaser ! Nous pensons que personne ne sait qui a tué ces filles, que c'est un mystère même pour le shérif et les *vigilantes*. Seulement, ce type ne m'a pas dit son nom, il a visiblement de l'argent, et ni Mme Parks ni Carlos ne m'ont mise en garde contre lui. Peut-être qu'il y a des gens qui savent ce qu'il a fait, qui l'ont aidé à s'en tirer et qui n'ont pas l'intention d'en faire davantage.

– Ça pourrait s'appliquer à quelqu'un d'autre. »

Eliza acquiesça. « Est-ce que tu trouves tout ça confus ? J'ai l'impression que tant de pensées tourbillonnent dans ma tête que je n'arrive plus à repérer le fil logique. Parfois je sens qu'il est là, mais je ne le vois pas, et à d'autres moments, j'ai l'impression qu'il n'y a rien. Que même le shérif ne peut résoudre cette énigme, alors comment le pourrions-nous ?

– Parce que nous le devons. Quelle importance que nous soyons des débutantes qui n'ont pas la moindre idée de ce qu'elles font ? »

13

Ce soir-là, Mme Parks était de nouveau présente. Eliza s'avança, et sa patronne leva la main en disant : « Ma chère, j'ai été alitée, peut-être était-ce la grippe, et j'aurais sans doute mieux fait de ne pas venir ce soir, mais quoi qu'il en soit, ne t'approche pas de moi parce que je ne voudrais pas te contaminer. » Elle alla vers la fenêtre ouverte et Eliza la suivit. Elle lui décrivit cet homme et ce qui s'était passé. La maîtresse des lieux fronça les sourcils. « Tu ne le connais pas parce qu'il y a deux ans je lui ai dit de ne plus remettre les pieds ici. Ensuite, il est parti, sans doute à San Francisco ou ailleurs. À son retour, avant la Noël, il m'a supplié d'une manière aimable de le laisser revenir, alors j'ai réfléchi et j'ai pensé que tu serais la mieux apte à te débrouiller avec lui. Je suis désolée, ma chère.

– Comment s'appelle-t-il ? »

Mais Mme Parks secoua la tête. Apparemment, il avait quelque chose à cacher.

Juste après cela, le client d'Eliza arriva – encore un marin. Elle alla se laver les mains et la figure, puis entra dans la chambre où il était déjà assis sur le lit. Il était beau : les pommettes hautes, des sourcils bien dessinés.

Quand il ouvrit la bouche pour prendre la parole, elle n'en comprit pas un mot. « Pardon ? » dit-elle.

Il se mit à rire et reprit. Elle finit par comprendre qu'il venait d'îles lointaines, au nord de l'Écosse. Il lui tendit la main et elle s'approcha. Il la regarda, puis commença à dégrafer son corset très doucement. Arrivé à la moitié, il se leva et se mit à déboutonner son pantalon. Il avait l'air de s'amuser, mais soudain, il sursauta et regarda autour de lui, d'abord vers la fenêtre, puis au plafond. À son tour, Eliza regarda par la fenêtre et constata qu'une branche du cèdre cognait contre la vitre. Puis la maison émit un craquement.

Le marin s'exclama, lui demandant si elle voyait cela.

« Vous voulez parler de la tempête ? » demanda Eliza.

Il acquiesça, remonta son pantalon et lui expliqua dans son anglais bizarre que son bateau était censé repartir au matin, mais que, vu le temps, le capitaine risquait de vouloir mettre les voiles dès à présent, et qu'il était désolé mais devait la quitter sur-le-champ. Il glissa une pièce dans sa main et se rua dehors. Eliza entendit ses pas pressés résonner dans le salon, puis la porte claquer. Un instant plus tard, la tenancière du bordel apparut.

Eliza expliqua : « Il a couru rejoindre son navire. Mais quand cette tempête est-elle arrivée ? Il faisait beau tout à l'heure.

– J'ai regardé dehors il y a peut-être un quart d'heure. Dans la rue, un arbre bougeait, tandis que celui qui pousse devant ma fenêtre était aussi immobile qu'une pierre. C'est ça, le climat par ici, surtout l'hiver. Bien sûr, la neige est pire, même si j'admets que cela a quelque chose d'apaisant. »

Pour la première fois, Eliza songea que Mme Parks avait également un passé. « Je ne vous ai jamais posé la question ! Où viviez-vous avant de venir en Californie ?

– À Albany.
– Où est-ce ?
– Dans le nord de l'État de New York. Bizarrement, c'en est même la capitale. » Elle secoua la tête. « L'année de mes dix ans, nous avons eu dix pieds de neige – c'est pour ça que je m'en souviens. Je mesurais moi-même un peu plus d'un mètre cinquante, soit cinq pieds de hauteur : dix ans, dix pieds de neige. Ça paraissait magique. »

Eliza ne lui demanda pas en quelle année elle avait fêté ses dix ans. Elle s'exclama : « Et moi qui croyais que la situation était difficile à Kalamazoo. » Puis elle ajouta : « On m'avait dit que vous veniez de Baltimore.
– Dieu du ciel ! J'aurais bien aimé ! Ma famille a vécu environ un an à Bethlehem, dans une ferme près de Beckers Corners. C'est au sud d'Albany, à deux heures quand on possède un vieux cheval un peu lent. » Mme Parks la regarda, inclina la tête et lui sourit. Pour une fois, le sourire trahissait une certaine tristesse. Elle reprit : « Pour la plupart d'entre nous, la vie n'était pas rose dans l'Est. Voilà pourquoi nous avons entrepris ce voyage afin de nous installer ici. » Elle soupira.

Soudain, Eliza se demanda si elle était réellement « Mme » Parks. Nul n'avait jamais fait mention d'un M. Parks. Mais elle savait qu'elle ne pouvait lui poser cette question. Elle lui répondit : « Pour ma part, je suis infiniment contente d'être ici, peu importent les circonstances. » Elle savait que Jean l'était aussi, et elle espérait qu'il en allait de même pour Mme Parks. Elle tendit la main. La maîtresse du bordel se pencha et regarda la pièce, sans la prendre. Puis, l'air surpris, elle déclara : « C'est amusant ! Une pièce de cinq francs qui vient de France ! Je crois que là-bas, ça s'appelle un *écu*. Je n'en avais pas vu depuis des années et je n'ai pas la moindre idée de comment tu pourrais l'utiliser hormis à Paris, mais on ne sait jamais ce que l'avenir nous réserve, ma chère ! Garde-la précieusement, et dis-toi que c'est ta pièce porte-bonheur ! » Elle sourit et sortit en refermant la porte derrière elle.

Eliza contempla la pièce en question, la posa sur sa table de chevet, près de la chandelle, et continua de la fixer des yeux tout en ragrafant son corset. Si jamais Mme Parks revenait dans quelques minutes avec un nouveau client (ce qui était peu probable car la tempête faisait rage maintenant et la maison craquait de toute part), celui-ci voudrait la déshabiller, ou la regarder le faire elle-même, mais il n'aurait pas envie de songer au miché qui l'avait précédé. Eliza avait bien l'intention de rentrer chez elle, mais il pleuvait de plus en plus, même si le vent n'augmentait plus, aussi se coucha-t-elle sur le lit, la pièce dans la main, elle souffla la bougie et s'assoupit.

Elle s'éveilla au beau milieu de la nuit, elle avait du mal à respirer et s'aperçut que son corset était toujours attaché, elle le dégrafa donc jusqu'à la taille, puis se rendormit. En s'éveillant pour de bon, elle apprécia d'avoir seulement besoin de quelques minutes pour tout remettre, enfiler ses bottines et sortir.

La pluie avait cessé, mais le vent hurlait au coin des bâtiments et les arbres ployaient de-ci, de-là. Il semblait souffler dans une seule direction – l'ouest, disons –, puis tourner et prendre la direction du sud. À cause de la baie, Eliza avait eu du mal à comprendre comment s'orienter à Monterey. Oui, lui avait expliqué Jean, l'océan Pacifique se trouvait à l'ouest, mais le fond sud de la baie était en forme de J, et Monterey se trouvait tout en bas du J. Le vent s'engouffrait donc dans la baie, puis se mettait à tourbillonner. Au moins les montagnes les protégeaient-elles des vents d'est, qui étaient chauds et secs. Eliza enroula son châle en le serrant autour d'elle et prit la direction de l'Endu. En arrivant, elle dut attendre un peu – naturellement, nombreux étaient les habitants à y avoir trouvé refuge.

Elle était contente d'être là – le bâtiment en adobe était solide, il ne craquait pas, et une fois la porte refermée, on n'entendait plus les hurlements de la tempête. En songeant à Jean, elle regarda autour d'elle et se rappela sa théorie concernant l'homme corpulent, mais il n'était pas là non plus. Elle retira son châle, le replia, plongea la main dans sa poche pour s'assurer qu'elle n'avait pas oublié sa pièce porte-bonheur, mais aussi qu'elle avait de quoi payer ses crêpes américaines et une tranche de jambon ou de bacon.

C'est alors qu'elle s'aperçut qu'un type la fixait. Il la regardait des pieds à la tête, la déshabillant franchement du regard. Eliza savait que, à l'extérieur, ses manières ne révélaient en rien sa profession. Elle était aussi discrète que n'importe quelle jeune femme. Cet homme-là, elle en était sûre, devait être un client (qu'elle avait oublié, bien sûr), ou alors il l'avait vue chez Mme Parks en se rendant auprès d'une autre fille. Elle jeta un coup d'œil à ses voisins. L'un s'était légèrement écarté, l'autre contemplait le fond de sa tasse de café. Ils ne semblaient pas être ensemble. En raison de la foule et du fait que tous les sièges étaient occupés, ce n'était pas le genre d'endroit où se retrouvaient des amis, mais plutôt où l'on se préparait à démarrer une journée de travail, il n'y avait donc là rien d'inhabituel.

L'homme la dévorait toujours des yeux, peut-être même plus intensément. Eliza lui rendit la pareille afin de graver ses traits dans sa mémoire, dans les moindres détails, de bas en haut : une barbe et une moustache taillées avec soin, des lèvres minces, des joues plates, pas de pommettes apparentes, un nez fin (c'était ce qu'il avait de mieux), des oreilles proéminentes, des cheveux clairsemés, naguère couleur paille, comme aurait dit sa mère, mais à présent grisonnants, dégarnis, et de discrets sourcils gris. Quant à ses yeux, c'était le genre d'homme qui avait tellement froncé les sourcils et plissé les yeux au fil du temps qu'on voyait à peine ses prunelles ; ses paupières les recouvraient au point qu'il était impossible de savoir si elles étaient marron ou bleues. Le chapeau accroché à sa chaise était brun, avec de larges bords. Ses doigts, lorsqu'il porta son biscuit à la bouche, paraissaient longs et épais ; en dehors de son regard intense, c'était ce qu'il y avait de plus menaçant chez lui. Le gros client avait appuyé les mains sur ses épaules, mais il avait des doigts courtauds. Il n'aurait pu l'étrangler, alors que cet homme-là, si. Jamais auparavant cette pensée ne lui fût venue en tête, elle comprit donc qu'elle était le résultat de toute cette curiosité. Elle avait beau vouloir détourner les yeux, elle se força à enregistrer d'autres détails : le biscuit déplut sans doute à l'homme car, après y avoir goûté, il le laissa choir dans son assiette et l'écrasa d'un coup de poing, qui fit s'écarter encore davantage son voisin. Elle tourna la tête, se disant qu'elle ouvrirait l'œil sur ce type, peut-être en venant rôder autour de chez Mme Parks un peu en avance, au cas où il s'y montrerait. Puis elle eut une meilleure idée : Jean viendrait faire le guet puisque, même les jours où elle travaillait, elle terminait bien plus tôt qu'Eliza.

Quand enfin elle put aller s'asseoir, elle se retrouva à une table face à la porte. Rupert lui apporta un muffin et une tranche de jambon sans qu'elle eût rien demandé.

L'homme s'en alla. Il était de bonne taille, avec de grands pieds assortis à ses mains, et ses bottes étaient crottées. Il portait une veste en laine qui n'avait pas été rapiécée. Sans doute pas un homme riche, mais pas misérable pour autant. Il devait être coincé à Monterey, sans argent pour pousser jusqu'à San Francisco, sans poudre d'or dans les poches, à son grand dam, car il avait, mettons, quarante ans passés et avait donc épuisé toutes les possibilités pour faire fortune. S'il déjeunait ici, c'est qu'il n'avait pas de femme et vivait sans doute dans une pension.

Elle finit son repas ; la pluie s'était arrêtée, mais le brouillard était tel un nuage enveloppant la ville. Il y avait beaucoup de flaques à éviter, pas grand monde dans les rues, malgré tout, l'esprit d'Eliza était à présent aussi rempli de curiosité que son ventre de son petit déjeuner, et elle n'avait qu'une envie : partir en reconnaissance. (Qui avait-elle entendu utiliser cette expression ? Ah oui, c'était Peter. Il avait prononcé ces mots à leur arrivée à Monterey lorsqu'ils s'étaient installés.) Elle prit le chemin le plus long pour rentrer. Descendit au port. Tous les bateaux étaient partis, à part un navire d'importance qui oscillait selon les vagues, son client de la veille n'était donc pas le seul marin à avoir mis les voiles. Ensuite, elle se dirigea vers la demeure du dénommé Zeke, remonta la rue Scott, dépassa la rue Van Buren jusqu'à la rue Larkin, prit la rue Madison, revint en passant devant chez M. Cooper, puis elle descendit la rue de la Perle en direction de la baie. Elle eut la satisfaction de constater que grimper les collines ne lui donnait plus autant de peine, sa promenade s'avéra vivifiante, mais elle ne revit pas le type en question, et il ne se montra pas non plus le soir. Elle connaissait bien les michés qui vinrent au cours des deux jours suivants et sur lesquels ne pesait aucun soupçon. Quoi qu'il en soit, elle se montrait plus prudente : elle échangeait des regards avec Carlos, laissait sa porte entrebâillée de manière qu'il entendît ce qui se passait dans sa chambre, inspectait les poches et les sacs de ses clients, et posait davantage de questions sur ce qu'ils ressentaient et ce qu'ils faisaient dans la vie.

Celui qu'elle préféra vint la voir après le Nouvel An, c'était un jeune garçon dont le père faisait l'éducation. Il était élégant, avec une épaisse chevelure brune qui jaillit de son chapeau lorsqu'il le retira. Il n'était ni timide ni empressé – avant toute chose, il était curieux. Il lui dit que sa famille élevait du bétail sur un ranch plus au sud. Il leur avait fallu deux heures de cheval pour venir en ville, même s'ils s'étaient arrêtés pour se reposer et manger un morceau à mi-chemin de la colline. Le garçon venait seulement à Monterey trois ou quatre fois l'an, mais il aimait vivre au ranch – c'était assez plat pour le bétail, mais niché au pied des collines, où il aimait aller se promener à cheval.

« De quelle couleur est votre cheval ? demanda Eliza. J'espère que c'est un palomino. »

Le garçon éclata de rire. « J'en ai vu un comme ça. Mais non, Ripley est bai, mais il a quatre balzanes et une étoile en tête qui ressemble vraiment à une étoile. La jument de Père est gris pommelé. Elle a beau avoir douze ans, elle est encore pommelée. Père dit que ça n'arrive jamais, pourtant, avec elle, si. Elle s'appelle Lizzie. »

Eliza se mit à rire.

Visiblement, le père avait enseigné beaucoup de choses à son fils, qui était prêt à tout essayer – il voulait toucher Eliza partout, observer son corps dans ses moindres recoins, et même ses vêtements (Dieu merci, elle avait lavé sa culotte et sa chemise deux jours plus tôt). Il prit ses pieds dans ses mains, les contempla, passa les doigts sur ses orteils. Cela eût pu être bizarre, mais sa curiosité était si vive que ça ne l'était pas. Ce fut Eliza qui l'instruisit sur la manière de faire son affaire, elle se mit à jouer avec son vit, puis s'allongea sur le dos et écarta les jambes. Heureusement, il était jeune, aussi ne débanda-t-il pas lorsqu'il découvrit, totalement fasciné, l'intérieur de ses cuisses. Il vint en elle. Eliza le fit aller lentement. Quand il eut fini, il s'assit sur le lit et la regarda. Enfin il déclara : « Je voudrais tellement devenir docteur ! Mademoiselle, vous êtes la première femme que je vois. Mère dit que je ne dois pas regarder mes sœurs, de toute façon, elles ne me laisseraient pas faire. Mais comment pourrai-je soigner les dames qui sont malades si je ne sais même pas à quoi elles ressemblent ? On va à l'école de médecine pour apprendre des choses, mais il paraît qu'on n'y voit que des cadavres.

– Des cadavres ?

– Oui, des personnes décédées qu'on a embaumées et conservées quelque part. En fait, certaines ont été arrachées à leur tombe, vous savez, dans ces portions des cimetières où les sépultures sont très serrées et les pierres tombales toutes petites. Les gens riches n'aiment pas que ce genre de choses arrive à leurs proches. Moi, je ne vois pas pourquoi. On mange des vaches et des bœufs, des moutons et des agneaux, et même des chevaux. Pourquoi les cadavres des hommes ne pourraient-ils servir aussi ? »

Eliza, songeant à ses parents, répondit : « Et la résurrection au moment du Jugement dernier ? »

Les yeux du garçon étincelaient. « Ah, vous pouvez croire ce que vous voulez. » Puis il ajouta : « Pourrai-je revenir vous voir ? Peut-être en journée ? Père dit qu'il y a des hommes qui viennent ici dans la journée.

S'il y a beaucoup de lumière, je pourrai vous regarder bouger, vous pencher, sauter et faire d'autres choses. J'ai tellement envie de voir vos os et vos muscles travailler ! Quand je me regarde moi-même, je me vois du dessus. C'est terriblement ennuyeux ! »

Eliza éclata de rire.

« Mais si, c'est vrai ! »

Elle l'embrassa sur la joue et lui demanda : « Où étudierez-vous la médecine en Californie ?

– Oh, il faudra que je retourne dans l'Est. Mes grands-parents habitent à Chicago. Là-bas, on trouve le genre d'école qu'il faut. Mais j'ai une question à laquelle Père n'a pas répondu. Comment puis-je vous faire ça sans que vous ayez un bébé ?

– Je pense que vous devriez en parler avec votre mère.

– J'ai essayé, mais elle refuse de répondre. Et ma sœur m'a giflé lorsque je lui ai demandé. »

Eliza lui expliqua ce qu'était un pessaire, puis lui confia qu'elle en savait très peu au sujet de la noix de muscade et de la carotte sauvage. Le garçon la dévisagea, fasciné. « Je me demande si, en tant que docteur, on peut se spécialiser pour soigner les femmes ?

– Je suppose que vous le découvrirez par vous-mêmes. » Puis elle ajouta : « Bien sûr que vous pouvez revenir. »

Il était tard quand le garçon partit. Eliza aperçut son père dans le salon. Elle était parfaitement réveillée et aurait pu regagner son logis car il ne pleuvait pas, au lieu de cela elle remit sa chambre en ordre et sortit par-derrière pour utiliser les latrines. En passant devant la fenêtre d'Olive, elle entendit un rire. Olive avait allumé deux chandelles, une de chaque côté du lit, sur lequel le miché était assis : c'était l'homme corpulent qui avait effrayé Eliza. Il semblait de bonne humeur et Eliza tenta d'apercevoir le visage d'Olive – en quête d'une trace de peur ou d'inquiétude –, mais celle-ci avait l'air à l'aise, voire amusée. Elle dit quelque chose qui les fit rire tous les deux à nouveau. Eliza poussa un soupir de soulagement.

De retour dans sa chambre, elle souffla la bougie et s'assit en silence pour contempler l'arbre et le ciel par la petite fenêtre. On était désormais en 1853, et si quelqu'un lui avait prédit deux ans plus tôt ce qu'elle allait vivre – Peter, le voyage à travers la prairie, puis les montagnes, enfin la beauté et l'étrangeté de Monterey –, elle ne l'eût pas cru. Mais à présent, en songeant à ce tireur à l'Endu, elle se demandait si elle survivrait jusqu'à 1854. Il y avait beaucoup de choses à découvrir en Californie – le nom des oiseaux, les aventures des gens autour d'elle et de ses clients, la manière dont les Espagnols considéraient le monde, les sensations que cela causait d'escalader une montagne ou de traverser la baie en bateau. Elle avait aussi appris combien la mort pouvait arriver vite et, dans la plupart des cas, qu'on se noyât dans la baie ou qu'on se fît descendre dans un saloon, il n'y avait rien à faire. Ce qui se produisait plus rarement, et ce fait en soi était bien plus effrayant, c'était l'amitié véritable, comme elle en avait noué avec Jean. L'arbre frémissait sous la brise, et Eliza prit ses bonnes résolutions pour la nouvelle année : même si elle faisait partie des personnes qui risquaient de ne pas atteindre 1854, elle ouvrirait l'œil et ferait de son mieux pour survivre.

14

Une semaine plus tard, en voyant Eliza arriver chez elle, Mme Parks sortit de ses appartements privés pour lui remettre un courrier. C'était une lettre de la mère d'Eliza, qui n'était adressée ni à sa fille ni à la patronne du bordel, mais au « Shérif de Monterey, Californie ». L'enveloppe était crasseuse et froissée. Eliza l'emporta dans sa chambre, la contempla quelques minutes, puis l'ouvrit et lut la lettre à la lumière de sa bougie.

Au shérif de Monterey,

Il y a quelque part dans votre ville une jeune fille. Elle s'appelle Eliza Cargill. Elle doit être là depuis un peu plus d'un an. Son époux répondait au nom de Peter Cargill. J'ai cru comprendre qu'il avait été tué à l'époque de Thanksgiving (si l'on célèbre cette fête à Monterey), il y a plus d'un an. Mon mari vous fait dire que nous IGNORONS si elle est toujours dans les parages. Nous en savons fort peu, mais peut-être qu'elle a été tuée également, car votre ville est très violente. Quoi qu'il en soit, je suis morte d'inquiétude, voilà pourquoi je vous écris, uniquement pour savoir si notre fille est encore en vie. Elle mesure un peu plus d'un mètre cinquante, avec des yeux bleus et des cheveux couleur paille, elle est plutôt mince, les joues roses, les lèvres pleines. Je n'ai pas de portrait d'elle, sinon je vous l'aurais envoyé. Elle a cependant une marque de naissance sur l'épaule droite, en forme de larme. Si elle a été tuée, quelqu'un l'a peut-être remarquée. Je ne sais pas quoi vous dire d'autre.

Sincèrement vôtre,
Mme Joseph McCracken
rue Bulkey
Kalamazoo, État du Michigan

Quand Eliza ressortit de sa chambre (son client n'était toujours pas arrivé, mais à cette époque de l'année, il était fréquent qu'ils ne pussent venir en raison des intempéries et d'autres difficultés de déplacement), Mme Parks l'attendait avec une plume, une feuille de papier et un encrier. Il n'y avait pas d'endroit pour écrire dans la chambre d'Eliza, aussi la maîtresse des lieux la pria-t-elle de venir dans ses propres appartements, où elle s'assit dans un coin et se remit à tricoter. Dans cette pièce, cinq chandelles étaient allumées – un véritable luxe, mais ça sentait un peu la graisse de baleine.

Eliza écrivit :

Chère Mère,

J'ai lu la lettre que vous avez écrite au shérif. Je dois avouer que cela me remplit de regrets de ne pas vous avoir écrit depuis un an et de vous avoir causé tant de souci. Je ne sais comment vous exprimer mes remords, car je ne pense pas pouvoir compenser la peine que je vous ai fait subir. Toutefois, je veux que vous sachiez que je suis vivante et que je me plais ici, à Monterey. Il ne m'est rien arrivé de fâcheux, et j'ai les moyens de vivre et de me nourrir. Monterey est un endroit extrêmement agréable et je n'ai pas l'intention d'en partir.

Elle s'interrompit un moment car elle entendit des pas dans le salon d'accueil, mais l'homme suivit Olive dans sa chambre. Elle reprit :

Vous devez savoir que j'ai abandonné le nom de Cargill pour prendre celui de Ripple. La raison en est que Peter ne possédait aucune vertu en tant qu'époux. Bien qu'il se fût comporté correctement devant vous lorsque nous vivions à Kalamazoo, il n'hésitait jamais à me brutaliser ni à me frapper. Vous vouliez que j'aie des enfants, mais pas lui, en tout cas pas tout de suite. Vous m'avez toujours dit que le devoir d'une épouse est d'aider son mari, mais Peter me considérait davantage comme une servante, voire une esclave, surtout là pour assouvir ses désirs. Avec le recul, je regrette de ne pas l'avoir quitté avant qu'il fût tué, ce que je ne fis point car je n'aurais su que faire de moi-même. Après qu'il eut disparu, j'en éprouvai un vif soulagement, qui à ce jour perdure. À présent que je mène ma vie en ce monde, je m'aperçois que la plupart des hommes sont plus aimables et plus respectueux qu'il ne le fut.

Tout cela vous choque peut-être, mais je pense que si nous devons garder le contact, ne serait-ce que par lettres, vous devez connaître la vérité. Vous pouvez continuer de m'écrire, et je vous répondrai, mais je n'écrirai rien d'autre que la vérité, et non ce que vous souhaiteriez lire.

J'espère que ce courrier vous trouvera en bonne santé, vous et Père, et que cela calmera vos inquiétudes.

Eliza s'arrêta alors pour réfléchir, se rappelant que sa mère lui avait dit maintes fois qu'il valait mieux qu'une femme mourût plutôt que de mener une vie dans le péché et la désobéissance. Elle chassa cette pensée et continua :

Je vais à présent vous laisser. J'espère que vous connaîtrez une année agréable, sans trop de neige, puis un printemps clément. J'attends avec hâte d'avoir de vos nouvelles,

Tendresse,
Eliza

Elle s'arrêta sur le mot « Tendresse ». Elle aurait pu terminer par « Mes respects ». Mais après avoir écrit cette lettre, à présent qu'elle avait livré ses pensées en toute sincérité, elle s'aperçut qu'elle avait néanmoins des sentiments pour sa mère. Eliza avait certes été battue, mais pas au point que cela laissât des marques sur elle. Jamais sa mère ne l'avait enfermée ni privée d'un repas. Lorsque Eliza répondait ou se comportait mal, sa mère priait avec elle, et elle lui servait toujours son assiette de ragoût ou même sa part de tarte. Sa mère aboyait mais ne mordait pas, et son père savait cela. En outre, elle était toujours la première à contribuer aux œuvres de charité quand l'église les sollicitait. Eliza plia la lettre et posa la plume sur le buvard, à côté de l'encrier. Mme Parks leva les yeux et abandonna son tricot. « Il se trouve que j'ai une enveloppe. » Comme si elle n'était pas certaine qu'Eliza irait poster la lettre, elle la prit, nota l'adresse et rangea l'enveloppe dans sa poche. « Ne t'en fais pas, ma chère. Je dois me rendre au bureau de poste demain. »

Son client arriva tard, en état d'agitation. Eliza se trouvait dans le salon où elle était venue changer sa chandelle. Elle ne se présenta pas – c'était la maîtresse des lieux qui s'en chargeait. L'homme expliqua qu'il avait laissé son cheval attaché un peu plus loin dans la rue et qu'il avait couru jusqu'à la maison de tolérance. Le trajet n'était pas long, pourtant il haletait. Mme Parks le regarda, l'invita à s'asseoir et lui apporta un verre d'eau. Il était toujours essoufflé, une main posée sur sa poitrine. Âgé d'un peu plus d'une trentaine d'années, il n'avait pas un physique désagréable, mais il était particulièrement maigre, même pour Monterey.

Eliza vit la patronne et Carlos échanger un regard, puis celle-ci déclara : « Monsieur Reilly, peut-être souffrez-vous de la grippe. »

Il secoua la tête, puis réussit à répondre : « Madame, je ne sais pas de quoi vous parlez. Je suis venu ici et je ne m'en irai pas. » Il toussa deux fois dans sa manche.

« Depuis quand êtes-vous ainsi ?

– Depuis la saison sèche. Je croyais que c'était à cause de la poussière et que les pluies m'en débarrasseraient, mais jusqu'ici, ça n'a rien changé. » Il toussa de nouveau.

« Je suis désolé, monsieur, mais je ne peux exposer mes filles à ce dont vous souffrez, quelle que soit cette maladie. »

L'homme prit son visage dans ses mains ; Eliza se dirigea vers le fond de la pièce, dans une zone plus sombre, puis elle regagna sa chambre et referma derrière elle. Quelques minutes plus tard, Mme Parks frappa et entrebâilla la porte. « Il est parti. Pour moi, il est atteint de consomption. Je ne l'ai pas vu depuis septembre, d'après mon registre. Il était en bonne santé alors. »

Eliza n'avait jamais remarqué que la maîtresse des lieux tenait des registres aussi détaillés, ce qui était pourtant manifeste.

Celle-ci reprit : « Tu peux rester ou rentrer, à ta guise. Mais d'abord, sache que j'ai acheté aujourd'hui d'excellents muffins. » Elle sourit et ajouta : « Ma chère, ta mère t'a-t-elle appris que le bon air frais guérissait tout ?

– Pour elle, c'était la prière.

– Ah, selon mon expérience, rien de tout cela ne fonctionne. Prendre soin de soi, être très attentive et rester propre, voilà qui aide à se préserver de la plupart des maux, mais pas toujours cependant. » Elle soupira.

Eliza garda le silence un moment, puis demanda : « J'aimerais lire ce livre que vous lisiez l'autre jour. Vous aviez l'air de beaucoup l'apprécier.

– Ah, *La Lettre écarlate.* »

Mme Parks sourit, partit et revint avec le livre, qu'elle lui tendit. « Je suis heureuse que cette époque soit révolue. »

Quand Eliza arriva le lendemain, la patronne était de bien plus méchante humeur. Elle fit venir Eliza auprès d'elle et lui demanda : « Où est Olive ? »

Eliza secoua la tête et répondit qu'elle n'en avait pas la moindre idée.

Mme Parks prit une longue inspiration et ajouta : « Elle a fait faux bond à ses michés deux soirs de suite ! Je me demande à quoi elle pense ! »

Eliza songea aussitôt à l'homme corpulent, puis aux filles assassinées. « Est-ce qu'il lui est déjà arrivé de ne pas venir travailler ? »

Son interlocutrice secoua la tête. « Elle semblait avoir la tête ailleurs ces derniers temps. C'est une fille agréable, mais elle n'est pas aussi fiable que toi, Eliza. » Elle se leva et retourna à ses appartements en claquant la porte.

Eliza était très inquiète, et plus la nuit avançait, plus son sentiment d'alarme grandissait. Elle fit de son mieux pour accueillir son client (Dieu merci, elle n'en avait qu'un ce soir-là), et après son départ, elle attendit que Carlos somnolât sur sa chaise, puis, à pas de velours, se rendit dans la chambre où travaillait Olive pour enquêter. Tout était en ordre. Dans un angle, elle vit un début de tapisserie, peut-être un nouvel écran de cheminée. N'osant demeurer là plus longtemps, elle retourna dans sa chambre, laissant la porte d'Olive ouverte d'environ dix centimètres. En quittant l'établissement le lendemain matin, elle constata que la porte n'avait pas bougé.

Après avoir dormi tout son soûl, elle partit à la recherche de Jean, mais, ne réussissant pas à la trouver, elle erra seule, d'abord du côté du marché, puis dans une rue qu'elle croyait avoir entendu Olive mentionner. Il y avait là deux maisons qui ressemblaient à des pensions ; une femme sortit de l'une d'elles. Eliza songea à lui demander si elle connaissait sa collègue, mais n'osa pas – elle craignait trop d'avoir l'air d'une catin et qu'en demandant des nouvelles d'Olive… Non. Même à Monterey, il était un peu suspect qu'une jeune femme se promenât sans être accompagnée : les seules qui pouvaient le faire sans que personne y prît garde étaient les dames d'un certain âge, des matrones qui avaient dû avoir maints enfants et dont la chevelure était attachée en un chignon bien serré recouvert d'un chapeau, sans qu'elles se souciassent de la manière dont elles le portaient.

C'était une belle journée pour la saison, mais plus elle marchait, plus son inquiétude grandissait, elle songeait qu'elle aurait dû parler à Olive de l'enquête qu'elle menait avec Jean afin de la mettre en garde. Puis elle se rappela ce que Mme Parks lui avait dit, que faire des commérages, c'était comme ouvrir une porte, et elle avait bien raison. Tout l'intérêt d'une enquête était qu'elle restât secrète pour pouvoir aboutir, même si les apprenties détectives avançaient à tâtons et ne savaient pas ce qu'elles faisaient. Peu à peu, elle en vint à croire que Mme Parks n'avait vraiment aucun lien avec les assassinats de ces filles – sa franche colère prouvait que si Olive comptait parmi les victimes, elle l'ignorait.

Eliza cherchait aussi l'homme corpulent ; elle se souvenait qu'il conduisait un buggy et observait tous les conducteurs de véhicules, mais aucun ne lui ressemblait. Un homme sur la *plaza* le lui rappela un peu de dos, mais de face il était fort différent – large front, pommettes saillantes, une bouche qui fendait en deux son visage. À force de marcher, elle s'épuisa et retourna à la pension où elle fit une longue sieste.

La première question qu'elle posa à Carlos en revenant au bordel fut de savoir si Olive était de retour. Il secoua la tête. Ils soupirèrent en même temps. Mme Parks paraissait absente. Par chance, Eliza connaissait le miché qu'elle accueillait ce soir-là, il était aimable et laissait toujours un dollar sur sa table de nuit. Petit et mince, il semblait apprécier qu'Eliza fût également petite. Il ne lui avait jamais dit comment il gagnait sa vie, mais il semblait avoir de l'argent – il était élégant et possédait sa propre maison, rue Van Buren. Il devait faire partie de ces hommes satisfaits de la vie qu'ils se sont construite. Il ne lui avait jamais dit d'où il venait, et bien qu'Eliza eût envie de lui poser la question, elle s'abstint. Elle était distraite ce soir-là, et son client le remarqua, car il lui laissa seulement cinquante cents, mais c'était toujours ça.

Le lendemain était un samedi. Eliza se réveilla en proie au désespoir, convaincue qu'Olive s'était fait trucider. Elle décida d'aller à l'Endu et d'y rester le plus longtemps possible dans l'espoir d'y voir Jean, ensuite elles pourraient échafauder un plan. En chemin, elle se demanda pourquoi elle avait si peur pour Olive eu égard aux filles disparues – elle était beaucoup plus inquiète pour sa collègue qu'elle ne l'avait jamais été pour Jean ou pour elle-même. Et puis elle comprit que, des trois, Olive était la seule à ne pas être préparée : elle ignorait ce qui se tramait et s'en trouvait plus vulnérable. Alors elle regretta encore de n'avoir pas trouvé le moyen de lui dire ce qu'elle savait, de la mettre en garde. Son désespoir se métamorphosa en honte.

Elle faillit passer devant l'Endu sans s'en rendre compte, heureusement, la porte était ouverte et les arômes de bacon et de muffin la rappelèrent à la raison. Elle soupira et entra. Rupert l'installa à sa table habituelle, dos à la porte.

Voilà pourquoi, tout en grignotant son muffin, elle ne vit pas entrer Olive et faillit tomber de sa chaise quand celle-ci s'installa en face d'elle en souriant. Elles regardèrent autour d'elles : aucun signe de Mme Parks (mais de toute façon, elle ne venait jamais à l'Endu).

« Raconte ! s'exclama Eliza.

– J'avais laissé un mot, mais je suppose qu'on a ouvert la fenêtre et qu'il a été emporté par un courant d'air pour se retrouver sous un meuble. J'aurais dû poser quelque chose par-dessus.

– Où étais-tu ?

– Un peu au nord, pas très loin de la mer. »

Eliza continuait de manger son muffin, attendant d'en entendre davantage, mais Rupert apparut. Olive commanda des harengs et des crêpes américaines. « Il était fâché que je ne sache pas cuisiner.

– Qui ça ?

– Il s'appelle Alfred. Il vient de temps en temps, et c'est toujours moi qu'il demande. Je pensais que je l'appréciais, en tout cas, je me disais que ça suffirait s'il me sortait de là, et sans doute qu'il pensait lui aussi qu'entre nous ça irait parce qu'on s'entendait bien, mais quand on s'est réveillés le matin, après qu'il m'a emmenée là-bas, il m'a regardée, jusqu'à ce que je lui dise : "Quoi ?", et il a dit : "Tu me prépares pas quelque chose ?" Alors j'ai répondu : "Je n'ai pas apporté mon matériel de couture avec moi", et puis il a dit : "Je veux dire quelque chose à manger, des œufs, un truc comme ça." Donc je lui ai dit que je ne savais pas cuisiner, que je n'avais jamais su. »

Eliza dissimula son alarme : « Il était en colère ? »

Olive secoua la tête. « Il avait l'air déçu. Il m'a demandé si je savais traire une vache, mais je ne sais pas faire ça non plus.

– Je croyais que tu avais grandi dans une ferme.

– On récoltait des fruits, mais c'était papa qui trayait les vaches. »

En pensant à Lucas, Eliza reprit : « Dans le Nord, tu veux dire du côté de Santa Cruz ?

– Non, pas si loin. Il y a un endroit là-bas qui ressemble à la Prairie, mais c'est surtout du sable d'après ce que j'ai vu. Il n'y a pas beaucoup d'arbres. » Elle haussa les épaules.

« Est-ce que… tu t'es sentie en danger ?

– Pas avant d'arriver chez Mme Parks, qui m'a passé une sacrée avoinée ! J'ai peur qu'à la moindre erreur elle me fiche dehors, et alors, qu'est-ce que je deviendrai ? »

Eliza prit la main d'Olive dans la sienne et se remit à manger. Enfin, elle se décida. « Tu n'as pas pensé une seule seconde à ces filles ?

– Quelles filles ?

– Celles qui ont été…

– Mais c'était il y a longtemps ! S'il y avait encore du danger, je suis sûre qu'on serait averties par le shérif ou quelqu'un d'autre. Plus personne ne parle de ça. »

Eliza ne savait pas si elle admirait la force d'Olive ou redoutait son ignorance. Mais elle était trop heureuse de la revoir.

Le dimanche, une belle journée, Eliza était assise sous le porche de la pension, profitant du ciel bleu et du chant des oiseaux, lorsqu'elle vit Jean arriver dans la rue, vêtue en homme, avec un nouveau chapeau plutôt large. Il était noir, les bords relevés de chaque côté ; la bande très colorée paraissait faite au crochet. Elle s'arrêta devant les marches, posa le coude sur le bord de la rambarde, croisa les jambes et inclina la tête sur le côté. Puis elle fit semblant de retirer un cigare de sa bouche et dit d'une voix grave : « Et si on allait faire un tour, ma poule ?

– Oui, monsieur ! » s'exclama Eliza.

Jean releva le menton et fit semblant de remettre le cigare à sa bouche. Eliza portait sa tenue de jour. Elle avait l'intention de se rendre au marché pour acheter des provisions, aussi avait-elle de l'argent dans sa poche et son bonnet sur les genoux. Elle laissa à Jean le temps de s'amuser à distraire les passants, puis elles partirent en direction de l'écurie où elles avaient déjà loué les chevaux. En chemin, elle lui parla de la disparition et du retour d'Olive, faisant de ce récit ce que cette dernière en eût fait : le transformer en histoire amusante. Jean écouta sans rien dire. Quand elles arrivèrent à l'écurie, leurs bêtes préférées avaient déjà été louées, et elles en choisirent d'autres. Jean prit une jument alezane, Eliza un hongre pie, bai et blanc ; sur son flanc, une tache blanche formait un point d'interrogation, or le cheval répondait au nom de Question. Ce qui s'avéra doublement approprié car il aimait passer devant, regarder çà et là, et ses oreilles ne cessaient d'osciller comme pour dire : « Qu'y a-t-il ? » Mais il ne faisait pas peur à Eliza, peut-être parce qu'il était si diligent.

« Veux-tu aller quelque part où nous ne sommes jamais allées ? demanda Jean. Longer le rivage ? Grimper dans les montagnes.

– Il me semble que tout nous est inconnu à Monterey, même les endroits où nous nous sommes déjà rendues. Nous devrions retourner jusqu'à ce pont, là où nous avons vu la jeune fille. Nous aurions dû y aller après avoir découvert Mme Marvin. Nous en avions pourtant parlé. »

Jean acquiesça, mais répondit : « Tu ne voulais pas que je m'y rende seule, pourtant j'ai sérieusement envisagé de le faire à un moment. Je me suis même mise en quête d'un cheval, mais je ne parvenais pas à me rappeler combien il avait fallu de temps à Plus et Moins pour nous y emmener, ni même quel chemin on avait pris.

– Ça nous avait pris une bonne partie de la journée. Et maintenant, te souviens-tu comment y aller ? »

Jean secoua la tête. « Je ne me rends pas compte si c'est loin. Il doit y avoir quelqu'un à qui nous pourrions parler, maintenant que… »

Elles soupirèrent toutes les deux. « Très bien, dit Jean. Laissons les chevaux décider, car nous devons apprendre à les connaître. Qu'ils aillent où ils veulent cette fois, et la prochaine fois, nous essaierons de savoir comment nous rendre au pont. »

Eliza eut envie d'alléger un peu l'atmosphère : « Peut-être qu'ils iront droit au saloon. Dans le Michigan, je crois que c'était à Paw Paw, il y avait un vieux cheval – on racontait qu'il avait vingt ans – avec un penchant pour le whiskey, et son maître le laissait faire. D'après la rumeur, tout avait commencé parce qu'il avait eu la colique. Son maître lui donnait du whiskey mélangé à du cidre. »

Nonobstant, les chevaux prirent la direction inverse du quartier des saloons et grimpèrent la colline vers le cimetière, après la Casa Munras. Parfois, ils allaient au trot, parfois ils allaient au pas, et il était manifeste qu'ils appréciaient leur sortie. Eliza s'attendait à ce que Question tournât à droite, prenant la direction de cet étroit canyon où elle aimait à se promener, mais il poursuivit son chemin jusqu'à une étendue herbeuse qu'Eliza n'avait jamais vue : ondoyante et ensoleillée sans ravine ni ruisseau. Elles firent halte. Jean et la jument s'arrêtèrent près d'Eliza, qui déclara : « Quel bel endroit ! Tu connaissais ?

– En vérité, non. Nous devons être sur un ranch. Pourtant, il n'y a pas de bétail.

– Mais c'est si grand ! Et proche de la ville. Comment installer une clôture à cet endroit ? Je ne puis l'imaginer. »

Elles laissèrent leurs montures brouter ; puis elles repartirent au trot, longeant la forêt vers l'est. Question allait bon train, jugea Eliza, même pour une cavalière qui chevauchait en amazone comme elle.

Elle haletait presque lorsqu'elles s'arrêtèrent, Question était en sueur. Alors qu'Eliza rajustait son corset et se mouchait, Jean dit : « Mais qu'est-ce que c'est ? »

Elle fit faire demi-tour à la jument, Muscade, et retourna jusqu'à l'un des grands chênes – pareils à ceux qui poussaient à Monterey, dont les branches semblaient tomber jusqu'à terre, et qui formaient à eux seuls une forêt minuscule. Les frondaisons de l'arbre caressaient l'herbe, et Eliza ne voyait rien au travers. Jean mit pied à terre, donna les rênes à Eliza et s'enfonça parmi la végétation. Le cœur d'Eliza se mit à battre plus fort. Environ cinq minutes plus tard, Jean revint, des feuilles dans les cheveux, les bottes crottées. Elle s'approcha de son amie et lui tendit sa main ouverte. Au milieu, une épaisse mèche de cheveux. « Je l'ai coupée avec mon couteau.

– Le corps est entier ?

– Oui, elle gît sur le côté, autour du tronc.

– Depuis combien de temps penses-tu qu'elle est là ?

– Je dirais au moins avant Noël. »

Eliza se prépara à descendre de cheval. Question regardait en direction des arbres, les oreilles dressées. Il renâcla. Jean dit : « N'y va pas. » Mais Eliza était déterminée. Elle faillit trébucher en marchant sur le bas de sa robe lorsqu'elle mit pied à terre, puis elle trouva une ouverture parmi les branches ployées et s'y engouffra.

Elle avait vu des cadavres dans des cercueils, elle avait vu cette fille au bord de la rivière, mais rien qui fût semblable à cela. Une grande partie du tissu de la robe de la jeune fille avait disparu, déchiré, rongé, ou pourri. La colonne vertébrale, les côtes, les omoplates étaient bien visibles. La peau était noire, pareille à du cuir. Eliza s'approcha pour regarder le visage. Plus d'yeux, ni de dents, ni de nez, la bouche ouverte à croire qu'elle criait. Les cheveux étaient bruns, mais Eliza n'était pas sûre que ce soit là leur couleur d'origine. Ce fut la main qui lui parut familière, la main droite, celle qu'elle voyait : il lui manquait le petit doigt. Elle se souvint qu'au début où elle travaillait pour Mme Parks il manquait un petit doigt à l'une des filles. Eliza avait observé cette main, mais n'avait jamais demandé à sa collègue ce qui lui était arrivé. Elle s'approcha et contempla le cou osseux ; toute éventuelle trace d'étranglement avait disparu. Elle ne vit rien non plus dans le dos de l'infortunée : ni trace de balle ni coup de couteau. La tête était intacte. Du genou, Eliza poussa l'épaule. Elle bougea et le bras glissa vers l'arbre, alors apparut une ligne longue de plusieurs centimètres qui démarrait sous l'aisselle et descendait entre les côtes. C'était une ligne fine, pas particulièrement horrible, mais bon, parfois une blessure par balle n'était pas si affreuse à voir en soi. Eliza était certaine qu'il s'agissait d'un coup de poignard, elle soupçonnait même que si elle avait fait rouler le corps de la fille sur le dos, d'autres blessures fussent apparues. Mais elle n'y toucha pas, sachant qu'elles devaient laisser le cadavre tel qu'elles l'avaient trouvé.

Elle ressortit dans la clairière. Jean avait ramené les chevaux au milieu du pré et les laissait brouter en tenant les rênes. Eliza vint vers elle. « Je crois avoir vu une blessure ressemblant à un coup de couteau. Sur son flanc droit. Je ne vois pas comment ça aurait pu la tuer, mais peut-être qu'il y en a d'autres. Je n'ai pas touché au corps. »

Jean lui rendit les rênes de Question. « Ce n'est pas le coup de couteau qui tue. C'est le fait de retirer la lame, parce que ça se met à saigner. Elle n'était peut-être pas morte lorsque son assassin est parti, mais elle était trop faible pour bouger.

– Si elles ont été poignardées, plus besoin de s'interroger sur la cordelette. » Puis au bout d'un moment, elle reprit : « Je sais qui elle est. Au début où je travaillais chez Mme Parks, elle avait sa chambre à l'autre bout de la véranda. » Elle ne parla pas du petit doigt.

« À quand remonte la dernière fois où tu l'as vue ?

– À l'été, je crois, mais Mme Parks note tout dans ses registres, je lui demanderai.

– Oui, fais ça. Moi, j'irai voir le type qui nous a montré le cadavre à la morgue. »

Elles ne parlèrent guère sur le chemin du retour. En arrivant à l'écurie, Jean reprit sa démarche assurée et sa voix grave. Elle tapa même sur l'épaule du palefrenier et lui tendit quatre pièces en lui disant : « Donne donc à ces cagnes un supplément d'avoine. Ils se sont bien comportés !

– Ouaip ! On les a eus avec un gars de l'Est. Y s'est acheté un ranch, a trop dépensé, et il est reparti la queue entre les jambes. Mais sûr qu'y s'y connaissait pour mater les canassons. Y m'a raconté que ceux-là, ils se baladaient tout seuls. Il les a attrapés au lasso à son arrivée ici, pendant l'hiver, alors que l'herbe avait pas encore poussé, même qu'y bouffaient l'écorce des arbres. Après ça, du foin et des seaux d'avoine, ça les a pas trop dérangés.

– J'imagine que c'est pour cette raison que Question est toujours aux aguets. Les chevaux sauvages sont obligés d'être très attentifs, fit observer Eliza.

– Pour sûr », dit le palefrenier, et elle espéra qu'il donnerait aux chevaux leur ration supplémentaire et ne garderait point l'argent pour lui.

C'était dimanche, le jour de congé d'Eliza, pourtant elle alla directement au bordel. Pas de lumière, même dans les appartements privés. Elle frissonna et continua son chemin. Elle ne s'était jamais demandé où Mme Parks passait son temps et prenait ses repas (c'était forcément à l'extérieur car elle n'avait jamais décelé la moindre odeur de cuisine). Elle voulait par-dessus tout raconter à la tenancière des lieux ce qui s'était produit. Quand elle rentra à la pension, elle envisagea même d'en parler à Mme Clayton, seulement celle-ci n'était sans doute pas prête à entendre pareille chose, aussi Eliza monta-t-elle dans sa chambre et elle se berça dans son lit en essayant, en vain, de ne pas se représenter en détail ce qu'elle avait vu.

15

Le lendemain, quand Eliza arriva chez Mme Parks vers midi, celle-ci était assise sous la véranda, une plume dans une main, l'autre posée sur son registre pour que le vent ne fît pas tourner les pages, et elle regardait les fleurs qu'elle avait plantées, qui commençaient à sortir de terre. Elle lui dit gentiment : « Bonjour, ma chère. Regarde ces jeunes pousses. Des narcisses. Qui pointent leur nez. Mes préférés. Et sais-tu qu'Olive est revenue ? » Elle se mit à rire. « J'avoue que c'est un vrai soulagement. »

Eliza baissa les yeux et répondit tranquillement : « Madame, vous vous souvenez de cette fille à qui il manquait un doigt ? »

Le regard de la maîtresse des lieux revint aussitôt se poser sur elle, mais elle dit avec calme : « Oui, bien sûr. Elle s'appelait… »

À l'instant même, Eliza se rappela son prénom, et elles le prononcèrent en même temps : « Mary.

– Je me demandais comment elle avait perdu son petit doigt », poursuivit Eliza.

Mme Parks fit un effort pour se contenir avant de répondre : « Si ma mémoire est bonne, elle ne le savait pas elle-même. C'était arrivé alors qu'elle était bébé. »

Elle revint à son registre, attendant visiblement qu'Eliza entrât.

Mais celle-ci l'interrogea : « Quand l'avez-vous vue pour la dernière fois ? »

La patronne regarda autour d'elle, se leva et poussa presque Eliza à l'intérieur. « Pourquoi cette question, ma chère ? »

Un peu intimidée, celle-ci répondit : « Je… je crois que c'est l'une d'entre elles. Une des filles qui ont été estourbies. »

Mme Parks ferma les yeux et, cette fois, poussa Eliza plus avant dans le salon, de crainte qu'il n'y eût un espion derrière la fenêtre. « J'y ai songé. Au début de l'hiver. L'été dernier, après avoir passé environ un an ici, elle a décidé de se rendre à San Francisco en pensant que… je ne sais pas ce qu'elle pensait, à vrai dire, mais en octobre, elle est revenue, elle m'a appris que, là-bas, la vie était effrayante, que le chaos régnait, et bien qu'elle eût gagné de l'argent et de la poudre d'or, elle ne s'y sentait pas à l'aise. Je l'ai invitée à reprendre sa place parmi nous, et elle a dit qu'elle reviendrait le lundi suivant, car, je m'en souviens, c'était un samedi. Quoi qu'il en soit, je ne l'ai jamais revue. Pendant quelques jours, je n'y ai pas prêté attention, mais étant donné sa sincérité, j'ai commencé à me faire du souci et je suis allée voir le shérif. Par quatre fois. Et chaque fois, j'ai essuyé une rebuffade. »

Eliza regarda autour d'elle et murmura : « Vous pensez que c'est un client ?

– J'espère que non. J'essaie de faire attention. Carlos est doué pour repérer les hommes qui ont bu et ceux qui sont animés de mauvaises intentions. J'écoute aussi les rumeurs au sujet de qui maltraite sa femme ou ses enfants. Dès que j'apprends quelque chose sur l'un d'eux, je le raye de la liste.

– Voilà pourquoi ma vie ici est plus paisible qu'à l'époque où j'étais mariée. »

Mme Parks l'embrassa sur la joue. « Ma chère, tu n'es pas la seule.

– Vous pensez que c'est vraiment M. Marvin qui a tué Mme Marvin ?

– C'est bien possible. Il buvait beaucoup. D'après moi, elle lui a cherché querelle alors qu'il était pris de boisson. Elle avait beaucoup de caractère, d'après ce qu'on m'a dit, je pense donc qu'elle a dû brandir son rouleau à pâtisserie, qu'il le lui a pris et l'a frappée avec. Elle est tombée, sa tête a heurté quelque chose, il a continué à boire et a perdu conscience. Quand il est revenu à lui-même, elle était morte. Il a attendu un peu, puis il est allé voir le shérif et a tout avoué. Il a dit qu'il ne se rappelait pas les détails.

– Il y a une… comment appelle-t-on ça ?... une grande mesa, pas très loin dans les montagnes. À une heure de cheval peut-être, en allant tranquillement. Vous connaissez ces arbres dont les branches traînent jusque par terre ? Il y en avait un, à la lisière du pré. Elle était dessous. »

Mme Parks porta la main à son front et dit : « J'irai voir le shérif et je lui raconterai que le corps de Mary Summers a été découvert. Tu y as touché ? »

Eliza secoua la tête.

« J'y vais tout de suite. Je serai très respectueuse, je n'insisterai pas, je ne dirai pas que cette fille, notre Mary, a une quelconque importance pour nous. » Mais ses yeux lançaient des éclairs et ses joues s'étaient empourprées. Eliza espéra que tout se passerait bien.

La tenancière des lieux se retourna, puis changea d'avis, comme si elle lisait dans les pensées d'Eliza. « Tu sais, il y a environ cinq ans, des quakers ainsi que d'autres femmes ont tenu une convention dans une ville de l'État de New York, Seneca Falls, ils exigeaient qu'on accorde le droit de vote aux femmes. On peut toujours rêver. Mais bon, on ne sait jamais. »

Dans les semaines qui suivirent, une atmosphère de fin d'hiver s'installa – trop de ténèbres, pas assez d'occupations, ni même de sujets de conversation. Par trois fois, le regard de Mme Parks croisa celui d'Eliza à son arrivée, et elle secoua la tête en fronçant les sourcils. La jeune femme comprit que cela signifiait que le shérif, ou toute autre personne, l'avait éconduite. Elle garda ses distances avec Olive, car elle ne voulait pas lui raconter ce qui était arrivé à Mary, toutefois elle essayait de veiller sur elle. Celle-ci avait suivi les mises en garde de la patronne et elle était toujours dans sa chambre lorsque Eliza arrivait, attendant ses clients en travaillant à ses ouvrages de broderie. Eliza et Jean envisagèrent de retourner à la mesa pour voir si le corps était encore là, mais il leur fallut du temps pour mettre leur projet à exécution, et quand enfin elles s'y rendirent, tout avait disparu. Nul ne les avait mandées à la morgue, ni ne leur avait posé la moindre question. Les seuls événements notoires en ville concernaient les navires dans la baie : s'ils pouvaient s'amarrer ou pas, décharger leurs marchandises, si les marins pouvaient aller à terre, échappant un moment aux tempêtes et aux vagues.

Au cours de ces semaines, Eliza observa les michés avec encore plus de circonspection, mais tous étaient d'aimables habitués – parmi les marins, il y avait même cet Anglais, Ralph, qui était venu la voir trois ou quatre fois de suite et l'avait demandée en mariage. Elle le lui rappela, et il éclata de rire, puis il lui apprit qu'il avait trouvé en Nouvelle-Écosse une épouse qui avait accepté de le suivre en Angleterre – elle avait encore de la famille à Liverpool et il lui plaisait de revenir là-bas. Bien entendu, il ne l'avait pas vue depuis soixante-deux jours, mais il serait de retour au printemps, au vrai printemps, quand les haies se parent de fleurs et que s'épanouissent les premières roses et la lavande. Toutefois, il était vraiment très « heureux de r'voir mamz'elle Liza » et il lui laissa non seulement un dollar de pourboire, mais aussi un livre qu'il avait lu à bord, *David Copperfield.* Il était plus épais et plus intimidant que *La Lettre écarlate,* mais Eliza était sûr qu'elle l'apprécierait et pourrait le donner ensuite à Jean.

Alors que le temps était beaucoup plus agréable depuis une semaine, elle eut une autre visite : Lucas. Il y avait si longtemps qu'Eliza ne l'avait pas vu qu'elle avait presque perdu espoir. Elle pensait vraiment qu'elle lui plaisait, seulement, il n'était pas capable de venir à cheval de Santa Cruz à Monterey, ni de conduire un attelage. Un soir, juste avant le crépuscule, elle arriva chez Mme Parks et le trouva là, debout à la porte, qui visiblement l'attendait. Il s'exclama : « Mademoiselle Ripple ! Je meurs de faim ! Dix heures de cheval, et j'ai perdu ma collation en chemin ! » Il passa un bras autour de ses épaules et l'attira doucement loin de la porte. Eliza se retourna : Carlos souriait. Ils se rendirent dans un autre établissement pour dîner, cette fois, un peu plus loin dans la rue Alvarado, et ils dégustèrent une délicieuse tourte à la viande.

« Comment se porte votre cheval isabelle ? demanda Eliza.

– Il est d'une patience d'ange. Je vous jure que, lorsque j'ai sorti ma collation et l'ai laissée choir, il m'a jeté un regard incrédule. »

Eliza éclata de rire.

« Disons que je vais moins au pas et plus au trot. C'est un bon professeur.

– Vous a-t-il vraiment fallu dix heures pour arriver jusqu'ici ?

– Eh bien, disons sept.

– Et le ranch de votre oncle ?

– Il prospère ! Il s'est lancé dans la production de lait en plus de la viande de bœuf. Il a acheté six vaches de Jersey à un type qui habite un peu plus loin, je m'occupe de les traire le soir. C'est Marcos, le fils de Joe, qui s'en occupe le matin. C'est un lait riche, il le vend tel quel, mais ce qu'il voudrait, c'est faire du fromage. Il adore ça, et ceux qu'il trouvait dans l'Est lui manquent.

– Moi, c'est le fromage frais qui me manque. On en mangeait souvent à Kalamazoo. Ma mère aimait beaucoup le petit-lait. »

Lucas la regarda, il s'attendait à ce qu'elle lui parlât d'elle, mais elle ne voulait rien dire de la lettre de sa mère, ni de la fille – Mary –, ni de ses soupçons (à cette pensée, elle regarda autour d'elle, mais ne vit aucun client qui lui parût suspect). « Je regrette de ne pas avoir davantage de choses à vous raconter. J'aime me promener en ville. Mon amie Jean et moi, nous allons faire des balades à cheval quand le temps le permet. L'autre jour, on m'a donné un pie qui a un point d'interrogation sur le flanc. Le propriétaire l'a appelé Question. » Elle était désolée de devoir cacher tant de choses à Lucas, qui se montrait si ouvert.

« Mon oncle est de plus en plus obsédé par cette histoire de chemin de fer.

– De quoi s'agit-il ?

– Ils veulent construire un chemin de fer jusqu'en Californie, mais ils n'arrivent pas à décider s'il doit traverser les États du Nord ou ceux du Sud. Il y a des années qu'ils se renvoient la balle, or mon oncle sait que cela serait bon pour ses affaires. Mais bien entendu, le problème de l'esclavage bloque tout. Évidemment, ceux du Sud refusent toute contribution du gouvernement si ce n'est pas fait selon leur souhait. Vous avez dû entendre parler du compromis du Missouri. Ils veulent le rendre caduc en incorporant les territoires que le chemin de fer traverserait. Le sénateur Douglas de l'Illinois veut une loi selon laquelle tout nouvel État puisse trancher lui-même. Le Nouveau-Mexique est esclavagiste, l'Utah aussi. Cela n'affecterait pas la Californie, mais peut-être d'autres territoires dans l'Ouest. Je suis certain que ces gens qui voulaient nous couper en deux, en plein milieu de cette baie, puis à l'est de la frontière, les mêmes voudraient nous voir cernés d'États esclavagistes. » Les yeux de Lucas lançaient des éclairs. « Vous savez, le parallèle 36° 30' qui sert de frontière entre le Nord et le Sud passe précisément au milieu de cette ville. Regardez-nous ! Peut-être même qu'il traverse cette table.

– Vous parlez de latitude, comme l'a expliqué votre ami Zeke le jour où nous l'avons rencontré ?

– Exactement ! »

Eliza tenta d'imaginer une telle chose, puis elle dit : « Mais ils ont échoué, aujourd'hui nous possédons une longue frontière. Il serait facile pour les esclaves en fuite de pénétrer en Californie et de se cacher dans les montagnes. La solution est peut-être là : attirer les plantations dans le Far West et accueillir les fugitifs.

– Je crois qu'il va y avoir une guerre.

– Entre qui ?

– Les propriétaires d'esclaves et tous ceux qui ne sont pas d'accord avec eux. Mon oncle se prépare. Il est prêt à prendre le bateau pour le Maryland et à aller jusque sur le balcon du Sénat ou du Congrès pour crier au meurtre.

– Pourquoi est-il si…

– Il vient de l'Ohio. Pendant vingt ans, il a aidé les esclaves en fuite, avant de venir en Californie. D'ailleurs, s'il est venu ici, c'est en partie pour échapper à tout ça, peu lui importait de prospérer, mais à présent, il a réussi, et il veut faire connaître ses idées, ce qui n'est guère aisé depuis les montagnes de Californie. »

Eliza pensa à Peter qui ne s'était jamais prononcé contre l'esclavage ; il n'avait pas l'intention d'acheter d'esclave, mais il jugeait que tout ça n'était pas son affaire. Quant aux parents d'Eliza, ils prétendaient que les propriétaires d'esclaves subiraient leur châtiment dans l'au-delà. Et comment s'appelait cet ancien esclave ? Ah oui, Josiah Grant. Ses parents appréciaient son travail – il fabriquait des souliers –, ils l'aimaient bien, beaucoup plus que Liam Gallagher. Toutefois, ils ne s'étaient jamais présentés comme abolitionnistes.

Le serveur leur apporta deux parts de tarte au citron, mets de choix qu'Eliza avait déjà vu mais jamais goûté. La conversation s'interrompit. La tarte était très bonne. Lucas paya le repas, ils se levèrent et retournèrent chez Mme Parks après un petit détour pour aller voir le cheval isabelle qui, selon son habitude, accueillit Lucas en renâclant doucement.

Leur nuit ensemble fut à la fois excitante et reposante, il faut dire que Lucas réussit par trois fois à l'accommoder et qu'elle l'accueillit avec joie. Pourtant, quand il repartit, il n'évoqua pas le fait qu'il pourrait revenir, ou lui écrire.

Ensuite, elle fut incapable de savoir si sa visite l'avait rendue triste ou heureuse.

Nonobstant, le soir venu, elle était de bonne humeur lorsqu'un autre client se présenta. Il voulait voir Eliza, et puisque son premier rendez-vous était en retard et ne viendrait peut-être pas, Mme Parks le lui amena. C'était l'homme de l'Endu qui l'avait regardée de manière si insistante. Il semblait content de la retrouver, lui tapota la main et sourit. Eliza fit un pas en arrière et regarda la maîtresse du bordel, mais celle-ci s'en alla. Eliza avait toute confiance en elle. L'homme soupira et dit : « Ah, ma chère, j'ai besoin de repos. J'ai parlé toute la journée. On ne se rend pas compte combien c'est fatigant tant qu'on n'est pas dans l'obligation de s'y employer.

– Vous êtes avocat ? » hasarda Eliza.

Il se mit à rire. « Je vois que vous comprenez les avocats. » Il posa son sac, retira sa veste, l'accrocha, puis s'assit sur le lit. Il passa la main sur son front et prit plusieurs inspirations profondes. Au bout d'un moment, il dit : « Je suis heureux que vous soyez en bonne santé. Il y a une épidémie de grippe, comme vous le savez peut-être. Un avocat ne peut pas attraper la grippe, car il risquerait de perdre sa voix de manière définitive. »

Eliza attendait. Ses manières étaient à présent calmes et aimables, et elle ne savait pas s'il se souvenait vraiment d'elle. Peut-être était-ce juste la manière dont les avocats regardaient les autres, d'un air farouche. Elle le laissa reprendre son souffle. À un moment, elle alla chercher la cruche et lui versa un verre d'eau, qu'il accepta avec reconnaissance. Enfin, il se frappa la poitrine, respira profondément par deux fois et dit : « J'imagine qu'il faut passer aux choses sérieuses.

– Monsieur, si vous n'êtes pas d'humeur à ça, Mme Parks vous remboursera ce que vous lui avez donné. »

Il l'observa avec soin. À la taverne, son regard avait paru à Eliza méprisant, menaçant. Mais à présent qu'elle l'avait en face d'elle, fatigué, épuisé, elle se demanda si tout ça n'était pas justement le lot des hommes de loi. Surtout en Californie où, pensait-elle, les avocats étaient rares, et la quantité de travail énorme.

« Où avez-vous étudié le droit, si je peux me permettre cette question ?

– Dans l'Illinois. À Chicago, pour être exact. Dans un cabinet. » Il soupira.

« Vous devez être au courant des problèmes liés au chemin de fer.

– En effet, si deux avocats avaient débattu aussi longtemps que les sénateurs sur cette question, ils auraient été rayés du barreau. Nos législateurs ne rechignent jamais devant les questions les plus ardues !

– Un de mes… » Elle marqua une pause. « … un autre de mes clients pense qu'il va y avoir une guerre.

– Bien sûr qu'il y aura la guerre. Qui pourrait l'empêcher ? J'imagine qu'en raison de votre profession vous voyez les hommes exactement tels qu'ils sont.

– C'est-à-dire ?

– Des brutes ! Dès qu'un homme apprend l'existence d'une loi, il s'empresse de la violer, qu'il l'ait lue dans la Bible ou dans une Constitution. C'est un instinct ancré en lui, et il ne peut s'en empêcher. Et le voilà se livrant à la transgression, et si vous lui demandez pourquoi, il dira que telle chose est injuste, ou qu'on l'a provoqué, mais ce qu'il veut dire en réalité, c'est qu'il est habité par des pensées et qu'il doit les mettre en action, ce dont il ne peut s'empêcher. »

Il regarda par la fenêtre. Il faisait noir, les arbres ne bougeaient pas et le calme sembla pénétrer dans la pièce. Eliza détourna les yeux pour contempler la bougie, frémissante, qui projetait lumière et ombre, lumière et ombre.

Il se tourna vers elle et lui demanda : « Quel âge me donnez-vous ? »

Eliza ignorait s'il lui fallait se montrer honnête, enfin elle répondit : « Quarante ans, peut-être ? »

Il sourit. « Vous êtes pleine de tact ! J'en ai presque cinquante. » Et il les faisait, songea-t-elle, car s'il n'avait pas beaucoup de cheveux gris ni de bedaine, il paraissait usé. « On pourrait dire que j'ai la bougeotte. C'était ce que disaient mes parents. Je suis né dans le Connecticut – à New Haven. Mon père enseignait le grec à Yale. Mais je m'ennuyais à New Haven, aussi, à l'âge de quinze ans, je suis parti pour New York travailler dans une banque, après quoi, à dix-neuf ans, j'ai mis le cap sur Philadelphie, à vingt-cinq, j'ai emmené femme et enfant à Chicago, où j'ai étudié le droit, puis à Charlottesville, en Virginie, mais mon épouse ne pouvait supporter les esclaves ni, hélas, s'en passer, et nous nous sommes installés à Indianapolis. Quand j'ai pris le chemin de la Californie, j'imaginais que toutes les possibilités que recelait cet endroit suffiraient à me combler, mais ce ne fut pas le cas. Mon existence continue d'être une succession de faits qui s'enchaînent l'un après l'autre, toujours les mêmes, encore et encore.

– Qu'en pense votre femme ?

– Qui sait ? » Voilà tout ce qu'il répondit.

S'ensuivit un long silence et, prise au dépourvu, Eliza ne sut plus que faire. L'avocat n'était pas menaçant, et elle ne savait pas du tout s'il entendait ou pas mener sa besogne à bien. C'est là qu'elle s'aperçut que la porte de sa chambre s'était entrouverte, comme si Carlos se demandait également ce qui se passait. Songeant qu'il attendait peut-être un signal de sa part, Eliza secoua la tête, et elle l'entendit s'éloigner, mais sans refermer.

Soudain, son client déclara : « Ma fille, chantez-moi une chanson. »

Eliza en fut surprise, mais elle avait grandi en chantant (une autre des vertus de sa mère), aussi se lança-t-elle : « "Un beau matin, alors que le soleil se levait, j'entendis une jeune fille chanter dans la vallée. Oh, ne me mens pas, oh, ne me quitte pas, comment peux-tu ainsi abuser une pauvre demoiselle ?" »

Arrivée au troisième couplet, elle s'aperçut que l'avocat la regardait en souriant aimablement, et elle se mit à dégrafer son corset, puis ôta sa jupe. Quand elle la retira, il était prêt. Il lui prit la main, l'amena près du lit et l'accommoda. Puis il lui dit : « Si la musique est la nourriture de l'amour, continuez de chanter, je vous en prie. »

Elle entonna donc *The Bonnie Banks of Lock Lomond*, et il hocha la tête, puis ajouta : « Votre voix est légère et claire, ma chère. Merci. »

Au milieu de la nuit, juste avant que la chandelle ne terminât de brûler, il se leva, remit ses habits et sortit. Eliza s'endormit en se chantant des chansons pour elle-même, fredonnant la mélodie lorsqu'elle ne se rappelait plus les paroles.

16

L'avocat revint dès le lendemain. Il demanda à voir spécifiquement Eliza, et dès qu'il entra dans sa chambre, elle vit qu'il était de meilleure humeur. Il accrocha sa veste avec précaution à la patère près de la porte, puis posa son sac avec un soin égal. Elle avait déjà vu cela chez certaines parentes : le désir que tout dans une pièce fût bien rangé. Ensuite, elles s'épuisaient à frotter, à dépoussiérer, à remettre les objets droits. L'avocat dit : « Ma chère, cette chanson m'a trotté dans la tête toute la nuit et toute la journée.

– Laquelle ?

– Celle du loch Lomond. Je la connais. Mais il en existe une version irlandaise. La voici : "Rouge est la rose qui pousse en mon jardin, et blanc est le muguet, limpide est l'eau de la Boyne, Mais ma mie toujours est la plus belle. Ce fut par les vertes futaies de Killarney que nous nous égarâmes, la lune et les astres versaient leur lumière. La lune dardait ses feux sur ses boucles dorées." » Il prit entre ses doigts une mèche des cheveux d'Eliza. « "Alors elle me jura qu'elle serait toujours mienne." » Il inclina la tête. « Il y a d'autres couplets, mais je les oublie toujours.

– Monsieur, votre voix est légère et claire. »

Il sourit, mais auparavant, un éclair de désagrément effleura son visage et Eliza comprit qu'il n'aimait pas qu'on le plaisantât. Néanmoins, il demeura de bonne humeur. Elle éprouvait un léger malaise, comme cela lui arrivait parfois quand un miché semblait s'enticher d'elle. Certaines filles, contrairement à elle avec son marin anglais, aimaient les clients réguliers et finissaient parfois par en épouser un – après tout, c'était ce qu'avait espéré Olive. Souvent, le prix à payer était qu'elles déménageaient de Monterey pour éviter les commérages, ce à quoi Olive n'avait peut-être pas pensé. Eliza, quant à elle, n'avait pas l'intention de quitter la ville. Et évidemment, tout le monde savait que quel que fût le nombre de messieurs qui venaient ici se distraire loin de leurs épouses, seul l'établissement de Jean pouvait apporter aux dames de la distraction loin de leurs maris. Eliza n'avait jamais rencontré un homme qui dît : « Vas-y, ma chérie, tu peux continuer à travailler pour contribuer aux ressources du ménage. »

L'avocat était moins éteint et plus désireux de passer aux choses sérieuses, bien qu'il prît davantage son temps que les marins ou les jeunes gens. Avant de commencer, il alla se laver les mains dans la bassine – c'est très aimable, pensa Eliza –, puis il les sécha et étendit la serviette sur la table. Elle songea qu'il était plutôt agréable – il n'insista pas pour qu'elle paradât nue à travers la pièce, ni ne voulut la toucher encore et encore dans des endroits insolites, comme les pieds. Quand ils en eurent fini, elle entonna une autre chanson, de son propre chef, *Whiskey in the Jar* – elle avait maintes fois entendu Liam Callaghan la chanter à Kalamazoo. « "Alors que je traversais les collines de Cork et du Kerry, je vis le capitaine Farrell qui comptait son argent, je sortis mon pistolet, je sortis mon poignard, puis je dis : Donnez-moi tout, ou que le diable vous emporte !"

– Je la connais, dit l'avocat. Jolie mélodie. »

Après avoir terminé, elle attendit. Il ne donnait pas l'impression de vouloir remettre ça, pas plus que de vouloir s'en aller. Elle s'assit au bout du lit et contempla la bougie. Il s'éclaircit la gorge une ou deux fois et jeta un coup d'œil par la fenêtre. Eliza bâilla en mettant la main devant sa bouche. Il soupira. Elle prit son mouchoir sur la table et se moucha. Il ne bougea pas. Enfin, elle se leva et dit : « Je dois aller là-bas derrière. » Elle ne remit pas sa robe, mais seulement sa culotte et sa chemise. Elle ajouta, s'excusant presque : « J'aurais dû y penser avant. » L'avocat ne répondit pas. Mais en allant vers la porte, elle trébucha sur le tapis et alla tête la première donner contre la veste de son client. Elle la saisit pour ne pas tomber. Heureusement, celle-ci ne se déchira ni ne se décrocha. Elle recouvra son équilibre, remit en place la veste ainsi qu'elle était auparavant, mais ne se retourna pas pour voir s'il l'observait. C'est en ouvrant la porte qu'elle comprit qu'elle avait senti la présence d'un poignard dans la poche : droit, dur, au bout pointu, pas coupant, donc sans doute rangé dans un étui de cuir, mais de bonne taille. Dans l'obscurité, elle se dirigea jusqu'aux latrines, et alors elle se souvint de la blessure au couteau de Mary, sous l'aisselle, entre les côtes. Elle s'attarda sur place, regrettant de ne pouvoir parler tout de suite à Jean.

Lorsqu'elle regagna sa chambre, l'avocat n'était plus là, la chandelle s'était éteinte et le salon était également plongé dans l'obscurité. Eliza voulait retourner à la pension, car c'était là qu'elle avait le plus de chances de voir Jean au matin, mais en y songeant, elle imagina aussi que l'avocat pouvait s'être caché pour l'attendre dans le noir, prêt à la poignarder. C'était l'heure idéale pour commettre un crime et transporter le corps – à travers la rue de la Perle, peut-être, pour le jeter dans la baie. Combien de temps faudrait-il, à pied ? Un quart d'heure, si l'on n'était pas chargé d'un cadavre. Elle fit les cent pas pendant un moment, mais ce faisant, elle enfila sa robe, son châle, puis ses bottines. Bientôt, elle fut dehors et rentra chez elle. Elle avait l'impression que ses oreilles étaient dressées et oscillaient comme celles de Question. Bien sûr, elle avait des yeux partout. Mais elle arriva sans encombre, se hâta jusqu'à sa chambre, poussa la table contre la porte, se laissa choir sur son lit et dormit tout habillée.

Au matin, Jean n'était pas sur la véranda quand Eliza ouvrit la porte, mais elle la vit qui arrivait dans la rue, vêtue en femme, avec un parapluie. Elle commença par s'asseoir sur le garde-corps de la véranda, leva le nez et soupira plusieurs fois, à croire que son environnement n'était point digne d'elle. Eliza, même plongée dans ce sombre état d'esprit, ne put s'empêcher de rire aux éclats. Jean leva un sourcil. Eliza déclara : « Ma chère, il faut absolument que tu montes sur scène.

– Ce serait une bonne affaire pour eux, n'est-ce pas ? Je pourrais jouer n'importe quel personnage, homme ou femme, jeune ou vieux, peut-être deux en même temps. As-tu déjà vu une pièce qui s'appelle *L'Ivrogne, ou le Pécheur sauvé* ? La société pour la tempérance l'a montée à Kenosha. Il y avait un personnage féminin qui s'appelait "la folle". J'ai pensé que j'aurais pu jouer ce rôle, et bien avec ça, mais j'avais seulement quinze ans. » Elle mima l'expression d'une folle. Puis elle ajouta : « J'aurais même pu camper l'ivrogne, regarde. » Elle se mit à arpenter la rue en titubant. L'humeur d'Eliza s'éclaircit, et elle se dit qu'elle avait peut-être réagi trop vivement face à l'avocat, mais quand Jean reprit la pose, elle dit : « Ma chère, penses-tu qu'un poignard soit une arme commune dans les parages ? »

Jean tourna la tête. « C'est moins commun qu'un pistolet, un fusil ou un gourdin, je suppose. Plus facile à cacher, mais plus difficile à manier.

– Surtout si l'autre est attentif à tes moindres mouvements. »

Jean hocha la tête. « Tu l'as trouvé.

– Peut-être.

– Tu en as parlé à Mme Parks ?

– Je devrais. Il faudrait qu'elle l'empêche de revenir. Mais à quoi bon ? Il irait ailleurs.

– Elle pourrait le dénoncer auprès du shérif.

– Bien sûr, mais elle est allée leur dire que nous avions trouvé le cadavre de cette fille – l'une des nôtres, en fait –, elle y est même allée à plusieurs reprises, et à part récupérer le cadavre, ils n'ont rien fait.

– Ils savent qui a fait le coup.

– Je crains que oui. »

Jean se redressa et, d'un signe de la tête, désigna la rue. Eliza descendit les marches. Elles partirent d'un pas détendu, mais Eliza savait qu'elles ne l'étaient ni l'une ni l'autre. « C'est un avocat, dit-elle. Il est venu me voir deux soirs de suite. La première fois, il avait l'air fatigué ; il a dit qu'il l'était. Mais ce dont je me souviens le mieux, c'est que, quand je lui ai demandé ce que sa femme pensait de cette habitude qu'il avait de sans cesse déménager, il a répondu : "Qui sait ?"

– Bizarre. Vraiment. Comment s'appelle-t-il ? »

Eliza s'aperçut alors que, contrairement à la plupart de ses clients, il ne lui avait pas révélé son nom, pas plus que la maîtresse du bordel. « Je demanderai à Mme Parks. Mais si elle sent que j'ai à me plaindre de lui, elle le renverra. Elle lui dira qu'elle n'a pas de fille qui puisse le satisfaire suffisamment et qu'elle le recontactera dès qu'elle en aura trouvé une. C'est ce qu'elle fait avec les hommes du coin qu'elle veut éloigner. Les marins et les voyageurs, c'est Carlos qui les jette dehors.

– Tu as raison. Il vaut mieux l'attirer vers toi et nous le garderons pour nous.

– Que veux-tu dire ?

– Je veux dire qu'on n'en sait pas assez. Plus il viendra te voir, plus tu lui plairas, plus il parlera. Il ne te menacera pas devant Carlos ou Mme Parks. Il doit la jouer fine.

– C'est un avocat ! Il parle tout le temps !

– Ce qui nous conduit à penser qu'il est d'autant plus chevronné dans l'art de garder un secret.

– Tu crois qu'il va m'avouer qu'il a tué ces filles ?

– Non, mais il sera tenté de t'inviter à sortir avec lui. »

Eliza pensa aussitôt à Lucas qui l'avait bien invitée à sortir les deux fois où il était venu, mais elle n'en dit rien à Jean. Celle-ci s'arrêta pile devant Colton Hall – l'endroit précis où elles auraient pu trouver l'avocat, l'eussent-elles cherché –, elle posa la main sur le bras d'Eliza et dit : « S'il essaie de t'attirer au dehors, repousse-le. Je te retrouverai chaque matin à cette heure précise, et nous parlerons de tout en détail. »

Elles allèrent manger à l'Endu. Il n'y avait pas grand monde et Rupert fit semblant de ne pas reconnaître Jean, lui montrant une table, puis une autre, encore une autre, comme si elle était difficile à satisfaire, enfin, il leur en présenta une près de la fenêtre. Il lui prit son parapluie, qu'elle avait déjà accroché au dossier de sa chaise, l'ouvrit et le tint au-dessus d'elle : « Le toit ici fuit un peu, madame. » Ils éclatèrent de rire tous les trois, et il partit chercher leur petit déjeuner.

Jean dit : « Regarde autour de toi. »

Eliza s'exécuta. Elle ne vit pas l'avocat, ni d'ailleurs quiconque de sa connaissance. Elle compta neuf clients, tous des hommes, certains en habit de ville, d'autres vêtus pour la montagne, certains tirés à quatre épingles, d'autres peu soigneux, certains avec favoris et moustache opulente, d'autres avec de simples boucs. Elle précisa à Jean que l'avocat portait une barbe et une moustache fort bien entretenues, il les taillait peut-être lui-même, et ce, chaque jour. « Ça aussi, c'est révélateur, déclara Jean. Il n'agit pas sous l'effet d'une impulsion. »

Rupert posa sur la table des œufs durs et des crêpes américaines, puis une assiette contenant des quartiers d'orange. « Un bateau nous a apporté ça du sud. Ça vient de Pueblo de Los Angeles. Ne mangez pas l'écorce. » Il sourit.

Comme elles étaient tout près de la fenêtre qui donnait sur la rue, à l'instant où Eliza leva la tête, elle vit passer le dénommé Zeke, avec sa pomme d'Adam et son boitement. Elle l'observa, sa tête oscillait légèrement. À un moment, il saisit le bord de son chapeau à cause du vent. Elle confia à Jean : « J'ai soupçonné tant de monde. Tu te souviens de cet évangéliste qui s'était mis à pleurer, avait vomi et perdu connaissance ? L'autre nuit, je me suis réveillée, j'étais absolument convaincue que c'était lui, il pensait accomplir l'œuvre de Dieu, mais il était également furieux contre Mme Parks parce qu'elle ne voulait plus le laisser entrer, et puis je me suis rendormie et, au matin, je me suis souvenue que nous l'avions rencontré dans la rue et qu'il s'était très bien comporté. Ah, mon Dieu, et j'avais complètement oublié l'un de mes tout premiers clients. Il m'a poussée contre le mur, j'ai réussi à jeter un chandelier contre la porte, Mme Parks est arrivée en brandissant un pistolet et elle l'a jeté dehors. Je ne sais même pas si je l'ai recroisé en ville, je l'avais totalement oublié.

– Ça pourrait être n'importe qui. Regarde ce qui est arrivé à Mme Marvin. »

Eliza lui raconta alors ce que Mme Parks lui avait appris au sujet des querelles des Marvin. « Je peux t'assurer qu'ils se disputaient bien au sujet du fait que le shérif ne faisait rien à propos de ces filles », dit Jean.

Les quartiers d'orange étaient particulièrement savoureux, à la fois acides et sucrés. Naturellement, cela plaisait à Jean. Eliza, quant à elle, préféra arroser ses crêpes de leur jus.

Une fois dehors, Jean reprit : « Il faut que je voie cet avocat. Je dois le surveiller le plus possible quand tu ne peux pas. » Elles revinrent à Colton Hall, déambulèrent alentour, observant les hommes qui entraient et sortaient du bâtiment. Eliza ne vit pas l'avocat. « Il faut que je retourne travailler, j'ai une cliente cet après-midi, mais je viendrai chez Mme Parks ce soir. On verra s'il se montre », dit Jean.

En effet, elle vint, habillée en homme, affublée d'une fausse barbe. Eliza était au salon lorsqu'elle arriva. La tenancière des lieux ne sortit pas de ses appartements. Carlos vint voir Jean, Eliza le suivit. « Carlos, voici mon ami Jack. Il vient de San Francisco, il est nouveau dans la région. » Son regard erra vers la porte, mais elle se força à regarder Carlos à nouveau. « Il m'a demandé s'il pouvait juste passer jeter un coup d'œil à notre établissement. Il n'est pas décidé… »

Carlos haussa les épaules, désigna une chaise, et Jean alla s'asseoir. Eliza se rendit dans sa chambre, laissa la porte ouverte et commença à se préparer. Elle avait la sensation d'avoir des oreilles grandes comme des chapeaux, à croire qu'elle parvenait à entendre le moindre petit mouvement dans le salon. Elle vit Carlos s'approcher de Jean, lui tapoter l'épaule et lui montrer la sortie, mais celle-ci feignit de s'être assoupie (en fait, elle ronflait), et Eliza alla voir le garde en lui disant : « Ah, il a eu une longue journée ! Je crois qu'il est venu d'une seule traite. Il a dû partir avant l'aube. S'il te plaît, laisse-le se reposer un peu. » Elle sortit de sa poche un dollar qu'elle remit à Carlos.

Celui-ci retourna s'asseoir. Toujours pas de…

C'est alors que l'avocat entra. Dès qu'elle l'aperçut, Eliza sortit de sa chambre et l'accueillit très aimablement : « Ah ! Vous voilà ! » En passant à côté de Jean (détendue, mais à l'affût), elle fit semblant d'éternuer, s'arrêta et chercha un mouchoir dans sa poche. Jean se redressa et d'une voix grave déclara : « Mais où suis-je ? »

Eliza sourit et dit à l'avocat : « Je crois qu'il va comprendre tout seul, vous ne pensez pas ? »

17

Ils allèrent dans sa chambre. Là, l'avocat accrocha sa veste comme la fois précédente. La première chose qu'il lui demanda fut : « Vous ne souffrez pas de la grippe, n'est-ce pas ? »

Eliza posa la main sur son front et répondit : « Pas de fièvre. Je me sens bien. Tout le monde à Monterey éternue, ainsi que vous le savez sans doute.

– C'est le pollen.

– De quoi s'agit-il ?

– Cette poudre que sécrètent les fleurs. Elle flotte dans l'air, atterrit sur les autres fleurs, et cela donne les graines. Regardez autour de vous. Dans un endroit tel que celui-ci, avec des plantes qui fleurissent toute l'année, il y en a à foison. »

Elle voyait qu'il était lunatique. De même que la première fois, il s'assit sans bouger, contemplant ses pieds. Eliza allait et venait à travers la pièce, ramassant ceci, cela, déposant les objets avec soin sur la table ou la petite commode, dans le coin. Elle jeta un coup d'œil à la veste. Il n'avait pas de sac, cette fois. Il ne bougeait pas. D'un ton volontairement léger, elle lui demanda : « Avez-vous passé une bonne journée ?

– Comme toujours.

– On a eu beau temps, aujourd'hui.

– Et quelle différence cela fait-il ?

– À mes yeux, elle est considérable. C'est l'une des choses que j'apprécie à Monterey. Là-bas, à Kalamazoo, il neige tout l'hiver, il pleut tout le printemps, et il fait chaud tout l'été. J'adorais le moment où les feuilles changeaient de couleur, mais tout le reste me lassait. Ici, on ne sait jamais. »

Il était toujours immobile et silencieux.

Elle reprit : « Peut-être que si j'avais eu des cousines, ou même des frères et des sœurs, la vie aurait été un peu plus animée. Au moins, quand on a trois ou quatre frères, on peut passer le temps à les voir se mettre dans des situations fâcheuses. »

Pas de réponse.

Elle continua : « Vous avez des frères et des sœurs ?

– Ce ne sont pas vos affaires.

– En effet. Mais tous mes clients aiment me raconter des histoires, surtout les marins. Grimper en haut des mâts, ce genre de choses. Voilà qui rend mon travail intéressant. Franchir le cap Horn – ça, ça me ferait dresser les cheveux sur la tête. »

Enfin, il la regarda. « Je passe ma journée à parler et à écouter les autres, voilà pourquoi je préfère le silence.

– Ça, vous pouvez l'avoir à la maison.

– Qu'en savez-vous ? »

L'audace la prit. « Je n'en sais rien puisque vous ne me parlez pas de votre maison. »

À son tour, elle se tut. Elle s'approcha du lit, s'assit à un endroit d'où elle pouvait l'observer, mais avec tact, et là, elle attendit.

Enfin, il dénoua ses lacets, retira ses souliers, se leva, fit tomber son pantalon à terre, puis son caleçon et fit un pas de côté. Bien sûr, il prit le temps de disposer ses vêtements, allant jusqu'à plier son pantalon pour le déposer sur le bras du fauteuil. Puis il vint vers elle et demanda : « Puis-je défaire votre robe ? »

Eliza avait l'habitude. Elle acquiesça et s'allongea tranquillement sur le dos. Il commença par le col, dont il détacha les agrafes l'une après l'autre, assez lentement, touchant parfois sa poitrine. Quand il eut fini, il la fit asseoir et fit glisser la robe le long de ses épaules, puis il l'invita à se lever et le tissu tomba le long de ses jambes. Tout cela n'avait rien d'inhabituel, si ce n'est dans la manière de procéder : il n'était pas sans délicatesse, ne lui fit pas mal, mais en même temps, il donnait l'air de la traiter comme un objet, une poupée peut-être. Il la prit par le coude, l'aida à se dégager de sa robe ; puis il ramassa celle-ci et la disposa avec soin à côté de son pantalon. Et voilà, elle était à présent en culotte et en chemise. Il la regarda des pieds à la tête. Elle se rappela un homme, l'été précédent, si impatient (son vit suintait déjà) qu'il avait déchiré sa culotte (et lui avait laissé un dollar en supplément pour les dommages causés). Mais l'avocat n'était pas ainsi. Il ouvrit le bouton de sa culotte, la fit tomber à terre et l'aida à s'en débarrasser. Ah, pour certains, déshabiller une femme n'était qu'une simple nécessité, tandis que d'autres désiraient la voir se dévêtir. Quelques-uns étaient déçus, en entrant dans la pièce, de découvrir qu'elle avait encore ses habits sur elle. Il défit la chemise d'Eliza, la fit passer par-dessus sa tête. Le fait de la dénuder sembla mettre l'avocat dans de meilleures dispositions, et lorsqu'elle s'assit de nouveau sur le lit, il semblait redevenu tel qu'il était la veille au soir – plutôt content, détendu, prêt à sourire, voire à chanter une chanson. Si Peter ne s'était pas fait descendre et qu'ils vécussent ensemble quelque part dans une petite maison, Eliza se fût gratté la tête en s'interrogeant sur la nature des hommes et en se demandant comment comprendre son époux. Le gros avantage de son travail était qu'après avoir fréquenté tant d'hommes elle les trouvait plus intéressants, tant dans leurs ressemblances que dans leurs différences. L'avocat retira à son tour ses derniers vêtements.

Puis il la fit se retourner, lui écarta les jambes et la prit en levrette. Ce n'était pas la position préférée d'Eliza, mais d'une part, puisqu'il était nu, elle savait qu'il n'avait pas de poche et donc pas de poignard, en outre, elle pouvait voir la table – pas de poignard non plus dessus. Par chance, son vit était de petite taille, aussi cette forme de pénétration n'était pas douloureuse. Il lui donna une claque sur les fesses, lâcha un petit rire et termina son affaire. Puis il se retira, elle attendit et il la fit se retourner. À présent, il souriait franchement. Il repoussa les cheveux devant ses yeux, lissa sa barbe. « Vous voyez, Eliza, si vous êtes patiente, je finirai par sortir de ma coquille.

– En effet, Peter, je vois cela. »

Il prit son vit dans sa main, l'agita et rit à nouveau. « Je ne m'appelle pas ainsi, mais disons que, dans cet établissement, je répondrai à ce nom. » Il rit de plus belle. Il reprit plusieurs fois sa respiration, puis s'allongea à côté d'elle sur le lit, sans la toucher, mais sans la repousser pour autant. Eliza était curieuse d'entendre ce qu'il dirait ensuite. Elle espérait qu'il lui fournirait un indice – c'était bien ainsi qu'on disait ? Jean employait souvent ce mot. Mais il se taisait.

Alors elle reprit : « Est-ce que vous sortez un peu ? J'aime beaucoup aller me promener ici et là. Parfois, avec une amie, nous louons des chevaux et nous nous aventurons dans les canyons. »

Il ne répondit pas.

Elle tenta d'adopter le ton badin de la conversation. « Nos dernières montures, m'a-t-on dit, étaient des mustangs qu'on a capturés et dressés. Ils sont vifs mais savent se tenir. »

Pas de réponse.

À présent, songea-t-elle, le moment était venu. « J'avais une amie qui possédait deux chevaux adorables ; elle les avait appelés Plus et Moins. Elle les avait élevés elle-même, et elle nous a emmenées faire des promenades dans les environs, un peu partout, mais elle a été… Elle a été battue à mort par son mari. C'est très triste. Il est en prison et je n'ai aucune idée de ce que sont devenus les chevaux. Ils étaient comme des enfants pour elle. »

Elle était trop loin pour être en contact direct avec lui, pourtant, à travers le matelas, elle le sentit se raidir. Un instant plus tard, il s'assit. Enfin, il prit la parole : « Je la connaissais. Je les connaissais tous les deux. Matthew Marvin était l'un des premiers amis que je me suis faits en arrivant ici.

– Étiez-vous à l'enterrement ?

– Non. Personne ne m'avait mis au courant. » Il soupira. « Je suis un solitaire. Je ne sais pas vivre autrement. Quand on fait une pause au cours d'un procès, ou quand on a le temps, je vois mes collègues sortir fumer ou se rendre dans une taverne pour manger un morceau. Personne ne pense à me convier, et je ne les suis jamais.

– Il me semble que, dans votre profession, on doit prendre parti…

– Ah, c'est là que vous vous trompez. Nous savons tous argumenter pour ou contre tout et son contraire, nous tentons tous d'être le plus éloquent possible, mais dès que le marteau s'abat, ne serait-ce que pour faire une pause, nous mettons les conflits de côté. C'est nécessaire car nous ne savons jamais qui sera notre allié dans la prochaine affaire, ni qui sera notre adversaire. Pour les parties concernées, certes, c'est une question de vie ou de mort, mais pour nous, cela reste tout de même un jeu. »

Il la regarda. La flamme vacillante de la chandelle lui donnait l'air vieux et fatigué. « Je ne pense pas qu'ils me détestent. Ils m'oublient.

– C'est pour ça que vous venez ici ?

– Ici ou au saloon. Mais je n'aime guère boire. Ah, là, là. » Il se leva, alla lui chercher sa robe sur le fauteuil, puis commença à se rhabiller. Avant d'enfiler son pantalon, il lui dit : « Que diriez-vous de m'emmener un jour visiter quelques endroits que vous aimez ? Cela me changerait.

– Tout dépend du temps, mais j'y réfléchirai. »

Après son départ, Eliza veilla jusqu'à l'aube, incapable de savoir si elle pouvait lui faire confiance ou pas. Discuter ainsi avec lui lui rappelait son père. Alors que sa mère décidait de tout avec précision, son père atermoyait, à tel point qu'elle avait souvent entendu sa mère s'exclamer : « Cessez donc de tergiverser ! » Une ou deux fois, elle était allée jusqu'à dire : « Cessez donc de tergiverser ! Il faut renvoyer cet homme ! » Il avait hérité la scierie de son propre père. Eliza n'avait jamais eu le sentiment qu'il eût désiré ou espéré faire de sa vie autre chose que continuer à s'occuper de la scierie et sauver son âme, mais peut-être qu'elle se trompait. Il n'y avait ni dessin ni aucun portrait de lui jeune (« idolâtrie », l'eût condamné sa mère), aussi Eliza ne pouvait-elle se représenter son père à l'âge qu'elle avait actuellement. Elle n'était même pas certaine de l'âge qu'il avait réellement, car sa mère ne célébrait pas les anniversaires, mais en y repensant, elle se souvint d'avoir appris qu'il avait vingt-six ans à sa naissance, ainsi devait-il avoir quarante-sept ans désormais, plus jeune que l'avocat. Or il se comportait tel un vieil homme, bien plus que sa mère qui, Eliza le tenait d'une parente, avait cinq ans de plus que lui. Elle songea aux gens qu'elle connaissait à Monterey. Naturellement, beaucoup d'entre eux avaient l'âge de ses parents, mais voilà un autre des bienfaits de Monterey : on y vieillissait moins vite.

Quand Eliza sortit de chez Mme Parks aux premières lueurs de l'aube, Jean l'attendait. Le brouillard était si épais qu'elle eut du mal à la reconnaître, et elles durent avancer prudemment, non qu'il y eût beaucoup de monde dehors, mais parce que la rue était mouillée et le sol, traître. D'habitude, elle distinguait ses pieds, savait où les poser, mais ce matin-là, c'était impossible. Jean dit : « Ici, ils appellent ça le brouillard des marais. Je n'ai jamais vu ça auparavant. »

Après avoir fait la bise à son amie, Eliza dit : « Il faut que je relise une des histoires de DuPINE. Je ne suis pas certaine de comprendre tout ce que j'ai appris. »

Jean acquiesça. « Il me reste une demi-chandelle. Nous devrions aller chez moi et lire chacune à notre tour en attendant que l'Endu soit ouvert. Nous pourrons manger là-bas. Ensuite, je dois faire la sieste avant d'aller travailler. »

Le trajet n'était pas long, mais elles marchaient lentement. Eliza plus que Jean, qui pourtant se montrait tout aussi prudente.

À la pension de Jean, tout était tranquille. Elles allèrent dans sa chambre et allumèrent la bougie en appliquant la mèche contre une braise dans l'âtre. Jean la posa ensuite près de sa chaise et se mit à lire. Oui, Eliza se souvenait que la première partie de l'histoire progressait lentement. Le titre en était *Double Assassinat dans la rue Morgue*, et la dernière fois qu'elle l'avait lue, cela l'avait aidée à discerner et à comprendre les crimes. Cette fois, elle fut impressionnée par la manière dont pensait M. Poe, comment il comprenait les choses « en analysant ». Elle se concentra sur la partie qu'elle avait précédemment jugée ennuyeuse, dans laquelle il expliquait à son ami sa façon d'observer ce qu'il faisait, d'entendre ce qu'il disait, et de comprendre (« analyser ») comment une pensée menait à une autre. Quand Jean en arriva à la scène du crime, elle tendit le livre à Eliza et ferma les yeux tandis que celle-ci lisait tranquillement les passages les plus horribles. En abordant les dépositions des témoins, qui déclaraient chacun ce qu'ils avaient vu ou entendu, elles se passèrent le livre à tour de rôle. Ce fut Eliza qui lut les propos du dernier d'entre eux, ceux du docteur qui décrivait les blessures. En lisant : « Le visage était affreusement décoloré, et les yeux exorbités », elle se souvint combien elle avait été horrifiée à la première lecture, mais à présent, même en imaginant ce que Poe décrivait, elle se sentait davantage intriguée que rebutée. Et puis il y avait les armes potentielles – un gourdin, une barre de fer, une chaise. Tout en poursuivant sa lecture, elle se demanda quel type de blessure pouvait causer chacune. « Tête coupée. » « Rasoir. » Elle songea : « Poignard. Pistolet. Flèche. Étranglement. »

Puis Jean lut un passage qu'Eliza avait complètement oublié, où DuPINE évoquait le tableau dans son ensemble, la nécessité de détacher son regard du corps pour le porter vers la vallée, les montagnes, les étoiles dans le ciel. Elle dit : « On dirait que M. Poe connaît Monterey. » Jean éclata de rire et posa le livre. En repartant à l'Endu dans un brouillard moins dense, Eliza essaya de se représenter le tableau d'ensemble.

L'un des aspects qui en ressortait était que, désormais, chaque personne lui paraissait fort complexe, y compris elle-même. Son père, sa mère, Mme Parks, l'avocat, et même Jean en raison de ce goût immodéré d'incarner différents types de personnes – pas seulement un homme ou une femme, mais parfois un rustre, un monsieur élégant, une dame hautaine, voire un amuseur –, et même Rupert, Mme Clayton, ou Lucas. Il ne faisait pas de doute que sa mère la jugeait complexe, en plus d'être damnée. Elle pensa au garçon qui voulait être docteur, aux marins qui venaient et allaient un peu partout. Elle pensa aux filles assassinées, chacune singulière, chacune retrouvée dans un endroit différent. Elles prirent place à leur table et Rupert leur apporta des œufs durs et des biscuits sortant du four. Jean dit : « Arrête de réfléchir à tout ça le temps de savourer ton repas. »

Eliza acquiesça. Elle se tut, mangea avec plaisir, aperçut quelques rayons de soleil par la fenêtre. Et puis, sans raison apparente, elle se rappela que la fille à qui il manquait le petit doigt, Mary Summers, était aussi la préférée de M. Marvin – Mme Parks le lui avait dit. Ainsi se mit-elle à suivre le cheminement de Poe : l'avocat aimait bien M. Marvin, la putain préférée de M. Marvin était Mary, M. et Mme Marvin s'étaient violemment disputés et il l'avait tuée, Mme Parks était allée à ses obsèques et avait murmuré pour elle-même : « Moins on en parle, plus vite on oublie », l'avocat était un homme craintif, agressif, dépourvu d'amis, qui semblait attiré par elle, il possédait un poignard mais pas de pistolet.

Elle raccompagna Jean jusqu'à sa pension. Elles se prirent dans les bras et Jean lui dit : « Je vais peut-être rêver de quelque chose. Je viendrai te voir ce soir. »

À présent, le ciel s'éclaircissait et les rues s'animaient. Eliza prit la rue du Pacifique en direction de la baie. Elle passa près de la maison du dénommé Zeke et remarqua que le jardin était splendide, même s'il n'était pas encore en fleur. Puis elle alla traîner du côté de Colton Hall, fit deux fois le tour du bâtiment à la recherche de l'avocat, mais ne le vit point. C'était l'heure du déjeuner, et elle regarda par toutes les fenêtres possibles malgré le soleil, sans jamais l'apercevoir. Elle retourna chez elle, retira sa robe et dormit d'un sommeil sans rêves, si profond qu'elle en oublia toutes ses préoccupations jusqu'à ce qu'elle se réveillât et vît sa robe suspendue à la patère. Elle regarda à travers la croisée. Le jour commençait à décliner.

Lorsqu'elle retrouva Jean chez elle, celle-ci lui confia : « J'ai un plan. » Eliza s'étonna elle-même en s'entendant répondre : « Moi aussi », et elles firent le tour du pâté de maisons tout en discutant, comme à leur habitude.

« Il faut que tu réussisses à l'appâter, dit Jean.

– À l'extérieur, renchérit Eliza.

– Le dimanche, c'est le meilleur moment. »

Eliza regarda les nuages qui flottaient dans le ciel encore clair. « Quand il fera beau. »

En tournant à l'angle d'une rue, elles remarquèrent toutes les deux un homme dont la poche protubérante indiquait la présence d'un pistolet. Il leur sourit et s'écarta. Toutes deux inclinèrent la tête. Puis Jean reprit : « Dis-lui que tu lui montreras deux endroits s'il t'en fait découvrir deux également. »

Eliza jeta un regard à l'homme qu'elles venaient de croiser. Il s'éloignait à grands pas, l'air déterminé. Et si c'était lui ? Elle se retourna vers Jean. « L'avocat pourrait m'emmener près de chez lui. »

Celle-ci semblait si concentrée sur son plan qu'elle se fichait complètement du type au pistolet. « Entraîne-le vers l'endroit où on a trouvé la fille sous l'arbre.

– Mais sans lui dévoiler que j'y suis déjà venue. »

Jean s'arrêta et la fixa droit dans les yeux. « Ne perds jamais de vue son visage.

– Jamais », acquiesça-t-elle.

Jean se pencha un peu et baissa la voix : « Je serai avec Muscade à vingt mètres derrière vous.

– Tu seras habillée en homme. »

Jean sembla réfléchir un moment, puis hocha la tête. « Un type débonnaire qui se promène, mais qui ne sait pas quoi faire de lui.

– Qui mâchouille un brin d'herbe.

– Comment passerais-je le temps autrement ? »

Elles éclatèrent de rire toutes les deux.

18

Eliza gagna son lieu de travail tandis que Jean poursuivait son chemin. Elle la vit contempler les maisons, surtout celle qui faisait face. Selon leur plan, c'était à Eliza de jouer l'appât, tandis que Jean endossait le rôle de protectrice. Rien de surprenant.

Ce soir-là, son client ne fut pas l'avocat, mais un nouveau venu, ce qui lui convenait car on était mercredi et elle avait besoin, d'une part, de s'exercer pour jouer son rôle de tentatrice et, d'autre part, de passer un peu de temps sans l'avocat. Le miché était jeune – il devait avoir cinq ans de plus qu'elle – mais expérimenté, et puis aussi gracieux, de bonne humeur, gentil, sans pour autant donner l'impression de faire des efforts : sa gentillesse semblait naturelle. Il avait une moustache parfaitement cirée qui se terminait en pointes, mimant son sourire. Il lui dit qu'il s'appelait David, répéta son nom à elle à voix haute avec attention, et pendant qu'il faisait son affaire, s'adressa à elle de manière très aimable. Il savait ce qu'il voulait et comment le lui demander, et bien qu'il désirât la prendre par-derrière, cela ne la dérangea guère. Quand il eut terminé, il la fit se retourner, puis la remit debout et la serra tendrement contre lui, ce qui était rare. Puis il prit une de ses mèches et la ramena derrière son oreille. Alors qu'il remettait son pantalon (laissant une grosse pièce sur la table), elle s'enhardit à lui demander : « Et où allez-vous comme ça, maintenant ?

– Mon ami et moi, on va chercher nos chevaux pour descendre la colline. Vous connaissez cet endroit sur la gauche, là où il y a les prés ? On y a un ranch. Enfin, ce n'est pas encore un ranch. On arrive juste de San Francisco. C'est plus difficile de trouver un endroit pour établir un ranch là-bas qu'ici.

– Combien de temps avez-vous passé à San Francisco ?

– Trois ans. C'est là qu'on s'est connus. C'est bizarre, parce qu'on vient tous les deux de Pennsylvanie. Il est de Bellefonte, et moi de Williamsport. En fait, nous sommes de la même famille ! Mon grand-père et son frère naguère se disputèrent. Mon grand-père partit très fâché et ne nous parla même pas de notre famille à Bellefonte. Et puis, je discutais avec ce gars, et il s'est avéré que nous avions le même nom, et voilà. » Il était à présent habillé. Il s'approcha et lui prit gentiment la main en disant : « Merci !

– Et quel est votre nom ?

– Harwood. Un autre de mes grands-oncles vit ici, dans cette ville. »

Eliza ne put empêcher la surprise de se peindre sur ses traits, mais elle ne dit rien. David reprit : « Autant que vous le sachiez, c'est mon grand-oncle qui m'a dirigé vers cet établissement. Quand je suis arrivé ici de San Francisco, mon cousin et moi avons logé chez lui et tante Ruth, et un matin, j'ai vu une jeune femme sortir de sa chambre, ce dont je me suis ouvert à ma tante. Elle m'a parlé de leur arrangement. » Puis il prit congé. Eliza se lava, s'habilla. Les Harwood ! Elle n'avait pas pensé à eux depuis des lustres et ne les avait même pas inclus dans son cheminement déductif. Elle se rappela alors combien elle avait eu peur ce matin-là en regardant par la fenêtre ces vieux arbres dans le jardin de derrière, elle n'en avait jamais vu de tels. À présent, elle en avait rencontré de nombreuses fois et elle les adorait.

Elle retrouva Jean qui traînait dans la rue boueuse avant de rentrer chez elle. Le brouillard n'était plus que brume et les saloons étaient encore ouverts. Elles marchèrent tranquillement, mais ne virent rien de plus. Eliza décida qu'elle retournerait jeter un coup d'œil du côté de chez les Harwood pour voir ce qu'elle pouvait y découvrir. Déjà, elle voyait la ressemblance entre David Harwood et le vieux M. Harwood. Le menton, les pommettes, la couleur des yeux – d'un bleu-vert que sa mère eût appelé noisette. Et, oui, M. Harwood était toujours un client régulier de l'établissement de Mme Parks, Olive et Nell, une nouvelle, appréciaient d'aller chez lui et d'y dormir car leurs propres logements étaient assez spartiates.

Tout en dévidant ces pensées, elle songea que David Harwood, aussi jeune et gentil qu'il fût, pouvait être suspect. En fait, si l'avocat pouvait être suspect, si l'homme qui avait pleuré et vomi pouvait être suspect, dans ce cas, tout le monde pouvait l'être. Tant qu'on ne ferait rien contre ce tueur de jeunes femmes, toute personne suspecte pouvait être l'assassin (c'est-à-dire tous ceux qui se trouvaient du côté de Monterey au moment des meurtres). Et peut-être même étaient-ils plusieurs : en fait, il pouvait y avoir autant de criminels qu'il y avait eu de crimes. L'un pouvait en effet très bien avoir entendu parler des meurtres et avoir éprouvé l'envie de faire la même chose. Toutes les femmes qui, petites, avaient eu des frères, des cousins, des voisins n'avaient-elles pas vu l'émulation qui se créait entre les garçons ? À Kalamazoo, tout tournait autour de la glace : le froid survenait, les lacs gelaient, alors les garçons arrivaient, et c'était à celui qui irait le plus loin jusqu'au centre de l'étang, là où la glace était la plus fine. Les mêmes remettaient ça au printemps, à la fonte des neiges, ils n'avaient rien appris des dangers et de la douleur qu'il y avait à passer à travers la pellicule gelée quand le vent faisait rage et que les températures tombaient au-dessous de zéro. Ou encore ils grimpaient aux arbres, de plus en plus haut, se défiant à mesure qu'ils s'approchaient de l'extrémité des branches. Un garçon – il s'appelait Léon Machinchose – était tombé d'un arbre très haut et avait atterri sur un tas de feuilles. Par chance, il s'était seulement cassé un bras. Lorsque les filles les accompagnaient, ce qui arrivait parfois, elles savaient que la responsabilité leur incombait au moins de dire un mot pour les appeler à la prudence – ce qui n'avait aucun effet ; un garçon qui se fût montré prudent eût été raillé par ses pairs. Si, par défi, ils pouvaient grimper à près de dix mètres de hauteur, alors tuer ne paraissait pas si improbable.

L'après-midi suivant, la brume tomba très tôt, mais il n'y avait pas de vent. Eliza s'enveloppa dans son châle et remonta la rue Jefferson. Après avoir dépassé la maison des Harwood, elle tourna à l'angle d'une rue et fit le tour du pâté de maisons. Leur demeure était la seule qui fût entourée d'arbres. Elle s'étonna qu'ils eussent pu la construire dans si peu d'espace. Mais elle n'était pas conçue pour ressembler à l'une de ces maisons californiennes, larges et ouvertes, avec une agréable véranda. Son air austère, voire imposant, était volontaire. Et c'était réussi. Le silence semblait toujours y régner. Même les feuilles ne bruissaient pas. Elle continua de remonter la rue Jefferson à travers ce qui naguère avait été une zone forestière, mais qui ressemblait désormais à un chantier. Certains endroits venaient à peine d'être déboisés ; à d'autres, des matériaux de construction – planches, adobe – étaient soigneusement empilés. Une demeure était presque achevée : l'équipe des ouvriers avait monté le rez-de-chaussée et le premier étage et s'attaquait à présent au toit. Plusieurs étaient terminées, les jardins plantés. En passant devant, elle s'imagina avoir sa propre maison, hélas, une telle chose n'était guère probable, il fallait l'admettre. Tout en haut de la rue, elle huma l'odeur des pins qui poussaient au sommet de la colline. Elle demeura là un moment, emplissant ses poumons de cette fragrance.

Elle reprit le chemin de la pension. En arrivant à l'angle d'une petite rue – longue d'un seul pâté de maisons – sur la droite, elle vit s'ouvrir la porte d'un modeste logis en adobe, et l'avocat en sortit. Il s'arrêta, testa par deux fois le verrou et prit la direction d'un nouveau quartier encore fort boisé. Eliza s'engagea dans la petite rue, le vit tourner à gauche et s'éloigner précipitamment, prenant soin d'éviter les trous et les branches qui retombaient sur le chemin. Quand elle fut certaine qu'il était parti pour de bon, elle s'approcha de son logement.

Il était simple, mais surtout, il n'était pas protégé par une clôture, la façade donnant directement sur la rue. Une allée menait vers l'arrière, mais elle ne vit ni grange ni écurie. Deux fenêtres flanquaient la porte d'entrée. Elle regarda tout autour d'elle, puis s'approcha et jeta un coup d'œil à l'intérieur. Bien sûr, les carreaux étaient propres (comme les marches de l'entrée). Peut-être l'avocat n'avait-il rien de mieux à faire que de s'assurer que son intérieur fût parfaitement en ordre. À la crainte anticipée du spectacle qui l'attendait succéda bientôt un certain soulagement. La pièce de devant jouissait d'un bon éclairage – par des lucarnes – et elle était meublée de manière austère – deux chaises et une table. Le mur de gauche accueillait une bibliothèque, et des piles de livres s'élevaient sur le sol. Certains épais, d'autres fins ; certains neufs, brillants dans le soleil, d'autres poussiéreux. Beaucoup étaient sans aucun doute des ouvrages de droit, mais pas tous, semblait-il. Eliza n'avait jamais acheté de livre – cela lui eût coûté l'équivalent d'au moins une journée de travail, voire deux. Mais elle appréciait ceux que certains de ses clients ou Mme Parks lui donnaient. Même dans la maison de ses parents, à Kalamazoo, elle n'en avait jamais vu autant rassemblés au même endroit. Les beaux habits et les livres : tels étaient les luxes de l'avocat.

Elle continua ses observations. Il y avait des papiers sur la table, et deux ou trois enveloppes qui apparemment n'avaient pas été ouvertes. Elle redescendit les marches et fit le tour de la maison par la droite après avoir vérifié que nul ne s'en venait. Il y avait une autre fenêtre sur le côté, qui donnait dans la première pièce sous un autre angle, puis encore une, un peu plus loin, qui s'ouvrait sur la chambre de l'avocat. Là, pas de lucarne, et le soleil avait baissé, aussi dut-elle attendre que sa vision se fût ajustée pour distinguer quelque chose. Elle découvrit un lit étroit, une petite table avec une chandelle courte, une rangée de crochets sur le mur du fond où des vêtements étaient pendus avec soin, mais pas de tapis ni d'armoire.

Derrière la maison, il y avait des baquets, sans doute pour se laver, une petite remise (fermée à clef), un puits et une autre fenêtre. Elle regarda à l'intérieur de ce qui naguère avait servi de cuisine, mais n'était visiblement plus utilisé – ni bois, ni charbon, ni même de cendres dans l'âtre, ni broc, ni bouilloire, ni assiette vide. Elle observait toujours quand elle aperçut sur la table une collection de couteaux qui n'étaient pas tous des poignards – certains pour découper le poisson ou la viande, d'autres peut-être pour les légumes, mais plusieurs étaient trop petits pour qu'Eliza comprît leur usage. Tous étaient bien entretenus – il y en avait une dizaine. Elle plissa les yeux et vit une pierre à aiguiser près du plus grand. Ainsi donc l'avocat était-il collectionneur – de livres, de couteaux et de vestes.

Dès qu'elle retrouva Jean le soir devant l'établissement de Mme Parks, elle l'en avisa.

« As-tu déjà demandé à Mme Parks si, par exemple, les clients ne pouvaient pas laisser leurs armes dans un seau ou une boîte avant d'entrer dans ta chambre ?

– Je ne pense pas que les hommes de Monterey accepteraient ça.

– Demande à Carlos si on l'a déjà menacé avec une arme. »

Et c'est ce que fit Eliza. Il était encore tôt. Carlos n'était pas assis sur son tabouret, mais sur une chaise devant l'une des fenêtres. Il mangeait des haricots et du riz dans un bol. Eliza vit aussi sur la table deux tortillas. Elle vint vers lui et il tourna gentiment la tête. Eliza lui demanda : « Carlos, je me suis posé une question : est-ce que tu as déjà été menacé par des michés ? »

Il hocha la tête. « Certains ivrognes brandissent leur pistolet. Des fois, je le leur prends. Ce n'est pas difficile. Dès qu'ils lèvent le bras, tu passes deux doigts sous la crosse et tu l'accroches. Ensuite, tu prends l'arme en main. Avant, j'avais peur que le coup parte, mais ça n'est jamais arrivé. Quelques fois, elles tombent par terre, alors je les envoie balader avec le pied pour les mettre hors de leur portée.

– Pourquoi Mme Parks ne les interdit-elle pas ?

– Elle a essayé, mais ils continuaient de les apporter et ils les sortaient de manière encore plus visible. Mieux vaut interdire l'entrée au client qu'au pistolet. Et tu sais qu'il vaut mieux laisser ta porte entrouverte. »

Eliza acquiesça. « Et n'es-tu pas inquiet à propos des couteaux ? »

Carlos secoua la tête, finit ses haricots et l'une des tortillas, s'essuya la bouche avec son mouchoir et alla déposer son bol près de l'évier. Eliza avait envisagé de lui parler de Mary et de sa blessure, mais elle préféra s'abstenir. Elle espérait sincèrement que l'avocat ne viendrait pas ce soir-là.

Pour une raison étrange, la conversation avec Carlos non seulement ne la rassura pas, mais elle se sentit plus en danger que jamais, plus que lorsqu'elle se promenait en ville, plus que lorsqu'elle discutait des meurtres avec Jean et Mme Parks, plus même que lorsqu'elle avait découvert le corps de Mary, au pied de l'arbre. Elle avait déjà déposé son châle bien plié sur la table, mais soudain elle le reprit, s'enveloppa dedans et se précipita dehors. Un miché montait les marches. Il fit un bond de côté, car elle passa en trombe. Jean était toujours en face, habillée en homme, appuyée sur le côté d'un bâtiment, une espèce de menuiserie qui fabriquait des tonnelets avec le bois des chênes du voisinage.

Eliza s'exclama : « Pourquoi est-ce que c'est à nous de faire tout ça ? Nous ignorons tout de ces choses ! Est-ce donc que personne d'autre ne s'en soucie ? À Kalamazoo, ce n'était pas comme ça ! Au moins, il y avait des agents de police ! »

Jean se tourna vers elle. « Demande-moi comment je suis arrivée dans le Wisconsin. »

Eliza reprit son souffle. « Comment es-tu arrivée dans le Wisconsin ?

– Dans le ventre de ma mère. Elle était esclave dans le Kentucky, elle s'échappa en passant par l'Ohio et réussit à arriver sur le territoire du Wisconsin. Elle demeura un moment cachée parmi les Indiens, enfin, c'est ce qu'elle racontait. Elle rencontra mon père peu de temps avant ma naissance. Ils s'installèrent à Kenosha quand j'avais un an et prétendirent qu'il était mon père.

– Mais ce n'était pas ton père.

– Mon père était son maître dans le Kentucky. Il avait déjà fait deux enfants à sa sœur, m'a-t-elle raconté. »

Eliza dévisagea Jean, qui se mit à rire. « D'où crois-tu que je tiens mes cheveux foncés et mes yeux marron ?

– Je pensais que tu étais une Irlandaise du Sud.

– Je ne sais pas de quoi tu parles. De toute façon, MacPherson n'est pas un nom irlandais mais écossais. Ça veut dire "fils du pasteur". »

Cette fois, elles éclatèrent de rire en chœur.

« Ce garçon, Liam Callaghan, que j'aimais à Kalamazoo, il avait des cheveux bruns et des yeux marron. Il m'a raconté qu'il y avait eu une bataille entre les Anglais et les Espagnols, il y a des siècles, et que beaucoup de marins espagnols étaient arrivés en Irlande.

– Ma mère avait la peau claire. Je pense que son père à elle aussi était un maître blanc, mais elle n'en savait rien. Pourquoi crois-tu que je suis venue en Californie ? Parce que je m'intègre parfaitement dans le paysage. Regarde autour de toi. Ici, personne ne me scrute des pieds à la tête en se demandant d'où je sors. Et quand ils le font, ils se demandent si je suis espagnole. Le Wisconsin n'est pas un État esclavagiste et n'aspire pas à le devenir, par contre, il y a plein de Blancs là-bas qui sont prêts à t'aider à passer en vitesse au Canada s'ils soupçonnent que tu es une esclave en fuite. Ma mère l'avait remarqué également. »

Eliza se retourna vers la rue. Mme Parks regardait dans sa direction – peut-être qu'elle ne la voyait pas, mais en tout cas, elle la cherchait. Eliza embrassa Jean sur la joue et lui dit : « Merci de m'avoir raconté tout ça. On se voit demain matin. »

Elle retraversa la rue. Mme Parks la vit et déclara : « Ton miché est arrivé. Je vais lui annoncer que tu te prépares. »

Eliza s'exécuta.

Le client était un homme vraiment âgé – des cheveux blancs dressés, une voix fluette et râpeuse. Il désirait faire son affaire plus qu'il ne pouvait la faire en vérité, mais il était propre et respectueux, aussi Eliza passa-t-elle du temps avec lui, à faire ceci et cela. À un moment, elle s'aperçut qu'il avait le cou et les épaules raides et douloureuses, et elle le massa longuement jusqu'à ce qu'il se sentît mieux. Elle l'embrassa beaucoup, joua avec son vit. Finalement, il fit ce que sans doute il désirait le plus, c'est-à-dire qu'il sombra dans un profond sommeil. Elle le couvrit, remit en silence sa robe et sortit sur la pointe des pieds. Elle fit un signe à Carlos, mimant le sommeil, et, un peu surprise, découvrit Jean assise sur la marche la plus haute.

19

Tout en marchant, Eliza s'aperçut que Jean la regardait. Enfin, celle-ci lui demanda : « Mon histoire t'a-t-elle choquée ? »

Eliza secoua la tête. « Je m'attends à tout de ta part. Tu te rappelles la première fois où nous nous sommes rencontrées, tu m'as emmenée à la mission, à Carmel, puis nous avons dû remonter la colline, tu avançais en sautillant presque alors que moi, je soufflais comme un bœuf ; je me suis arrêtée en me demandant s'il ne vaudrait pas mieux en finir tout de suite ! Mais j'ai décidé d'attendre pour voir ce que tu ferais ensuite. Je dois avouer que je ne sais pas grand-chose de la vie des esclaves. À Kalamazoo, tout le monde déplorait l'existence de l'esclavage, mais on n'en parlait guère.

– Je n'ai raconté ça à personne d'autre que toi. J'écoute les abolitionnistes, mais beaucoup de ceux qui veulent se débarrasser de l'esclavage veulent aussi se débarrasser des esclaves. Les renvoyer en Afrique.

– Mais c'est une idée terrible ! »

Jean acquiesça.

Eliza reprit : « Donc, voici notre plan. Si jamais une sorte de guerre éclate et que – Dieu nous en préserve – les esclavagistes envahissent la Californie, nous créerons une nouvelle congrégation et tu seras notre pasteure.

– Et je leur montrerai le chemin de la damnation éternelle.

– Qu'ils puissent le trouver, amen. »

En arrivant devant la pension d'Eliza, Jean la serra dans ses bras, puis lui dit que le lendemain, vendredi, elle serait occupée toute la journée, mais serait devant chez Mme Parks à l'heure dite. Eliza répondit : « Je vais passer mon temps à essayer de me mettre dans la peau de l'appât.

– Agite les narines. Ça devrait suffire. »

Elles éclatèrent de rire à nouveau, et Eliza regarda son amie s'en aller. Encore une vérité de l'existence, pensa-t-elle : tant qu'on n'avait pas quitté ses parents et renoncé à être une enfant, on ne mesurait pas vraiment ce qu'était une amie.

Le lendemain en fin d'après-midi, environ deux heures avant d'aller travailler, elle revint rue Jefferson, aux aguets, mais ne décela rien. En arrivant tout en haut, elle prit à nouveau le temps de humer l'odeur des pins, en espérant sincèrement que les maisons ne s'étendraient pas trop haut dans la forêt, de peur que les bâtisseurs ne coupent tous les arbres. Elle observa les oiseaux qui volaient alentour, vit au moins deux faucons flottant sur des courants d'air. Au loin, elle entendait les goélands, et elle voyait aussi le brouillard monter de l'océan. Puis elle repartit à pas lents, les yeux grands ouverts. Alors qu'elle arrivait au-dessus de là où vivait l'avocat, par chance, elle le vit tourner à l'angle et descendre Jefferson d'un pas ferme mais nonchalant, sans qu'il regardât autour de lui, car bien sûr il ne soupçonnait rien. Elle le suivit. Il entra dans Colton Hall par la porte de derrière. Eliza prit à droite, jusqu'à la rue Madison, puis par la rue du Pacifique, où elle attendit pour voir par où il sortirait. C'était presque le crépuscule quand il émergea enfin de l'entrée principale. Il suivit la rue du Pacifique, puis la rue de la Perle. Il était évident qu'il se rendait au bordel. Eliza ne se trouvait pas très loin de chez elle. Elle y courut, se changea pour passer sa robe la plus chaude et la plus miteuse, s'enveloppa dans un vieux châle marron et se hâta vers son lieu de travail. Ce n'était pas le bon jour pour jouer les appâts : mieux valait le rebuter, même si elle ne savait pas trop comment s'y prendre, hormis en portant ces vieilles hardes. Elle pensait être là-bas la première, mais il y était déjà lorsqu'elle arriva sur la véranda.

Il la regarda et elle songea à l'effroi que lui causait la maladie, aussi toussa-t-elle trois fois dans son châle, puis elle jeta un coup d'œil dans sa direction. Avec soulagement, elle s'aperçut qu'il avait remarqué qu'elle toussait, et manifestait déjà une certaine inquiétude. Elle entra, se racla la gorge, lui adressa un sourire amical et lui tendit la main. Il ne la serra pas. Depuis la porte de ses appartements, Mme Parks les considéra. Eliza déclara : « Madame, vous vous souvenez de ce vieux monsieur, hier ? Il toussait beaucoup, et je me demande s'il ne m'a pas transmis la grippe. Je ne sais pas. Mais je n'ai pas de fièvre. » Elle porta la main à son front. « J'ai quand même éternué plusieurs fois. »

L'avocat secoua la tête, ce que la tenancière du bordel remarqua, alors elle vint vers lui et lui dit précisément ce qu'il voulait entendre : « Monsieur, je suggère que nous attendions une journée. Je vais renvoyer Eliza chez elle avec du thé au miel, elle n'aura qu'à rester tranquille demain, ensuite nous verrons si son état s'est aggravé. »

L'avocat hocha la tête.

Mme Parks s'éclaircit la gorge. « Peut-être aimeriez-vous voir une autre de mes filles ? Olive Breeze... »

Il semblait pressé de s'en aller et fit signe que non.

Eliza pressa son châle contre sa bouche et toussota.

« Je vous assure, monsieur, reprit la maîtresse des lieux, je veille sur... »

Mais il était déjà parti.

Elle soupira. Elle n'avait pas l'air fâchée, mais pas non plus satisfaite. Elle fit signe à Eliza de déguerpir. Celle-ci sortit et descendit les marches. Mme Parks s'en vint à la porte : « Je n'ai pas de thé au miel, mais au moins, prends soin de toi. Bois beaucoup d'eau. Ouvre la fenêtre de ta chambre. »

Eliza opina du chef. En vérité, elle se demandait si elle n'était pas allée trop loin et elle craignait d'avoir chassé définitivement l'avocat. Elle repartit dans la rue et, arrivée au coin, toucha de nouveau son front pour se rassurer. Il était aussi frais que de coutume. Mais elle avait pris sa décision. Si jamais l'avocat ne revenait pas, elle savait où il habitait et elle connaissait ses habitudes. Jean et elle ne pouvaient renoncer à leur enquête. Il leur faudrait juste échafauder un autre plan.

Le lendemain soir, elle aperçut l'avocat non loin du bordel. Elle s'arrêta et le regarda. Il la vit aussitôt, vint vers elle, s'arrêta au beau milieu de la chaussée et regarda à droite, puis à gauche, pour s'assurer qu'aucun cheval ou aucune voiture n'arrivait à toute vitesse. Eliza entendit des cris à une rue de là, près d'un saloon, mais ce fut tout. Elle s'approcha de l'avocat. Plus calme et de meilleure humeur, il lui demanda : « Comment vous sentez-vous aujourd'hui, ma chère ?

– Je n'ai ni toussé ni éternué de la journée. J'ignore ce qui s'est passé hier, mais cela semble terminé. Voulez-vous entrer ?

– Je regrette, mais je préfère m'abstenir. Toutefois, j'ai une autre idée. Demain, nous sommes dimanche. Je sais que cet établissement est fermé pour le sabbat, mais j'ai pensé que nous pourrions profiter du beau temps pour sortir. Je peux apporter un panier pour pique-niquer. C'est quelque chose que j'aime à faire le dimanche, d'habitude je le fais seul, mais je serais content que vous acceptiez de m'accompagner. »

Eliza garda le sourire, mais ses prunelles se dirigèrent vers la droite. Jean se tenait là, dans l'ombre du bâtiment. « Peut-être », répondit-elle. Jean se rapprocha. « Où aimeriez-vous aller ?

– Cela dépend de vous, ma chère. Vous connaissez la ville mieux que moi. En général, je m'en vais sur les quais ou sur l'une des *plazas.* »

Jean fit encore un pas.

« Il y a un endroit que j'aime beaucoup, mais c'est une longue marche.

– Cela ne me dérange pas.

– Une très joli mesa entre deux canyons. À l'est de la ville.

– Soit. Retrouvons-nous ici même, et vous m'y conduirez. J'ai besoin d'un peu de nouveauté. »

Il prit congé et repartit. Jean vint alors vers Eliza, qui lui dit : « Je suis en train de penser que cet homme est le moins suspect parmi tous mes clients. En vérité, je l'apprécie de plus en plus.

– Certes. Dans ce cas, nous y gagnerons un pique-nique. Voilà mon plan : je loue un cheval, je m'habille en homme et je trottinerai dans les environs quand vous arriverez. Cette jument alezane – Muscade ? Je peux compter sur elle. Elle sait ne pas bouger lorsqu'on lui demande. Je garderai un œil sur toi.

– Et sur lui.

– Et sur lui. »

Eliza entra dans le bordel.

Mme Parks sortit de ses appartements. « Tu as l'air bien.

– Et je le suis, en effet.

– Hmmm. Aucun signe de l'avocat, mais tu as un autre miché tout à l'heure. Un marin que tu as déjà vu. Un petit. Encore adolescent.

– Celui qui adorait grimper en haut des mâts ? Il est amusant.

– Peut-être. Il a dit que son bateau partait à l'aube, il dormira donc de bonne heure et viendra après minuit. Je sais que cela ne te dérange pas. »

Eliza acquiesça.

La maîtresse sembla s'adoucir, et Eliza s'aperçut soudain qu'elle était plus sévère ces temps derniers. Mme Parks ajouta : « Il s'appelle Caleb.

– Je suis impatiente de l'entendre raconter ses dernières aventures. »

Lorsqu'il entra, elle le reconnut aussitôt, mais ce n'était plus un garçon. Il avait gagné entre cinq et dix centimètres, était désormais plus grand qu'Eliza et avait pris beaucoup de muscle. Il lui sourit aimablement et elle lui demanda : « Est-ce que vous grimpez toujours en haut des mâts jour et nuit ? »

Il éclata de rire. « Non. Seulement si c'est nécessaire. Un jour, l'été dernier, j'étais en haut d'un mât pour affaler la voilure, quand le bateau a gîté si fort que j'ai cru que j'allais passer par-dessus bord. J'étais bien attaché, n'empêche, j'ai compris la leçon.

– C'est-à-dire ?

– Tous les garçons finissent par découvrir que la mort existe et que même eux sont concernés.

– En vérité, vous n'avez plus l'air d'un garçon.

– Et je ne me sens plus comme tel. »

Nonobstant, le vit de Caleb était toujours aussi ardent et il l'accommoda à maintes reprises. Alors qu'il s'habillait pour repartir, Eliza lui demanda : « Quelle est la destination de votre navire cette fois ?

– L'Australie. Nous sommes remplis de marchandises. C'est un voyage lucratif. J'aime aller là-bas. Les gens se vantent toujours d'avoir été des criminels en Angleterre qui ont été bannis en Australie, et puis vous découvrez qu'en fait de crime ils ont volé des souliers ou confondu la chèvre du voisin avec une des leurs. » Il haussa les épaules. « De grands esprits, pour sûr. Je resterai peut-être à terre, un jour, et mon bateau repartira sans moi.

– C'est amusant. Par ici, il y a quelques tricheurs aux cartes qui prétendent venir d'Australie. Dans leur dos, certains les appellent le gang de Sydney. »

Caleb rit. Au bout d'un moment, il partit, et Eliza fit une sieste.

À son réveil, elle pensa aussitôt à la sortie du jour, à Mary sous son arbre, aux couteaux dans la maison de l'avocat. Ces pensées l'emplirent de crainte – elle eut la sensation que les couteaux la clouaient sur son matelas –, et puis, naturellement, elle dut attraper son pot de chambre et, une fois levée, dès qu'elle eut passé ses vêtements, la crainte céda peu à peu le pas à la curiosité, voire à un certain empressement. Fait étrange, elle était à la fois plus effrayée et plus curieuse de découvrir ce qui allait se passer qu'elle ne l'était au moment de partir pour la Californie. C'était comme si, toute sa vie, elle avait été aussi passive et patiente qu'une vache laitière. À présent, elle se reconnaissait davantage en Question, qui orientait ses oreilles d'un côté, de l'autre, mais qui continuait de trotter. Elle sentit sa peur refluer, tel le brouillard du matin reculant vers la baie lorsque le soleil se levait.

La journée était bien entamée et tout le monde vaquait à ses occupations. Eliza se rendit à l'Endu. Rupert lui désigna la table où Jean était déjà installée devant ses crêpes américaines. Celle-ci lui annonça : « Ce sera Muscade. J'ai déjà payé. Lorsque vous prendrez la direction de la mesa, passez près des écuries. Je démarrerai et je resterai à distance derrière vous. Porte du rouge.

– Je n'ai rien de rouge. »

Jean lui donna un bandana rouge. « Mets-le autour de ton cou. »

Eliza hocha la tête. Rupert lui apporta ses crêpes. Après qu'il fut reparti, elle déclara : « La difficulté sera de l'amener à se confondre lui-même. Je ne sais pas si je dois me montrer plutôt amicale ou lui faire du charme. Parfois, c'est l'un qui marche, parfois, c'est l'autre, tout dépend de son humeur. »

Jean se pencha et la regarda dans les yeux. « Je suis certaine que tu sauras y faire. Vois les choses comme ça : chaque jour tu dois trouver le moyen de faire bander tes clients. C'est une chose que je ne peux imaginer. Quand ces dames viennent me voir, pratiquement tout ce qu'elles veulent, c'est de l'affection, du temps, échapper à leur routine. Aucune d'elles ne contemple son entrecuisse en manifestant de la déception ou de la colère.

– Certes, cela peut causer une certaine tension. Donc, si j'entends bien, dans ton établissement, il n'y a personne qui surveille pour prévenir les débordements ainsi que le fait Carlos chez nous ? »

Jean secoua la tête.

En quittant l'Endu, Eliza retourna à sa pension, ouvrit son armoire et contempla sa garde-robe. Elle prit ses bottes et la robe bleu argent qu'elle s'était fait confectionner grâce aux quatre dollars donnés par Mme Parks. L'ourlet était un peu haut, ce qui était plus commode pour marcher, et elle possédait une crinoline solide qui facilitait le mouvement. Elle avait aussi un corset plus lâche, ce qui facilitait la respiration, et des manches étroites, difficiles à saisir. En outre, le bleu faisait un joli contraste avec le bandana rouge. Eliza choisit ensuite un chapeau de paille clair, sans ruban. Elle regarda autour d'elle, à la recherche d'une arme, mais elle n'avait ni pistolet ni bâton de marche. Elle se sentit plus nerveuse, puis elle avisa son épingle à chapeau, longue de quinze centimètres. Elle la posa à côté du chapeau, la reprit, en toucha l'extrémité. Ce n'était pas exactement une arme, mais ça pourrait servir à piquer, pensa-t-elle.

20

Elle retrouva l'avocat devant chez Mme Parks et le jugea très bien mis. Elle admira sa veste et dit : « Je ne crois pas avoir jamais vu cela auparavant. » Il releva le bras et regarda le tissu. « C'est un motif à chevrons. Peut-être un peu trop sophistiqué pour cette... ville. » Elle remarqua ensuite que sa veste avait de larges poches. L'avocat portait un panier recouvert d'une étoffe bordée contre les parois intérieures. Il le souleva en disant : « Laissez-moi vous dire que j'ai apporté de bonnes choses. Pas de sardines ! Vous verrez, ma fille. Vous verrez. »

Elle l'emmena par la rue du Pacifique. Elle regardait autour d'elle en avançant d'un pas nonchalant, comme pour lui montrer combien elle appréciait cette promenade, mais en vérité pour gagner du temps avant de doubler Jean. Bien sûr, celle-ci avait sellé la jument alezane et enfilait ses gants. Selon toute apparence, elle ne leur jeta pas un regard lorsqu'ils passèrent dans la rue, mais évidemment, elle ne les perdait pas des yeux. Ils prirent la rue de la Perle et continuèrent sur la gauche. Il y avait à présent des chevaux et des attelages sortis, mais la plupart des gens, ceux qui étaient allés à l'église, étaient installés devant leur déjeuner. Elle dit : « Je me suis toujours demandé pourquoi ma mère préparait tant à manger le dimanche. Nous n'étions que trois. Un rosbif aurait suffi.

– Le dimanche, ma famille déjeunait vers deux heures. Ensuite, mon frère et moi, on nous envoyait avec des saladiers et des plateaux distribuer les restes aux voisins les plus pauvres. Nous laissions les provisions, et le lendemain, des garçons nous rapportaient les plats.

– Quel temps faisait-il là-bas, où était-ce déjà, à New Haven ? »

Il ne répondit pas.

Ils longeaient à présent la Casa Munras. Eliza la lui désigna. « Il y a de beaux bâtiments à Monterey. On raconte que la Casa Munras est hantée. »

Il jeta un coup d'œil, visiblement peu intéressé, et ajouta : « Notre demeure, à New Haven, était à une rue du cimetière. C'est là que nous jouions quand j'étais enfant. Cela ne plaisait pas à ma mère, mais mon père disait que c'était une bonne chose, car cela nous enseignait ce qu'étaient la vie et la mort. » Eliza s'aperçut que si au départ il lui avait paru de bonne humeur, il avait à présent l'air abattu.

Ils dépassèrent la cathédrale, puis empruntèrent la direction du cimetière. L'avocat changea son panier à provisions de main, mais il ne semblait pas essoufflé. Eliza songea qu'ils avaient marché un peu plus d'un kilomètre et demi. Elle lui désigna l'espace verdoyant. « Vous avez visité cet endroit ? Le cimetière de la ville ? » Elle ne précisa pas que Peter y était enterré. Elle entendit le bruit des sabots d'un cheval derrière eux, mais ne se retourna point. L'herbe du cimetière était grasse, toujours d'un beau vert vif, les allées désertes s'étirant autour des tombes et entre les arbres aux formes étranges. Malgré cela, elle n'avait aucune envie de finir là, aussi ne put-elle s'empêcher de se retourner. Jean avançait nonchalamment derrière eux.

L'avocat dit : « Un de mes clients est enterré là, mais je ne sais pas où exactement. Il n'avait pas les moyens d'être inhumé ailleurs car il avait perdu tout son argent dans un investissement risqué. » Il soupira. « Il n'a jamais honoré ses créances auprès du cabinet non plus. » Eliza voulait qu'il continuât de parler et déclara : « Je suppose que ça n'a rien d'étonnant dans la région. J'ai rencontré maintes fois des hommes qui étaient venus ici persuadés que, quoi qu'ils entreprennent, ils auraient bientôt les poches cousues d'or et seraient tranquilles pour le restant de leurs jours. Mais voyez cela ! Il faut réfléchir avant de se lancer dans une entreprise quelconque par ici. J'en connais un qui possède un ranch de bonne taille, mais il n'y avait plus de fonds pour installer une clôture et plusieurs de ses bœufs ont glissé dans une ravine à cause de la boue. »

L'avocat ne répondit pas, mais il fit ce qu'Eliza avait imaginé : il prit le chemin qui menait justement à l'endroit où elles avaient découvert le corps de la fille, comme s'il savait où ils allaient. Elle demeura un pas ou deux derrière lui, le cœur battant, car grandissait en elle la certitude que, finalement, c'était bien lui, l'assassin. Elle l'observait pour deviner ce qu'il ferait ensuite. Il avança encore de deux pas, puis s'arrêta et regarda autour de lui. « Où sommes-nous ? demanda-t-il. Êtes-vous déjà venue ici ? » Son handicap, sans doute, était que, pour un avocat, il mentait très mal.

Eliza toussa. « Une ou deux fois. C'est très joli. Par beau temps, les gens aiment à y venir avec leurs chevaux pour se promener, mais c'est sans doute un peu trop loin de la ville pour les personnes qui ne possèdent pas de monture. Vous ne semblez pas fatigué après toute cette marche, monsieur.

– Au moins, il y a du vent. Je n'ai pas besoin d'ôter ma veste.

– Ici, il y a toujours du vent. Voulez-vous que nous avancions jusqu'à la mesa ? Le chemin est praticable, pas trop abrupt. » Eliza releva le bas de sa robe, ajusta son chapeau de paille, passant les doigts sur l'épingle, et s'en alla au-devant d'un pas vigoureux. Il ne tenta pas de l'en empêcher ; au contraire, il la suivit. Elle regardait les arbres ici et là, feignant de les admirer, cherchant en réalité un signe de la présence de Jean et de Muscade. Tout ce qu'elle vit, ce fut une jeune biche aux grandes oreilles et au long cou fin. Dès qu'Eliza croisa son regard, la biche fit demi-tour et s'éloigna. Peut-être était-ce un signe que tout se passerait bien. Ou que Jean et Muscade n'étaient nulle part alentour.

La forêt s'ouvrit, et ils se retrouvèrent les pieds dans l'herbe grasse. Il faisait beau, le ciel était d'un bleu vif comme elle n'en avait jamais vu de tel. Un faucon plana au-dessus d'eux, puis il releva l'aile gauche et s'éloigna. Elle vit son ombre dans l'herbe. Elle jeta un coup d'œil à l'avocat pour voir s'il l'avait remarqué, mais il transférait son panier d'une main à l'autre en faisant rouler son épaule, comme s'il avait mal. Elle continua de marcher, feignant d'explorer les lieux, mais en réalité aux aguets. Puis, sachant qu'elle ne devait pas le perdre des yeux, elle fit volte-face. Il était à trois pas derrière elle, regardant de-ci, de-là. « Avez-vous vu ce faucon ? demanda-t-elle.

– Non. »

Son regard erra sur la mesa, puis à droite et à gauche. Il posa le panier à provisions par terre et fit à nouveau rouler son épaule. Eliza se demanda si le moment était venu pour lui de sortir son poignard et de se jeter sur elle, mais rien dans son attitude ne laissait supposer cela. La brise s'atténua et elle tendit l'oreille en quête du moindre bruit indiquant que Jean et Muscade fussent quelque part dans les parages. Tout ce qu'elle entendit, ce fut son propre cœur qui battait. Elle regarda l'avocat. Il reprit le panier et se mit à longer l'orée de la forêt. Au bout d'un moment, il désigna un arbre – très beau, mais ce n'était pas celui sous lequel elles avaient trouvé Mary recroquevillée. Celui-là possédait de larges frondaisons et force bourgeons frémissants, vert tendre, tendus vers le ciel. L'avocat dit : « J'ai très faim et un peu chaud. Je pense que nous pourrions nous mettre à l'ombre avant… » Il marqua une très légère pause. « … avant de poursuivre notre affaire. »

Eliza ne put s'empêcher de répondre : « Je n'ai jamais considéré qu'une promenade était une affaire, mais plutôt un plaisir. » Elle entendit alors distinctement quelque chose derrière elle, une sorte de craquement, telle une branche brisée. L'avocat ne réagit pas, elle se retourna mais ne vit rien. Et juste à ce moment-là, le vent reprit, soulevant son chapeau, emportant quelques mèches. Songeant qu'il avait dû arriver quelque chose à Jean et à Muscade, elle saisit son épingle à chapeau et rajusta celui-ci. Au lieu d'ôter sa veste, l'avocat la serra autour de lui.

Il lui jeta un regard, puis déposa le panier au pied de l'arbre.

Le vent mourut. Eliza leva les bras, faisant semblant d'apprécier le paysage. « Vous avez l'air bien sombre. Regardez ces arbres ! Et ces fleurs ! » Elle tournoya sur elle-même comme si elle était pleine de joie, mais en vérité, elle se sentait très nerveuse et cherchait Jean. Pas de bruit de sabots, pas trace de son amie. Elle pensa : « Muscade ! Adresse-moi un petit coucou ! »

De nouveau, elle toucha son épingle à chapeau. Elle s'approcha de l'arbre, posa la main sur la rude écorce, puis se força à sourire avant de se retourner.

L'avocat sortait les provisions. Il était évident qu'il se les était procurées à l'Endu – elle reconnut les récipients. Mais il s'agissait de mets qu'elle ne s'offrait jamais – pas de poisson séché, ni de pommes de terre à l'eau, ni de muffins. Au lieu de cela, du ragoût de bœuf aux oignons, des pommes au four, une petite miche de pain. Sur le côté, des pommes de terre sautées croustillantes. Elle s'approcha avec prudence de l'avocat en contemplant les provisions. L'odeur du ragoût était si puissante qu'elle la sentit malgré la brise. Une idée lui vint : pourquoi dépenser tant d'argent dans un pique-nique si somptueux s'il avait l'intention de…

Puis elle détecta autre chose, un frisson dans l'herbe, un frémissement de la terre sous ses pieds, alors elle regarda vers la gauche, en direction du chemin qui les avait menés ici.

C'était le dénommé Zeke. Il avait un bras en l'air et brandissait un poignard. Sur son visage, une expression déterminée, affreuse, il plissait les yeux, à croire qu'il ne voyait qu'elle. Eliza tendit la main droite, cherchant à s'appuyer sur quelque chose – le tronc d'un arbre, peut-être.

Elle jeta un coup d'œil à l'avocat. Il regardait Zeke, mais demeurait immobile. Eliza commença à reculer, tenant ses jupons dans la main, le souffle court. Zeke trébucha – il avait dû mettre le pied dans un terrier de rat à poche, ce que dans la région de Monterey on appelait aussi un écureuil de terre. Il recouvra son équilibre sans avoir lâché son poignard. Eliza reculait toujours. Peut-être serait-elle plus en sécurité en terrain découvert – elle ne savait pas quoi faire, mais au pire, elle pourrait toujours courir. Elle retira l'épingle, et son chapeau tomba. Elle serra plus fort ses jupons. Zeke s'était redressé et avançait en boitant, un éclair de douleur zébra son visage, mais son regard resta braqué sur elle.

Elle jeta à nouveau un coup d'œil à l'avocat. Il avait baissé les yeux, et sa main reposait sur le panier, à croire qu'il l'avait oubliée là. Elle agrippa plus fort l'épingle à chapeau et l'agita, tenant d'une main ferme le tissu de sa robe, puis elle fit deux pas. Elle regarda par terre, au cas où il y aurait des trous, et Zeke fondit sur elle.

Tout à coup, branle-bas de combat : un bruit de sabot rythmé, et Jean qui galopait vers elle sur Muscade, penchée en avant, les rênes dans une main, une branche dans l'autre. Eliza recula ; le ravin était tout proche, elle ne voulait pas plus y tomber qu'elle ne voulait être poignardée. Muscade arrivait à bride abattue. Zeke regarda autour de lui, brandissant toujours son arme. Arrivé à sa hauteur, Jean ne le frappa pas sur la tête comme avec un gourdin : elle pointa la branche dans son dos telle une lance et le mit à terre. Le poignard lui échappa. Jean s'arrêta aussitôt, lâcha les rênes et bondit sur le dos de Zeke, qui tentait de se relever. À son habitude, elle se montra souple et efficace. Elle se mit à sauter sur Zeke en évitant les moulinets de ses bras. Elle lui décocha un coup de pied en pleine figure, un autre entre les cuisses, et il hurla ; puis elle se remit à sauter sur lui. Il cria de plus belle. Elle regarda Eliza, qui accourut et s'empara du poignard. Jean se pencha pour étrangler Zeke, mais au même moment, Eliza lui planta la lame au beau milieu de la poitrine.

Il poussa un gémissement assourdi. Qui fut suivi d'un long silence.

Eliza ferma les yeux.

Jean dit : « Jetons-le dans le ravin. »

Elles haletaient toutes les deux. Pour une raison qu'elle ne s'expliqua jamais, Eliza retourna dans l'herbe chercher son chapeau et le remit en place, bien fixé avec son épingle. Puis elle revint auprès de Jean, qui contemplait toujours le corps. Eliza prit un pied, Jean l'autre. Les buissons tressaillirent lorsqu'elles s'y frayèrent un chemin. Elles le poussèrent par-dessus le bord de la mesa, et il disparut.

Elles se retournèrent, Muscade attendait tranquillement et l'avocat était toujours assis près du panier à provisions, les yeux fermés, à croire que le temps était immobile et qu'il ne s'était rien passé. Eliza frissonna.

Jean alla vers lui et lui décocha un coup de pied. « Debout ! » s'écria-t-elle.

Il s'exécuta.

Elle s'exclama : « Combien en a-t-il tué ?

– Cinq depuis mon arrivée ici. Avant, je ne sais pas. Elles n'étaient pas toutes des prostituées comme vous.

– Et cette fille ? demanda Eliza. Celle que j'ai entendue crier à côté de chez lui ?

– Il m'a raconté cet incident, qu'il vous avait vue, avait avisé cette expression sur votre visage, puis le ton de votre voix quand vous l'aviez questionné. D'après ce que je sais, elle a quitté la ville, elle ne fait pas partie des cinq. Cette histoire qu'il vous a racontée à propos de la tarentule… C'était vrai. »

Un long silence s'ensuivit, qu'Eliza rompit. « Pourquoi l'a-t-il poussée ? Et giflée ?

– Je l'ignore. Il ne m'en a jamais fait part.

– Pourquoi a-t-il tué ces filles ? »

L'avocat la regarda. « Je vous l'ai dit. Il ne pouvait s'en empêcher.

– Que voulez-vous dire ?

– La première fois où je vous ai rendu visite. Je vous ai dit qu'il y avait des hommes qui ne pouvaient s'empêcher de songer à faire le mal. Ils ont beau lutter contre ces sombres desseins, plus ils essaient, plus ils ont envie de passer à l'acte. C'est lui qui m'a envoyé vous voir. Il savait que vous étiez sur ses traces. Il vous a raconté l'histoire de la tarentule, a essayé de se montrer amical, mais chaque fois qu'il vous voyait, quelque chose dans l'expression de votre visage lui donnait des envies de meurtre. Je lui ai dit qu'il avait eu trop de chance lors des assassinats précédents, que le vent était en train de tourner par ici, mais... »

Eliza fit un geste en direction de l'arbre dont les frondaisons allaient jusqu'à terre. « Pourquoi Mary ? »

L'avocat regarda l'arbre à son tour. « Je pense qu'elle s'était éprise de lui. En tout cas, elle ne cessait de venir chez lui et de frapper à sa porte. Sa gouvernante essayait bien de la chasser, mais elle revenait tard le soir et regardait par la fenêtre de sa chambre. Elle disait qu'elle l'aimait.

– Comment est-ce possible ?

– Je me le demande moi-même. Mais vous m'avez raconté que, le jour où vous lui aviez posé la question au sujet de la femme qui avait hurlé, il paraissait gai et aimable. Peut-être était-il ainsi avec elle ; en outre, tout le monde savait qu'il avait beaucoup d'argent. » L'avocat porta son mouchoir à son nez ; il baissa la tête et reprit d'une voix plus basse : « On ne sait jamais avec l'amour. En tout cas, moi, je n'ai jamais su.

– Mais c'est vous qui possédez tous ces poignards et ces couteaux. Je les ai vus chez vous par la fenêtre. »

Il la regarda. « Ils étaient à lui. Il y avait trop de passage à son domicile. Et il savait que cela aurait éveillé les soupçons de sa gouvernante. Elle était toujours de méchante humeur, et je crois qu'il avait un peu peur d'elle.

– Et il ne l'a pas tuée ?

– J'essaie d'expliquer… »

Jean s'exclama : « Vous l'avez aidé à commettre ces crimes ! Pourquoi ? »

L'avocat la regarda un moment, puis à nouveau baissa la tête.

« Et la fille du ruisseau ! renchérit Eliza. Que s'est-il passé ?

– Vous parlez de la première ? Elle n'a pas passé beaucoup de temps ici, personne…

– Est-ce que Zeke l'a tuée ?

– C'était une vraie furie.

– C'est-à-dire ?

– Elle croyait… Elle avait travaillé dans une maison de tolérance à Saint-Louis et elle était venue ici dans l'espoir de trouver un homme riche en une ou deux semaines. Elle a appris que Zeke construisait des maisons pour des propriétaires fortunés et elle a commencé à le harceler pour qu'il la mette en contact avec l'un d'eux, de préférence un homme âgé. Zeke en a eu assez et lui a dit qu'il s'était acheté un ranch et lui proposait de venir le visiter. Je suppose qu'elle a vu là une forme de demande en mariage. Donc, nous l'avons emmenée là-bas. J'ignorais complètement qu'il envisageait de la poignarder. J'imaginais juste qu'il allait l'abandonner sur place afin de lui donner une leçon. Ensuite, nous l'avons laissée dans la rivière, en amont du pont. Il pensait que c'était l'endroit le plus sûr pour se débarrasser du corps. Il n'a pas été content en apprenant que le cadavre avait été découvert. » Il jeta un regard à Eliza. « Moi, si. J'étais content. J'espérais que…

– Ce n'était pas la première », coupa Jean.

Il marmonna à voix basse.

Jean le poussa : « Parlez plus fort !

– C'est le premier meurtre auquel j'ai été mêlé. Il ne m'a jamais parlé des autres. Mais je ne pouvais le dénoncer. Je n'osais pas. Zeke était là quand… quand j'ai étranglé ma femme à Indianapolis. Il était chez nous. Nous avions bu trop de whiskey, elle est descendue de l'étage en vociférant contre moi. Je l'ai juste empoignée. » Il se racla la gorge. « Après la mort de notre fils, elle n'était plus la même. Elle était en colère contre tout. Moi… » Il se tut à nouveau, puis reprit : « Si je devais me défendre devant la cour, je dirais que je n'étais plus moi-même, mais je n'en suis pas si certain en vérité. Je n'ai pas perdu la mémoire de ce que j'ai fait ce soir-là. Je me rappelle l'incident. Nous avons remonté le corps à l'étage, puis nous l'avons poussé dans le vide. L'escalier était très raide. Nul n'a mis en doute mon témoignage lorsque j'ai prétendu qu'elle s'était levée dans la nuit, avait trébuché et s'était rompu les os. J'ignore pourquoi ils n'ont même pas examiné le corps. Par la suite, Zeke a quitté la ville. Je pensais qu'il avait pris le chemin de la ruée vers l'or, mais en arrivant ici, je l'ai croisé dans un saloon. Il savait qu'il pouvait se servir de moi et il ne s'en est pas privé. J'aurais dû partir, mais je n'en avais pas les moyens. » Il secoua la tête. « Ne croyez pas que j'aie pris plaisir à tout cela. Je vous en prie. » Eliza le fixait. Elle ne pensait pas qu'il mentît. À cet instant-là, elle éprouvait presque une sorte de compassion à son endroit. Elle ne lui demanda pas comment son fils était mort, mais qu'importait la cause – choléra, noyade, chute d'un arbre –, la plupart des gens perdaient un enfant.

Jean la regarda. Eliza savait que son amie s'interrogeait sur la suite, sur ce qu'elles devaient faire à présent. Elle songea que, puisque l'avocat leur avait tout avoué, il avouerait auprès de quelqu'un d'autre – un juge, voire un prêtre. Elle ouvrit la bouche, seulement, elle n'avait rien à dire.

L'avocat soupira, puis il sourit – ce n'était pas vraiment un sourire, plutôt une moue de tristesse, de résignation. Ses yeux se posèrent sur le panier à provisions. Eliza sentit Jean se raidir, comme s'il risquait de passer à l'attaque, mais elle n'y croyait pas du tout.

Alors il se retourna, se dirigea vers le ravin et sauta. On entendit seulement le bruit des branches qui craquèrent, des buissons froissés, mais pas de cri, ni même de gémissement. Eliza et Jean se regardèrent longuement. Même Muscade dressa les oreilles.

La première chose que dit Eliza fut : « Tu as vu les larmes sur ses joues ?

– Oui. »

Puis Eliza ajouta : « Tu m'as sauvé la vie.

– On s'est sauvées mutuellement. Je ne pense pas que lui sauter dessus aurait suffi. »

Elles rassemblèrent les mets du pique-nique et tous les objets qui attestaient leur présence sur les lieux.

Jean déclara : « L'assassin s'est aperçu que je te suivais juste après que je l'ai repéré, caché derrière un arbre. Je pense qu'il ne savait pas qui j'étais ni ce que je faisais là, mais il a couru vers Muscade en agitant les bras, elle a eu peur et je suis tombée. On était encore dans les bois. Ensuite, il a fait volte-face, et j'ai compris qu'il allait se jeter sur toi. J'ai vu cette branche cassée et je l'ai prise.

– Tu t'es fait mal en tombant ?

– Pas trop. Muscade est petite, et je me suis laissée choir. Heureusement que je ne portais pas une robe qui aurait pu rester accrochée à la selle. Je suis aussitôt remontée à cheval. Je savais qu'elle le suivrait. Elle n'avait pas peur. »

Elles jetèrent le panier dans le ravin, ainsi que le chapeau de Zeke.

Dans un silence étrange, elles rentrèrent à la pension de Jean. Elles n'avaient pas besoin de parler. Elles savaient toutes les deux que celle-ci avait sauvé la vie d'Eliza et que ni l'une ni l'autre ne raconterait jamais ce qui s'était passé. La seule témointe était Muscade, et elle était de leur côté. Elles se demandèrent si quelqu'un à Monterey remarquerait l'absence de Zeke et de l'avocat. La rumeur affirmerait sans doute que ces pieds-tendres étaient retournés dans l'Est, ou dans le Sud, ou dans le Nord. Il en allait toujours ainsi.

21

Il fallut du temps avant qu'Eliza ressentît un certain malaise. Elle était contente d'avoir fait ce qu'elle avait fait, et Jean aussi. En repensant à son cheminement logique, elle s'aperçut que les hommes qui avaient éveillé ses soupçons étaient ceux qui se comportaient de manière étrange. Par conséquent, les soupçons qu'elle avait jusque-là conçus à l'endroit de ses clients ou des hommes qu'elle croisait dans la rue disparurent. Elle se demanda si ceux qui venaient la voir avaient remarqué que dorénavant elle était plus à l'aise, plus volontaire. Peut-être que oui, car ils lui laissaient des pourboires significatifs. Naguère, elle avait cinquante dollars à la banque et s'en estimait heureuse. Désormais, elle en avait presque cinq cents.

La première chose qu'elle remarqua, environ une semaine après les faits, ce fut qu'elle était devenue beaucoup plus attentive. Elle avait toujours ouvert les deux oreilles en quête de commérages, mais à présent elle comprenait presque toutes les paroles et les conversations qu'elle entendait. L'avocat avait dit qu'il était solitaire à Monterey, c'était peut-être vrai. Zeke avait prétendu que ses constructions étaient hautement estimées, c'était peut-être le cas, mais la première fois qu'elle entendit parler de leurs disparitions – au marché alors qu'elle achetait du savon –, il était question de l'avocat. Une dame tenant un enfant calé sur sa hanche disait à une autre, plus âgée : « Je ne sais pas comment va tourner notre affaire maintenant que Jenkins a filé. Et nous qui le croyions fiable !

– Qui l'est par ici ? lui répondit l'autre. Au moins, il n'a pas pris votre argent. Vous vous rappelez cet homme qui a persuadé mon mari d'investir dans son clipper ? Tous ces voyages qu'ils pourraient faire en partant de cette baie magnifique. En réalité, il ne connaissait rien ni aux vents ni aux gréements. En revanche, il avait vu en George un pigeon et il s'est enfui au Mexique. »

Eliza se demanda de quelle affaire il s'agissait, mais la dame ne le mentionna pas – en outre, elle ne voulait point s'attarder trop longtemps près d'elle.

La première fois qu'elle entendit parler de Zeke, les choses se passèrent à peu près de la même façon. Deux messieurs discutaient à l'Endu, non pas d'eux-mêmes, mais d'une connaissance. Le plus âgé déclara : « La maison était presque terminée. Tout ce qu'il manquait, c'étaient les tuiles sur le toit, mais Cornish a dit qu'elles n'étaient pas encore assez dures et qu'ils devaient donc attendre.

– Mais si la maison était presque terminée, votre ami avait payé, n'est-ce pas ?

– Je crois que oui.

– Donc Cornish a empoché l'argent ?

– C'est ce que dit mon ami. Il veut emménager dans sa maison, mais il lui faut trouver les tuiles, et il n'a pas encore réussi. »

Eliza se demanda s'il s'agissait de la maison de la rue Jefferson. Elle alla voir, mais celle-ci avait un toit couvert de lattes de bois et non de tuiles.

En d'autres termes, toutes les personnes qui se préoccupaient de l'avocat ou de Zeke étaient convaincues qu'ils avaient pris la poudre d'escampette.

Il en fut ainsi jusqu'au 1er mai, quand des marins partis en promenade pour se dégourdir les jambes en dehors de leur navire empruntèrent à leur tour le chemin de la mesa, et là, peut-être parce qu'ils étaient marins et donc observateurs, l'un d'entre eux aperçut le bord d'un chapeau, aussi descendirent-ils prudemment parmi les baccharis buissonnants et ils découvrirent les cadavres, non loin l'un de l'autre, ainsi que des fragments de poterie. Alors ils firent ce qu'Eliza savait qu'il ne fallait surtout pas faire : ils ramenèrent les corps en ville, détruisant ainsi tout indice qui eût pu expliquer les causes de la mort. À quoi ressemblaient-ils ? Eliza n'entendit personne en parler, mais au souvenir de Mary, elle supposa qu'ils devaient être plus ou moins réduits à l'état de squelettes, avec des morceaux de peau tannée encore çà et là, la mâchoire possiblement grande ouverte. La veste à chevrons de l'avocat avait forcément duré plus longtemps que lui. Nul n'évoqua le couteau qu'elle avait planté dans la poitrine de Zeke.

Elle aurait dû se sentir soulagée, mais il n'en fut pas ainsi – et elle comprit qu'elle eût préféré que les vautours finissent le travail.

Malgré cela, elle n'eut vent d'aucune rumeur à propos de leurs décès, hormis qu'ils avaient dû boire et sans doute chuter dans le ravin, et combien mesurait-il, ce ravin ? Sept mètres de hauteur ? À partir de quelle profondeur parlait-on de ravin ? Eh bien, cela dépendait si on se cassait la jambe, si on se rompait les os, ou si on se fendait le crâne, à moins d'être si saoul qu'en tombant à plat on ne parvînt plus à se relever.

À la mi-mai, Eliza et Jean revinrent sur place pour la première fois. Elles ne virent rien : l'herbe était épaisse et grasse, et quand elles regardèrent en bas, parmi les buissons, il leur fut impossible de distinguer le couteau. Comme le dit Jean : leurs traces avaient été nettoyées.

Nonobstant, celle-ci était également nerveuse. Eliza tenta de l'interroger à ce propos, mais Jean secoua la tête. Elles étaient toujours proches, mais passaient moins de temps ensemble, et cette nuit où elle s'était habillée en homme, feignant d'être un client d'Eliza, puis s'était glissée dans son lit pour dormir si paisiblement avec elle semblait loin désormais. En vérité, Eliza discutait maintenant davantage avec Olive, ce qui ne semblait point déranger Mme Parks. Mais elle n'avait pas l'intention d'en demander plus à Jean, ni même de la rassurer : Jean était une femme indépendante et elle faisait tout selon ses désirs.

David Harwood revint la voir à la fin du mois de mai, il était toujours aussi beau et charmant. Elle lui demanda des nouvelles du ranch, et il lui raconta que les choses s'amélioraient : l'herbe était abondante, et le vieux M. Harwood avait financé une clôture pour que le bétail ne tombât pas dans les ravines. M. et Mme Harwood les avaient conviés, lui et son cousin Daniel, pour leur annoncer que, puisqu'ils n'avaient pas d'enfants, leur fortune leur reviendrait – enfin, pas directement, mais ils l'investiraient dans le ranch. Et ils ne voulaient pas attendre. Ils devaient convenir d'un arrangement selon lequel M. et Mme Harwood garderaient suffisamment d'argent pour vivre et investiraient le reste dans le ranch. David soupçonnait que c'était une idée de Mme Harwood.

« C'est une femme étrange, dit Eliza.

– D'autres membres de la famille le pensent également, mais une de mes tantes, qui la connaissait très bien autrefois en Pennsylvanie, m'a écrit à son sujet. Elle dit qu'avec tante Ruth il ne faut pas s'en tenir aux apparences parce qu'elle est très discrète au sujet d'un mal dont elle souffre depuis vingt ans. Ce mal – j'ignore ce que c'est, peut-être la goutte, nul ne le sait – lui raidit tant les articulations qu'elle peut à peine bouger. Voilà pourquoi elle n'a pas d'enfants, et cela explique aussi qu'elle autorise mon oncle à solliciter les services de votre établissement. Je suis persuadé qu'elle se sent responsable de sa condition à cause d'un péché qu'elle aurait commis et qui serait cause de son châtiment, mais mon autre tante n'a jamais entendu dire que tante Ruth ait pu commettre le moindre acte immoral. » Il haussa les épaules et sourit. « On dirait toujours qu'elle a envie de vous tuer, et puis elle se retourne et vous fait un présent auquel vous n'auriez jamais songé. »

Ils passèrent aux choses sérieuses avec aisance et, Eliza dût l'admettre, avec un plaisir partagé. Il demeura toute la nuit, puis s'en alla après l'avoir embrassée alors que le soleil était déjà levé et le temps agréable. Il ne l'emmena pas manger, comme l'avait fait Lucas, mais malgré tout, il y avait quelque chose en lui d'attirant. Pour la toute première fois, elle se demanda comment lui faire comprendre qu'elle désirait le revoir, qu'elle le laisserait faire son affaire sans la payer, pas forcément ici, mais pourquoi pas à la pension ?

Ensuite, elle repensa au fait qu'elle avait tué un homme et se demanda si elle devait en éprouver de la culpabilité. Mais d'ailleurs, qu'était-ce, la culpabilité ? Refuser de penser à l'acte qu'elle avait commis ? Y penser de manière obsessionnelle ? Ne guère y penser ? Encore une chose dont elle n'osait s'ouvrir à Jean. Étrangement, l'image qui lui restait en tête n'était pas celle de Zeke se ruant sur elle, brandissant son poignard, mais plutôt ce moment où Jean et elle avaient jeté son corps dans le ravin. Elle s'imagina défendue devant un tribunal par l'avocat – il s'appelait Jenkins – qui plaiderait la légitime défense, n'est-ce pas ? Puis elle imagina que le jury la déclarait non coupable, et elle se dit alors qu'elle devrait elle aussi se déclarer non coupable. Mais comment faire ? Ah, la vie était décidément plus complexe qu'elle ne s'y attendait, même eu égard à sa profession.

Au fil de l'été, les rumeurs s'estompèrent et Eliza continua de gagner de l'argent. Puis, à la fin août, Mme Parks vint la voir et lui dit : « Ma chère, je pense que tu devrais trouver un autre emploi. »

Eliza en fut alarmée : « Mes clients se sont-ils plaints ?

– Loin de là, mais je pense qu'il serait bon pour cet établissement de changer de têtes. Nous ne possédons qu'un petit nombre de chambres et la plupart des michés aiment la nouveauté. » Elle marqua un temps d'arrêt. « Et je pense que ce serait mieux pour toi et pour toutes les filles d'apprendre un autre métier ou, disons, de développer de nouveaux talents. Tout le monde sait que c'est un métier dangereux et je fais de mon mieux pour vous épargner les plus brutaux, et aussi, comment dire, les plus malades. Quoi qu'il en soit, au bout du compte, la chance joue contre nous. J'ai moi-même pratiqué cette profession avant d'arriver à Monterey pour y ouvrir cet établissement, il était alors évident à mes yeux que je n'avais plus, disons, une grande valeur marchande. Mais bon, je te laisserai quelques semaines, le temps de réfléchir à autre chose. »

Eliza savait que Mme Parks savait qu'elle avait amassé beaucoup d'argent, mais elles n'en dirent mot. Eliza reprit : « Et Olive ? Elle est plus vieille que moi.

– Elle va travailler avec la couturière – tu sais, celle que tu aimes bien. Elle m'a dit qu'elle était débordée par les commandes, aussi lui ai-je montré cet écran de cheminée fait par Olive. »

Eliza imagina une robe avec un oiseau brodé sur une épaule et un cheval sur l'autre. Puis elle s'aventura à demander : « Dites-moi, je vous prie, êtes-vous réellement madame Parks ? »

Celle-ci se contenta de sourire, puis elle lui dit : « Et toi, es-tu réellement mademoiselle Ripple ? »

Pendant quelques jours, Eliza arpenta la ville, scrutant les rues, observant à travers portes et fenêtres pour voir à quoi les femmes occupaient leur temps. Et elle vit ce à quoi elle s'attendait. C'était à peu près pareil qu'à Kalamazoo : faire la cuisine, la poussière, les commissions, cancaner et transporter des bébés dans les bras. Oui, travailler pour Mme Parks lui avait donné une liberté rare tant à Monterey qu'à Kalamazoo, et même partout ailleurs, craignait-elle. Lorsqu'elle revit Jean, un matin pour prendre leur petit déjeuner à l'Endu, elles parlèrent de choses et d'autres aimablement, mais la question principale qui lui occupait l'esprit tandis qu'elle mangeait ses crêpes et contemplait son amie, c'était de savoir si elle pourrait, comme elle, porter ce qu'elle désirait et faire semblant d'être qui elle voulait. C'est avec cette idée en tête qu'elle lui demanda : « Tu te rappelles quand tu as parlé de monter sur scène ? »

Jean se mit à rire : « Je me joindrais à une compagnie théâtrale, si jamais on voulait bien de moi, mais je suppose qu'il faudrait que j'aille à San Francisco pour ça.

Il n'en passe pas souvent par ici. C'est sans aucun doute parce que le théâtre de la rue Scott est si petit. Tu y es déjà allée ?

– Je suis passée devant.

– Ah, je meurs d'envie de partir d'ici. »

Elles se regardèrent et Eliza ne put s'empêcher de hocher la tête. Jean soupira, se pencha vers elle et lui dit : « Demande-moi ce que je veux faire. »

Eliza leva les sourcils et Jean poursuivit : « Je repars dans l'Est, je vais travailler pour le chemin de fer clandestin.

– Tu vas tant me manquer ! »

Elles se retournèrent en même temps pour s'assurer que personne ne les avait entendues, mais nul ne semblait leur prêter attention. Une fois dehors, elles purent parler plus librement. Elles allèrent jusqu'à la pointe rocheuse qui surplombait la baie. Jean reprit : « Je n'avais pas compris que tout ce temps, en fait, je me préparais pour ça ! Je trouvais cela divertissant de me déguiser avec toutes sortes de tenues pour jouer à interpréter des hommes et des femmes différentes. Je pensais que toi et moi, nous avions été poussées à démasquer ce tueur parce qu'aucun responsable ne s'en souciait suffisamment pour s'atteler à la tâche. Mais maintenant, j'y vois la main du destin. Si je voulais faire ce pour quoi je suis faite, ce qui est mon devoir, il me fallait d'abord apprendre. »

Eliza acquiesça. Elle ne savait pas si elle croyait au destin, en revanche, elle comprenait que Jean voulût faire son devoir et qu'elle serait parfaite dans son rôle. Elles grimpèrent sur les rochers, effrayant quelques mouettes, et là, alors que le vent forcissait, que les oiseaux criaillaient sous les nuages rebondis, elles se serrèrent dans les bras l'une l'autre comme jamais elles ne l'avaient fait. Eliza demanda : « Tu as assez d'argent ?

– Peut-être. Je ne sais pas vraiment.
– Moi, j'en ai. Tout ce que tu voudras. »

Le lendemain, Eliza remonta la rue Jefferson. Elle était curieuse de voir ce qu'était devenue la maison de l'avocat – si quelqu'un avait pris les livres ou les habits (ou les couteaux). Tout en marchant, elle songea à David et aux Harwood, et tout à coup, elle ouvrit la barrière et alla frapper à leur porte.

Elle ignorait qui lui ouvrirait – bien sûr, elle espérait que ce serait David, mais s'attendait à voir M. Harwood. Quand enfin la porte s'entrebâilla en grinçant, elle découvrit Mme Harwood, se tenant extrêmement droite, raide et revêche. Se rappelant ce que David lui avait appris, Eliza lui sourit de manière aimable et inclina la tête. Puis, d'une voix chaleureuse, déclara : « Mme Harwood ! Je suis contente de vous voir. Pourrais-je entrer un moment afin de vous poser une question ? »

Son interlocutrice resta de marbre, mais elle recula et ouvrit en grand. Eliza entra. Mme Harwood lui désigna un fauteuil près de l'âtre. Eliza posa son sac et alla s'asseoir. La maîtresse des lieux prit place dans le fauteuil voisin. Sa démarche était lente et rigide, mais elle ne boitait pas et n'avait pas l'air de souffrir. Elle posa les bras sur les accoudoirs et se cala parmi les coussins.

Eliza prit une inspiration. « Il faut que vous sachiez que je quitte l'établissement où je travaille. » Elle marqua un temps d'arrêt. « Toutefois, partir de Monterey est la dernière chose que je souhaite. J'ai de l'argent, je pourrais donc rester ici un moment, mais je crains de n'avoir rien à faire si ce n'est songer au temps qu'il fait, voilà pourquoi je me demandais si… si je pouvais venir travailler pour vous. Je pense que je pourrais apprendre… »

Elle regarda la pièce autour d'elle. « Je pourrais beaucoup apprendre en vivant convenablement. Je parle bien sûr de tenir une maison, pour qu'elle reste propre et saine, mais aussi de la rendre belle et accueillante, comme cette demeure. Au-dedans et au-dehors. »

Mme Harwood ne sourit pas, mais ses traits semblèrent se détendre et dans ses yeux apparut une lueur douce, peut-être amusée. Elle commença : « Ma fille… » de cette voix dure, ancienne, presque râpeuse, puis elle toussa, secoua la tête et essaya à nouveau un ton plus bas : « Mademoiselle. » Elle prit une nouvelle inspiration profonde, secoua encore la tête, puis la hocha. De sa bouche sortirent des paroles amènes, d'un ton encore plus assourdi : « Un peu d'aide serait bienvenu. » Eliza sourit, peut-être plus qu'elle ne l'aurait cru, car le plaisir qu'elle éprouva alors la surprit. Elle comprit également qu'il lui revenait de poser des questions, de parler avant qu'on s'adressât à elle afin d'épargner à Mme Harwood cet effort. Elle demanda alors : « Puis-je revenir demain ? »

Mme Harwood acquiesça et ses traits étaient si sereins qu'on eût pu croire qu'elle souriait. Eliza reprit : « Madame, ne vous donnez pas la peine de me raccompagner. Je fermerai la porte derrière moi et je serai à nouveau là demain matin, dès que j'aurai pris mon petit déjeuner. »

Mme Harwood opina du chef et s'enfonça de nouveau dans son fauteuil. Eliza prit congé.

Elle ne dit rien de tout cela à Mme Parks. Elle était extrêmement satisfaite de son plan car elle savait qu'elle apprendrait vraiment beaucoup, mais aussi qu'elle verrait David de temps à autre. Comment cela se passerait-il là-bas, elle n'en avait aucune idée, mais si Monterey lui avait bien enseigné une chose, c'est qu'il fallait tirer le meilleur parti de toute situation. Tous les navires qui entraient dans la baie devaient suivre les vents, quels que soient les désirs du capitaine.

Remerciements

Merci à Dennis Copeland d'avoir permis que cette fiction soit cohérente avec l'histoire et la géographie de Monterey.

pcа
cmb
édition pré-presse
livres numériques

44400 Rezé

IMPRIM'VERT®

Achevé d'imprimer
en février 2024
par Corlet Imprimeur
14110 Condé-en-Normandie

Dépôt légal : février 2024
N° d'imprimeur : 24010320
Imprimé en France